Michel del Castillo

Les étoiles froides

Gallimard

Michel del Castillo est né à Madrid en 1933. Toute sa petite enfance, jusqu'en mars 1939, il la passe dans sa ville natale, auprès de sa mère, journaliste républicaine. La guerre civile, avec ses horreurs, constitue sa première et décisive expérience. En 1939, avec la victoire des armées franquistes, il suit sa mère en exil et mène avec elle l'existence précaire des émigrés politiques. Au début de 1940, il est, toujours avec sa mère, interné au camp de Rieucros, près de Mende, où sont détenues des centaines de femmes, en majorité des étrangères et des militantes politiques françaises. La guerre ne se terminera pas pour lui avec la victoire des Alliés, puisque, rapatrié en Espagne, il se retrouvera, de 1945 à 1949, dans un centre de redressement pour mineurs, à Barcelone, l'Asile Durán, de sinistre mémoire. C'est seulement en 1953 que, franchissant clandestinement la frontière, il retrouvera sa patrie et sa famille paternelle. Il reprendra alors ses études, lettres et psychologie, et publiera son premier roman, *Tanguy*, qui remporte un large succès avant d'être traduit en près de vingt-cinq langues. Il ne cessera plus, dès lors, d'écrire, suivi par un public fidèle, et sera plusieurs fois couronné par des prix littéraires : prix des Libraires et prix des Deux-Magots pour *Le vent de la nuit* en 1973, prix Renaudot pour *La nuit du décret* en 1981, Grand Prix R.T.L.-Lire pour *Le crime des pères* en 1993 et le prix Femina Essai pour *Colette, une certaine France* en 1999.

À la mémoire de
Bébé et Carlos Morla

I

« La première trahison est irréparable.
Elle provoque, par réaction en chaîne,
d'autres trahisons dont chacune nous éloi-
gne de plus en plus du point de la trahison
initiale. »

MILAN KUNDERA,
L'insoutenable légèreté de l'être.

Dans mon souvenir, le nom de Clara del Monte, ou plus simplement le prénom, Clara, restent liés aux vacances de ma petite enfance, en Andalousie. Au ton dont ma tante les prononçait, je sentais que cette Clara appartenait à la catégorie des gens *peu* ou *pas convenables* sur qui il eût été déplacé que je m'informe. Ce qui transparaissait dans les propos de ma tante, c'était, pis que la réprobation, un éloignement mêlé d'horreur. Les grandes personnes, même quelqu'un d'aussi sage que ma tante, sont tout sauf cohérentes ; aussi ce prénom revenait dans leurs conversations. Pourquoi tant parler d'une créature méprisable ? Alors que je brûlais de poser la question, je me l'interdisais, connaissant d'avance la réponse.

De ces sujets qu'il ne fallait pas aborder à mon âge, il y en avait des tas. Interdit même d'y penser. Tout au plus pouvaient-ils susciter une curiosité amusée, ainsi que l'eussent fait les mœurs étranges d'une peuplade amazonienne. Je me suis longtemps demandé si ce n'est pas ce genre d'intérêt ethnologique que Clara del Monte provoquait chez tante Élisa. Certes, elles étaient du même sexe, nées toutes deux dans le même pays, à peu près vers la même époque ; en cherchant, on aurait trouvé d'autres ressemblances, l'éducation, les lectures peut-être. Lorsqu'elle en parlait, tante Élisa n'en donnait pas moins l'impression de décrire une créature venue d'une autre planète. Quels crimes Clara del Monte avait-elle commis pour que sa voix, toujours égale, posée, tremblât d'épouvante ?

Je me rappelle une soirée à Estepona.

Après le dîner, les grandes personnes avaient coutume de rester assises autour de la table, sous les oliviers. Les flammes des lampes à pétrole éclairaient les visages, qui replongeaient dans l'ombre chaque fois que la brise se levait ; les phalènes se cognaient contre les tubes de verre et, dans l'obscurité des bois, derrière la maison, retentissaient les lamentations de la hulotte. Tante Élisa songeait déjà à écrire la biographie de Clara ; elle réunissait une ample documentation et interviewait les témoins. Mon père l'interrogea sur son projet.

Assise à l'écart en haut d'un muret de pierres sèches, les bras autour de mes jambes, la joue couchée sur mes genoux, j'écoutais la voix paisible de ma tante. Son récit me causait le même sentiment de terreur que j'éprouvais chaque fois que, franchissant la frontière, à Port-Bou, j'apercevais les bicornes vernissés de la garde civile. Il était question d'amours sauvages, de tromperies et de mensonges, de trahisons et d'abandons, de crimes même. Cette femme dont j'entendais relater les forfaits se confondait, dans mon esprit, avec ce pays impénétrable, énigme rendue plus inquiétante encore par la voix tranquille de la conteuse, par l'égalité de son ton, par le choix judicieux des mots. Pour narrer les épisodes les plus abominables, elle ne se départissait pas d'un détachement que ma mère eût qualifié de *civilisé*, étranger à la barbarie de l'Espagne donc. J'entendis d'ailleurs son cri jaillir de l'obscurité :

« Mon Dieu, Élisa, comment pouvez-vous vous intéresser à de telles horreurs ? Décidément, je ne me ferai jamais à ce pays.

— Sol n'a pas tort, murmura mon père de sa voix fatiguée. J'en ai, moi aussi, assez de cette Espagne noire.

— Mais nous avons vu, n'est-ce pas ? qu'il ne sert à rien de l'ignorer. Un jour ou l'autre, elle sort de l'ombre et nous saute à la gorge. Cette Clara del Monte est peut-être un monstre mais un monstre bien de chez nous.

— Parlez pour vous, Élisa, se récria ma mère. Je ne me sens pas d'ici. Je n'ai jamais été chez moi, ici. Je refuse... »

Un silence tomba, puis la voix de tante Élisa s'éleva :

« Que nous le voulions ou non, l'Espagne finit toujours par nous rattraper. » Et ses paroles résonnèrent longtemps dans ma mémoire.

Je ne connaissais pas le sens du mot *monstre* ; mon imagination me représentait une créature hybride, mi-bacchante mi-sorcière. Tante Élisa ne déclarait-elle pas que Clara, originaire de Grenade, devait être un peu gitane ? Ne faisait-elle pas d'énigmatiques allusions à son sang, notion mystérieuse qui renforçait ma conviction que son apparence humaine cachait une créature d'essence différente, étrangère à notre espèce ? À mes yeux, de telles métamorphoses n'avaient rien d'extraordinaire ; elles se produisaient sans cesse autour de nous ; elles n'avaient même pas besoin de s'accomplir puisque cette dualité était inscrite en chacun de nous. Nous sommes doubles, faits de chair et d'esprit, d'ombre et de lumière, de grâce et de péché. Comment me serais-je étonnée que Clara fût une rouge ? Il existait un lien évident entre les idées séditieuses et le dérangement des sens, entre la curiosité maléfique et la concupiscence.

Mon nom est Angelina Toldo ; on m'appelle Lina ; je suis née en 1958, à Paris, où mon père, diplomate de carrière, occupait le poste d'attaché culturel à l'ambassade d'Espagne. J'ai poursuivi toute ma scolarité en France, jusqu'au baccalauréat, ce qui fait que je connaissais à peine mon pays.

Mes parents furent tués dans un accident d'avion, en novembre 1976. Je ne conserve d'eux

16

que des souvenirs flous : le visage étroit d'un homme taciturne ; les yeux bleus et le sourire timide d'une femme blonde qui paraissait embarrassée chaque fois que j'allais vers elle. J'appris par la suite qu'ils s'aimaient tendrement mais qu'ils avaient, chacun de son côté, des raisons de ne pas être très gais. C'est peut-être d'eux que j'ai hérité une propension à la solitude et à la mélancolie rêveuse.

Je n'ai pas non plus souvenir que leur disparition m'ait causé un chagrin très violent. En occultant la maladie et l'agonie, l'accident escamote la mort. Il n'y eut que les obsèques pour matérialiser le deuil ; or elles se déroulèrent en Suisse, près de Montreux, avec une discrétion remarquable.

Au cours du plus long entretien que je me rappelle avoir jamais eu avec tante Élisa, elle me confia que mon père aurait souhaité que je fasse mes études universitaires dans un pays anglo-saxon, ainsi qu'il l'avait lui-même fait. Je m'inscrivis donc dans une université américaine, au département hispanique, m'orientant vers la littérature espagnole contemporaine. Sur les conseils de l'un de mes professeurs, je me spécialisai dans l'étude des auteurs de la génération de 98, appelés aussi les écrivains de la Défaite. Je les lus avec application, sinon avec exaltation, et je me dirigeais vers une carrière universitaire, envisageant sans enthousiasme ni déplaisir d'enseigner la littérature espagnole à une poignée de jeunes Américains francs et souriants. Si je ne me sentais aucune vocation particulière pour l'enseignement, je n'avais pas non plus de raison décisive pour refuser cette éventualité.

Le mot dont les membres de ma famille se servent pour qualifier leur état d'esprit est *civilisé*, qu'ils opposent à *sauvage*, autant dire espagnol. Leur choix de résider, étudier, travailler à l'étranger, avec une préférence pour les pays protestants, provient de cette résistance. Espagnols, ils se défient de leur patrie et la guerre civile, avec ses horreurs et ses cruautés, n'a fait que renforcer leur éloignement. Par la suite, ils ont regardé le franquisme avec désolation, choqués par son indigence intellectuelle. Une telle misère de l'esprit ne se rencontre, disaient-ils parfois, qu'en Espagne et, peut-être, en Russie, les deux confins de l'Europe chrétienne, frontières de notre civilisation.

Cosmopolites, nous nous reconnaissions dans un code d'attitudes et de formules. De Berlin à New York, de Rome à Paris, nous évoluions dans un univers familier. Je me sentais à l'aise dans ma vie qui s'ouvrait droite devant moi, déblayée d'obstacles. Rien n'en fera dévier le cours jusqu'à ce qu'un incident en apparence minime vienne tout chambouler.

J'étais une jeune fille équilibrée, de tempérament paisible, avec un caractère accommodant. Faute d'être belle, on s'accordait pour me reconnaître du charme. Je vivais en bonne harmonie avec mon corps, durci par la pratique du tennis et de la natation ; je mesurais la séduction de mon sourire et je savais jouer de la douceur de mes yeux bleus. Je n'étais pas non plus fâchée avec mon intelligence et obtenais, dans mes études, des résultats satisfaisants. Rien d'une oie blanche ; je me pliais aux règles de la bonne hygiène. J'eus plusieurs *boyfriends*, athlétiques et consciencieux, qui, même dans l'intimité, se montraient bons démocrates, respectueux de l'égalité des sexes. Ils se déshabillaient sans hâte, pliaient sagement leurs vêtements qu'ils déposaient sur un siège, s'inquiétaient de savoir comment j'arrivais le mieux à l'orgasme, s'appliquaient à me procurer la satisfaction que j'étais en droit d'espérer, sans oublier de me questionner pour s'assurer du bon déroulement des opérations. Je les rassurais en flattant leur habileté. Tout allait bien, en accord avec les règles édictées par les magazines féminins, les sexologues et les psychanalystes. Ma vie aurait pu continuer de se dérouler avec la même régularité lorsque l'incident se produisit.

Je séjournais chez les parents de Don, l'un parmi les plus assidus de mes partenaires sexuels, dans leur maison des environs de Boston. C'était un dimanche d'avril ; il tombait une pluie serrée qui nous empêchait de disputer une partie de tennis ou de marcher jusqu'au lac dont, par tradition, nous faisions le tour. Je traînais, désœuvrée, en regardant tomber la pluie, et je me dirigeai distraitement vers la bibliothèque ; j'hésitai avant de saisir les *Œuvres complètes* de Garcia Lorca, éditées chez Aguilar. Je revois le volume, relié en similicuir, le texte imprimé sur un papier bible légèrement jauni. Je le feuilletai debout, lisant quelques vers de-ci, quelques vers de-là. Dehors, c'était la plus anglaise des campagnes américaines, avec de larges pelouses, de grands arbres, une grosse pluie et des nuages bas qui filaient, lourds et gonflés d'eau. Soudain je m'arrêtai, revins en arrière, repris : « *Verde, que te quiero verde./Verde viento. Verdes ramas./El barco sobre la mar/y el caballo en la montaña*[*]. » Je poursuivis, écoutant mon cœur battre contre mes tempes : « *Pero yo ya no soy yo,/ni mi casa es ya mi casa./Compadre, quiero morir/decentemente en mi cama*[**]… »

Ni Don, ni ses parents, ni aucun des invités n'entendit le cri, qui d'ailleurs resta planté dans mon gosier. Je prétextai un mal de tête pour

[*] « *Vert, je te veux vert/Vent vert. Branches vertes./Le navire sur la mer/et le cheval sur la montagne.* »
[**] « *Mais je ne suis plus moi,/ni ma maison ma maison./Compère, je souhaite mourir/décemment dans mon lit…* » (Traduit par l'auteur.)

monter dans ma chambre où je m'enfermai à clé. Qu'est-ce qui provoquait cet ébranlement ? Pourquoi ces mots-là, dans cet ordre, battant cette cadence ?

Il fallait que, sans délai, je quitte cette maison, échappe à cette campagne, à cette solitude d'hygiène et de conscience claire. J'avais vécu de la manière dont mes parents, notamment ma mère, avaient voulu. Je n'étais pas malheureuse, non plus satisfaite, simplement décalée. Je marchais à côté de ma véritable vie, laquelle obéissait à ce rythme : *Verde, que te quiero verde...*

Malgré ma bonne volonté, je n'étais douée ni pour les exploits sportifs ni pour les acrobaties du sexe. J'étais fatiguée de la monotonie des figures imposées. J'aspirais au repos sur l'épaule complice. Je voulais, moi aussi, une mort décente, dans mon lit, et dans une maison qui fût mienne, enfin.

Les conversions ne se racontent pas. Je sortis de l'œuvre de Federico autre, définitivement, que je n'y étais entrée.

Ma vie de sagesse était derrière moi.

Lorsque j'annonçai à mon professeur que je souhaitais consacrer ma thèse de doctorat à Federico Garcia Lorca, plus précisément aux prémonitions poétiques de son assassinat, il parut d'abord décontenancé : ces intuitions, arguat-il, ne seraient-elles pas plutôt mes fantasmes, projetés sur sa poésie ? J'avais prévu l'objection ; je citai les vers, même les tout premiers, analysant les images et les métaphores. À la fin, mon tuteur concéda qu'il y avait une idée… Il allait rédiger un mot pour l'un de ses amis, à Madrid, le Pr Campos, le meilleur spécialiste à sa connaissance de la poésie de Lorca.

« Je pense qu'il consentira à vous aider », dit-il, ajoutant à l'instant où j'allais quitter son bureau : « Puis-je vous poser une question, Lina : pourquoi l'Espagne, alors que vous n'y êtes pas née ? pourquoi ce mort-là ?

— Tout ce que je puis vous dire, c'est que c'était un dimanche et qu'il pleuvait. Pour tuer

22

le temps, j'ai pris dans la bibliothèque les œuvres de Lorca...

— Il aurait aimé ça : on veut tuer le temps et c'est le temps qui vous blesse. »

Mon professeur regardait le parc, les étudiants couchés sur les pelouses, les rayons du soleil à travers le feuillage des arbres. Enfin, il se retourna, me tendit la main d'un air gêné ; je la serrai et me retrouvai dehors.

Tout à coup la phrase de tante Elisa me revint : «... l'Espagne finit toujours par vous rattraper. »

Je ne m'étais guère souciée de la réaction de tante Elisa ; je n'avais même pas songé à la prévenir. La soudaineté de ma décision l'étonnerait sans doute, tant elle détonnait avec mon caractère réfléchi. Quant à Lorca, ne risquait-elle pas de trouver étrange un pareil enthousiasme pour un poète que j'avais ignoré jusqu'à ce jour ?

Je connaissais peu et mal ma tante. Depuis la mort de mes parents, nous nous voyions deux ou trois fois l'an, tantôt à Madrid où elle demeurait depuis que sa santé déclinait, plus rarement à Paris ou à New York. Nous déjeunions et dînions au restaurant, allions au théâtre ou à l'opéra, bavardions de choses et d'autres en évitant soigneusement la moindre allusion à des sujets personnels. De sa vie, j'ignorais tout ou presque : elle avait été de longues années fiancée à un certain Rodrigo Almeldros. Pourquoi le mariage n'avait pas eu lieu, je n'aurais su répondre. Rodrigo était mort d'une crise cardiaque, à quarante-trois ans. Si tante Elisa souffrit, je ne m'en étais pas inquiétée et, de son côté, elle n'en avait rien montré. Nous avions traversé les années sans échanger la moindre confidence.

Comment annoncer à ma tante ma venue en Espagne, pays que je connaissais à peine ?

Sans me laisser le temps de répondre à la question, le destin trancha : un télégramme m'annonça que tante Elisa était décédée. Je ne fus pas vraiment surprise : je la devinais, depuis longtemps, plus malade qu'elle ne voulait bien le reconnaître. Ce qui m'étonna, ce fut d'apprendre qu'elle avait fait de moi sa légataire universelle.

Je n'eus que le temps de sauter dans le premier avion pour Madrid et me précipiter aux obsèques, dont la modestie me choqua : l'église était à moitié vide. Beaucoup n'osaient manifestement pas s'afficher à l'enterrement de l'une des représentantes du franquisme mondain. Durant des années, ils avaient pourtant fréquenté sa maison. Personne, en Espagne, ne se souvenait d'avoir été franquiste. Il n'y avait plus non plus de catholiques : rien que des démocrates obsédés de la performance sexuelle. Ainsi que partout ailleurs dans nos pays développés, le cul remplaçait la messe.

Le notaire me remit une lettre manuscrite que je lus dans le taxi. La défunte me priait, si cette besogne ne m'ennuyait pas, de ranger et de dépouiller les archives concernant Clara del Monte. « Si tu réussissais à en tirer quelque chose, je serais heureuse, ma chérie, de savoir que je n'ai pas travaillé pour rien. » L'humilité du ton me toucha.

Je m'installai dans l'appartement de ma tante, face au palais royal. J'avais toujours aimé la vue sur la Casa del Campo, depuis la terrasse.

L'Espagne aura fini par me rattraper, pensai-je en regardant le soleil se coucher.

Depuis trois ans, je travaille à ma thèse de doctorat, *Images et métaphores du crime dans l'œuvre de Lorca*. Depuis trois ans aussi, je vis plongée dans les archives de tante Elisa, tentant de reconstituer la vie de cette Clara del Monte dont le nom revenait si souvent dans ma petite enfance.

Peut-être ne me serais-je pas aventurée dans ce maquis de papier si un document n'avait retenu mon attention.

Il s'agit du témoignage d'un Italien, Bernardo Cassetto, admirateur de Clara. J'ai appris depuis qu'il avait été son mari. Quant à la date, elle ne peut se situer qu'entre septembre et novembre 1937. Toute la scène devient, du fait de ces approximations, incertaine. Bernardo raconte : une nuit de novembre ou décembre 1936, alors qu'on croyait Madrid perdu, qu'on entendait, jour et nuit, le canon tonner, Clara se mit à réciter le *Romancero gitano*, puis le *Llanto para Ignacio Sánchez Mejías*. Elle ne déclamait pas les vers, elle les disait avec une simplicité implacable. Selon Bernardo, elle avait découvert Lorca dans les années 1926-1927 en même temps que tout le pays s'entichait de sa poésie ; les analphabètes eux-mêmes l'apprenaient par cœur, le récitaient dans les auberges et les places des villages. Un phénomène qui ne s'était pas produit depuis des siècles : toutes les classes de la société, jusqu'aux plus misérables, scandant le *Romancero*. À sa manière sauvage et passionnée, Clara partageait cet engouement. Cette nuit-là, sur la terrasse de son appartement, rue Castelló, elle récita cette poésie avec une telle intensité que les auditeurs en furent, selon Bernardo, bouleversés. « Des frissons de la tête aux pieds. »

Les circonstances étaient, il est vrai, exceptionnelles : en cet automne 1936, le général Mola fonçait sur Madrid, atteignait la banlieue ; rien ne paraissait pouvoir l'arrêter ; lui-même semblait certain que la ville, acquise en majorité à la cause des rebelles, tomberait sans combattre, illusion qu'il résuma dans une formule devenue célèbre : « Madrid sera pris par la cinquième colonne », c'est-à-dire par les sympathisants de la cause nationaliste.

Dès que les franquistes auraient réussi à rompre les dernières défenses, les amis de Clara seraient arrêtés et exécutés. Autour de Clara, l'atmosphère dégageait une impression de mélancolie. C'était, poursuit Bernardo, une très belle nuit, lumineuse. Une lampe à pétrole posée sur la table éclairait la terrasse. Le petit Javier, âgé d'environ quatre ans, se tenait blotti aux pieds de sa mère, sa joue contre ses genoux. C'était un enfant très brun, les cheveux épais et ondulés, avec un grand regard de douceur et de gravité. Malgré l'heure tardive — minuit était passé depuis longtemps —, il restait au milieu des grandes personnes, sans bouger ni faire le moindre bruit, car il n'acceptait pas d'aller au lit sans sa mère. Aussitôt que Clara paraissait, il s'agrippait à ses jupes, la suivait partout ; s'éloignait-elle, il l'attendait avec la résignation d'un chien, guettant son retour. Les adultes se moquaient pour la plupart de cette passion singulière dont ils pensaient qu'elle passerait avec l'âge, mais quelques-uns, plus attentifs, s'en inquiétaient, déchiffrant dans les yeux de cet enfant trop sage une expression farouche.

Le tonnerre de la bataille creusait le silence, lui conférait une profondeur solennelle. Tout à coup, la voix de Clara s'éleva, scandant les vers. Elle se tenait assise en bout de table, tête baissée, le visage rongé par la pénombre. « Une de ces Vierges de Ribera, cachée au fond d'une chapelle, dans une cathédrale gorgée de nuit. D'une beauté saisissante, ainsi qu'elle pouvait l'être lorsqu'elle s'oubliait, négligeait son apparence. Rien n'avait annoncé le jaillissement du premier vers qui était sorti du silence, pareil au cri de la *siguiriya**, quand elle transperce la nuit. Et ce fut le même frisson, une identique panique. Tout à coup, la vérité de l'Espagne se dressait devant nous, d'une force effrayante. »

Clara avait, rapporte Bernardo, connu Federico chez Carlos et Bébé Morla, dans leur appartement de la rue Alphonse-XII, face au Retiro. Tard dans la nuit selon son habitude, le jeune poète avait récité « La mort d'Antoñito el Camborio », insistant sur le fait qu'il ne fallait pas déclamer mais épouser le rythme sans perdre la cadence, que c'était une question d'oreille plus que de diction. Excellente musicienne, Clara avait aussitôt saisi le propos.

Cette nuit-là, elle accompagnait la voix de Federico, tué deux mois auparavant ; sa voix pleurait le poète assassiné, la chute de Madrid, la mort de ses amis, la sienne propre.

N'est-il pas étrange, me demandais-je, qu'ils soient tous deux originaires de Grenade ? que leurs voix se mêlent devant la mort ? Je crus distinguer entre eux bien des affinités. Leur impatience à vivre, cette sorte de rage qui les précipitait en avant, la malédiction de l'amour et la lâcheté, enfantine chez l'un, rusée chez l'autre.

* L'un des chants « grands », fondateurs du *jondo* — le chant profond.

Je reposai le document, le glissai dans le dossier. Je restai un long moment à imaginer l'envoûtement de cette nuit d'automne, pensant aux fils que le destin tisse pour relier entre eux des éléments à première vue étrangers.

J'étais partie de ma petite enfance, de Clara del Monte, pour rejoindre Lorca ; après un long détour par l'Amérique, Federico me ramenait au jardin d'Estepona, à ma tante Elisa, à Clara, comme si la poésie seule détenait la clé de l'énigme.

Les livres écrits par tante Elisa — des biographies historiques — suivent tous le même modèle. Depuis la naissance du personnage, précédée ou suivie d'une généalogie exhaustive, jusqu'à sa mort, le récit court d'un épisode au suivant, droit vers le dénouement.

Quand, après des années d'enquête, elle entreprit de relater la vie de Clara del Monte, ma tante fut pourtant saisie de scrupules. Selon son habitude, elle a interrogé les témoins, confronté leurs souvenirs, rempli de notes, certaines fort longues, plusieurs cahiers, établi, pour chaque chapitre, un plan, en commençant, bien entendu, par la naissance et les origines de la famille del Monte. Rien n'y fait, la belle mécanique s'enraye. Tante Elisa biffe des pages entières, celles notamment où elle racontait la naissance de Clara à Madrid, le 22 décembre 1905, à dix heures vingt-deux minutes du soir, par un temps de neige (elle a pris soin de relever la température, trois degrés en dessous de zéro à vingt heures), au premier étage d'une jolie maison entourée d'un parc, Calle del Rey Francisco, dans un quartier alors excentrique.

Pourquoi abandonne-t-elle ce qu'elle a écrit, une trentaine de feuillets de son écriture serrée ? Elle n'est pas seulement mécontente du ton, puisqu'elle ne se borne pas à corriger le style. Il s'agit d'une insatisfaction plus profonde.

À propos de chacune des allégations de Clara, tante Elisa doute. Même les renseignements d'état civil la mettent sur ses gardes, non sans raison, puisque ni le patronyme ni l'année de la naissance ne semblent sûrs.

« Durant des années, observe tante Elisa, elle a donné 1910, 1912, 1914 comme étant l'année de sa naissance, obtenant chaque fois des papiers d'identité en règle, si bien qu'elle aura vécu légalement rajeunie de cinq, sept et même neuf ans selon les époques. »

Avec ses phrases raturées, reconstituées, certaines pages du cahier tiennent des hiéroglyphes et du rébus. On distingue pourtant l'échafaudage de ce qui deviendrait le nouveau début du livre : *Apparition révélation de la petite Clara del Monte dans les appartements de l'infante, au palais royal de Madrid.*

Même la date est indiquée, mai 1911.

En commençant par l'apparition de la petite Clara sur le théâtre de la Cour, elle plaçait la fillette en présence de nombreux témoins. Le récit s'en trouvait dès lors affecté, et bouleversé. Comment imaginer que toutes ces personnes aient posé sur l'enfant le même regard ?

J'ignore si tante Elisa prit ou non conscience des difficultés qu'elle créait en modifiant sa narration. Elle a d'ailleurs échoué dans son projet, finissant par l'abandonner, à moins que les forces lui aient manqué pour aller jusqu'au bout. En me demandant de lui prêter ma plume, elle m'investissait d'une mission hasardeuse. J'ai beau suivre son plan, me contraindre à une scrupuleuse fidélité, je dois souvent tenter d'interpréter ses intentions ; il me faut combler des lacunes, remplir des blancs, imaginer des transitions ; comment pourrais-je être certaine que je respecte bien sa volonté ?

Soixante-dix ans avaient passé lorsque tante Elisa entreprit de rassembler et rédiger ces notes ; les témoignages qu'elle collationne alors sont nécessairement influencés et déformés par tout ce qui a suivi, notamment une guerre sauvage dans laquelle la petite virtuose de cinq ans, devenue femme, joua un rôle des plus équivoques. Dès lors, est-ce bien l'enfant que les témoins de la scène décrivent et jugent, ou la femme qu'ils ont appris à détester ?

Plus la narratrice se sent désemparée, plus elle se raccroche à de menus faits. Reléguées dans la marge, des questions, *quelle température ? quels événements politiques ?* trahissent les scrupules de l'historienne, soucieuse de débusquer le détail vrai. Dans cette broussaille, on réussit toutefois à dégager des perspectives — *beauté, orgueil, virtuosité technique* —, ces mots taillent une allée alors qu'une autre séquence — *stupeur, saisissement, émotion* — rend compte de l'impression produite et qu'une troisième liste — *bagout, arrogance* — résume des réactions négatives, de l'antipathie à une vague répulsion.

En disposant les blocs de mots les uns à la suite des autres, on capte le reflet de l'éclairage qu'Elisa eût voulu jeter sur la scène ; l'irruption de cette fillette de cinq ans, apparemment sûre d'elle-même, dans la société compassée de la Cour, un programme musical trop sévère : ce tableau aux contrastes accusés dépassait de beaucoup les capacités de la biographe. Pour commencer, l'antagonisme des réactions rend l'événement hasardeux ; la petite Clara se montra-t-elle *vraiment* arrogante ? ou son assurance était-elle feinte, une sorte de crânerie du désespoir ?

Une phrase, au bas de la troisième page, incite à s'interroger. *Présence du père dans son fauteuil roulant*, lit-on. Et, à la ligne en dessous : *amputé d'une jambe et d'un bras*. Comment ne pas suspecter, derrière la bravoure de l'enfant, une forme de défi qui doit moins à la psychologie qu'à la situation ? Mieux qu'une description, fût-elle neutre, de l'attitude de Clara, la qualité de son jeu aurait tiré Elisa d'embarras, si elle avait pu s'appuyer sur l'avis d'un authentique musicien, capable d'analyser les nuances de l'expression pianistique. Hélas, la plupart des témoins étaient des courtisans : qu'auraient-ils pu lui apprendre sur l'intelligence musicale de cette fillette ?

La seule certitude est que la précocité de ses dons s'était répandue dans la ville pour parvenir à la Cour, où l'infante, la plus populaire des tantes du roi, se piquait d'encourager les artistes cependant que le souverain pilotait des automobiles, tirait des pigeons, jouait au golf et au polo avec sa camarilla, courait le cotillon et rêvait de victoires militaires. Avertie par l'une de ses dames de compagnie, l'infante pria donc les parents de Clara de lui amener leur fille, précisant que Sa Majesté se ferait une joie de l'entendre, honneur d'autant plus flatteur que le monarque s'endormait au concert.

C'est ainsi que la petite Clara, âgée de cinq ans et quatre mois, traversa dans sa robe rose empesée, ornée de rubans gris, le col et les poignets en dentelles de Bruges, une longue suite de salons, fit au roi d'abord, à l'infante ensuite une profonde révérence avant de se hisser sur une pile de coussins et de plaquer ses menottes sur le clavier, sans que ses pieds pussent effleurer les pédales, ses jambes suspendues dans le vide.

Ces récitals suivaient un programme immuable : Scarlatti, Mozart, Turina pour la couleur locale. On voulait bien entendre de la musique, on refusait de l'écouter. Or tante Elisa cite les compositeurs joués par la petite Clara : Albeniz, Falla, Jean-Sébastien Bach, choix qui explique peut-être l'agacement des témoins. Plus qu'une attitude présomptueuse chez l'interprète, ne serait-ce pas l'audace de ce programme qui offusqua les courtisans ? Ce défi explique toutefois la réaction des deux musiciens présents. Tante Elisa a relevé l'appréciation de l'un d'eux, professeur au Conservatoire : « Interprétation passionnée, cadence folle (Falla), une contention ascétique (Bach) », opinion que contredisent trois jugements à l'emporte-pièce du second : « Effets — frime — épate. » Ces avis discordants démontrent que le jeu de Clara ne laissait pas indifférent.

On n'oubliera pas cet infirme dans son fauteuil roulant. Qui osera prétendre que rien ne lie un programme musical sans concession, trop *entier*, à la présence de ce père humilié et *diminué* ?

Dans ses notes, tante Elisa ne manque pas de relever l'éternel bon mot des souverains, pieusement recueilli par ses courtisans : « Ma petite demoiselle, vous jouez comme une grande mademoiselle », niaiserie qui contraste avec le silence de l'invalide.

Sur l'infirme en effet, pas un mot. De sa bouche, pas même un soupir. Rien que cette

36

présence muette, énigmatique et vaguement inquiétante.

Devant cette indétermination de la réalité, tante Elisa a dû flairer que le récit vacillait. Incapable de capter ces irisations, elle a eu recours au seul subterfuge qu'elle connût, s'évader dans les hauteurs, envolée qui, de livre en livre, lui était devenue familière. Dans toutes ses monographies, elle commence par installer le décor, diluant la figure dans ce qu'elle appelle le *climat*. C'est, bien sûr, une manière de tenir la réalité à distance.

Cette fois, la ruse se laisse apercevoir à l'œil nu : séparée des notations qui charpentent le texte, visiblement ajoutée après coup, la phrase s'étale tout en haut de la page, sans une rature, d'une écriture régulière à la calligraphie soignée.

« C'était une époque heureuse et qui, bien entendu, ne le savait pas. »

À quoi, sinon à noyer la réalité, de telles formules servent-elles ? La tactique de tante Elisa a toujours consisté à étouffer ses sentiments.

Une époque heureuse ? Un quart de la population composée d'analphabètes, plusieurs millions de journaliers (les *braceros*) qui, chaque matin, sur la place de leur village, se louent avec leur âne — trois pesetas par jour[*], de *sol a sol*, de soleil levant à soleil couchant. Appuyés par la garde civile et les curés, les caciques font la loi dans les campagnes. Les familles crèvent en serrant les poings. Jour après jour, pendant des années, la haine fermente. Elle éclatera dans un hurlement de fureur, emportant tout.

L'époque pouvait cependant paraître heureuse, avec ses orgues de Barbarie, ses bals populaires et ses *verbenas*, sa foule de provinciaux — nourrices galiciennes en costume traditionnel, lavandières d'Estrémadure, veilleurs de nuit asturiens enveloppés dans leurs capes, mauvais garçons d'Albacete, souples et adroits au couteau — et cette capitale d'opérette que l'ambassadeur des

---

[*] Un kilo de pain vaut alors deux pesetas.

États-Unis compare alors à Washington, pas de cheminées d'usine, des jardins et des parcs, partout des fontaines. La nuit, l'air des montagnes dévale, glacial — six mois de gel, trois mois d'enfer. Des armées de fonctionnaires occupés à ne rien faire : *mañana*, le refrain des bureaux. Une population gouailleuse, crânement réactionnaire : « Vive nos chaînes[*] ! » Quel autre peuple d'Europe, hormis le russe, oserait une énormité pareille, bras d'honneur à toutes les Lumières ? On chante partout dans la rue, à toute heure, les témoignages surabondent. Sur la scène des théâtres, des compositeurs de talent parodient l'opéra en troussant des saynètes dont toute la ville fredonne les airs et les refrains : *Dónde vas con mantón de Manila* ? Où vas-tu donc avec ton châle de Manille ? Guincher, bien sûr, peut-être à La Bombilla, où la bonne société s'encanaille, où Clara aimera danser le *chotis* avec des *manolos*[**], où Federico Garcia Lorca finira ses nuits avec sa bande, Dali, Alberti, Buñuel…

Heureuse, cette époque, ou impitoyable ? Ni l'un ni l'autre, ou bien l'un *et* l'autre. En cette Espagne quasi moyenâgeuse, un monde dru, violent — de la puanteur et de la saleté dans les

* À son retour d'exil, les Madrilènes dételèrent les chevaux du carrosse de Ferdinand VII, et ils tirèrent eux-mêmes la voiture en jetant ce cri. Hypocrite et cruel, le monarque exauça leurs vœux : ils les eurent, ses sujets, les chaînes. Et les potences en prime.
** Julots ou marlous des quartiers populaires.

bouges, du sang et des viscères sur le sable des arènes. La mort ponctuelle et oxydée, *a las cinco de la tarde*, une même et seule agonie à toutes les horloges. Ni ville ni capitale, Madrid est une station thermale parfumée à l'ail, avec ses élégantes dont les attelages paradent entre le Paseo del Prado et la Plaza de Colón ; sous les frondaisons, les messieurs se découvrent, s'inclinent pour saluer cependant que les jeunes gens caracolent aux portières.

Dans son pensionnat, chez les sœurs de Notre-Dame-de-Sion, à quoi pense la petite Clara ? De quoi, de qui rêve-t-elle lorsqu'elle s'assied chaque soir devant son piano, dans la salle de musique, sous les combles ? Si tante Elisa trébuche à l'instant de rédiger sa biographie, c'est qu'une vie est trouée de silences mais qu'aucun silence ne ressemble aux autres. Ceux de ma parente étaient pudiques, discrets. Les silences de Clara étaient durs, compacts, des sanglots noués ou des haines ravalées. Devine-t-on la fureur de ce silence pour que la musique en jaillisse avec une telle impétuosité ? Pense-t-on à ce qu'il étouffe et comprime pour qu'une fillette de cinq ans provoque de tels enthousiasmes et de si violents rejets ? Ce qui produit cette ombre, nous l'ignorons.

Faut-il, délaissant l'infirme dans son fauteuil roulant, tourner les yeux vers la mère, doña Mercedes, une de ces Espagnoles hautes et anguleuses, les yeux saturés de mépris, la bouche étroite et sinueuse, aux coins rabaissés par le dédain ? L'une des dames de compagnie rapporte d'elle cette unique phrase : « Sire, Votre Majesté lui rendrait service en l'incitant à davantage travailler son instrument », propos qu'elle aurait lâché en réponse au compliment d'Alphonse XIII. Rien sur sa fille ni sur ses dons musicaux, rien sur son mari. Après que la petite Clara eut fini son dernier morceau, sa mère prit la main de son enfant dans la sienne et, tirant sa révérence, se retira avec dignité. Quant à l'amputé, son valet poussait le fauteuil à travers les salons en criant : « Place à l'infirme, place à l'infirme ! » Avertissement que tante Elisa a souligné d'un double trait rouge.

En lisant les éléments réunis par tante Elisa pour ce premier tableau, on est d'ailleurs surpris du silence. Seule la musique se fait entendre ; le père et la mère se taisent ; la petite ne parle qu'à travers son piano.

Un autre silence, celui de tante Elisa. Dans ses ouvrages comme dans ses articles, sa langue est d'une fluide précision ; chaque mot suggère autant qu'il exprime. Sous sa plume, ces termes, *apparition* et *révélation*, ne sont donc pas innocents. Pour dépeindre l'irruption, sur le théâtre de la Cour, d'une personne étrangère, tante Elisa disposait d'expressions consacrées par l'usage, *faire son entrée* ou, plus simple, *être présenté*, dont chacune laisse à la personne la jouissance d'une existence antérieure. Si, sous la plume de tante Elisa, Clara *apparaît*, si sa personnalité se *révèle*, c'est qu'elle advient brusquement à l'existence sociale. Elle n'était rien, elle devient quelque chose. L'emploi du vocabulaire théologique charrie toute une dialectique de l'être et du non-être, gymnastique à laquelle une majorité d'Espagnols est rompue, depuis des siècles. Par la grâce du baptême, on passe des ténèbres du péché au soleil de la rédemption. Tante Elisa persuade son lecteur d'une prédestination dont la généalogie fournira la clé. Ce n'est pas une personne qui se montre et s'exhibe, c'est une race humiliée, rongeant son frein depuis des siècles, cuisant ses haines et attisant ses ressentiments. Ma parente n'affirme rien : elle insinue, feint de s'interroger. N'est-elle pas *étrange*, l'assurance dont cette fillette fait preuve dans un milieu qui aurait dû l'impressionner ? Et comment expliquer les réactions d'antipathie que son apparition et même son jeu inspirent (elle en fait trop, elle appuie ses effets. Si petite et déjà si *habile*, sollicitant l'émotion...), comment expliquer ces instinctives réactions d'écœurement ? Rien n'est dit, et je le lis pourtant dans le chaos des notes, dans le désordre des mots.

Tous les silences parlent : est-il concevable que ce père infirme n'ait pas soufflé mot ? que personne, dans une assemblée si policée, ne soit allé le féliciter, pas même l'infante elle-même ? Et il serait resté muet, impassible ? À moins que son malheur n'exprimât, au-delà des mots, une malédiction atavique ?

Chaque élément du tableau possède une formidable richesse sémantique. Eût-elle voulu démêler ces réseaux, c'est elle-même que ma tante aurait fini par trouver au bout de l'écheveau. Si elle n'a pas rédigé ce livre, elle en a méticuleusement empilé, rangé, les matériaux. On peut imaginer le monument achevé ; je n'ai aucune peine à l'exhumer de sous les décombres : ce manuscrit est un palimpseste.

Felicita Palomares
Casón Aguilares Soria

Elisa Toldo
Madrid

Soria, le 27 avril 1988.

Je te remercie, chère Elisa, d'abord de te souvenir que ta vieille parente est encore de ce
monde, malgré ses quatre-vingt-trois ans passés ;
ensuite de la bonne opinion que tu as de mes
capacités intellectuelles, notamment de ma mémoire, qui fut longtemps excellente, je te l'accorde. Je n'ose cependant t'en garantir le bon
fonctionnement. D'autant que tu la sollicites
pour un événement qui remonte à très loin.
Comme j'ai, par ailleurs, maintes fois entendu
évoquer cette séance, surtout par des gens qui
n'y assistèrent pas, j'ai le plus grand mal à faire
la part de ce qui appartient à mes souvenirs ou
à la rumeur sociale. Ces affabulations n'ont rien

d'innocent. Toutes se proposent d'illustrer la personnalité de cette Clara del Monte que j'ai croisée une fois ou deux, dans les années 1925, quand elle était le sujet de toutes les conversations. Je n'ai gardé d'elle qu'une image de fards maladroitement appliqués et d'un nuage de parfum (Shalimar de Guerlain, je crois bien) qui vous prenait à la gorge. Non qu'elle me soit apparue comme une créature sulfureuse, elle m'évoqua plutôt une fillette désireuse d'attirer sur elle l'attention. Or c'est bien, ma chère Elisa, cette expression bravache qui me frappa cet après-midi de mai 1911. Je ne me rappelle ni les attitudes ni les propos échangés, rien que le maintien de cette minuscule poupée brune, vêtue de rose (ce rose fané de Velasquez, tu vois ?), rien que la tristesse de son regard, une mélancolie orgueilleuse, le menton relevé, la tête droite. Je ne flancherai pas, semblait-elle dire.

On a parlé d'impertinence ; on a mis ce mot sur sa raideur parce qu'une rouge doit être pétrie de haine depuis sa naissance. On fabrique les personnages après coup, pour les besoins de la légende.

En écartant le mythe, voici ce que ma sensibilité me restitue : un désespoir crâne, lequel résonnait aussi dans sa musique. J'ai, dans mon enfance, pianoté avec une application morose ; mon opinion n'aurait donc pas la moindre valeur. Je me rappelle seulement les doigts de Clarita.

Mon Dieu ! que ses menottes paraissaient minuscules !

Si tu souhaites avoir un avis sur son talent musical, je te conseille de rencontrer Jose Maria Clavel, qui fut son professeur au Conservatoire. Il n'est pas non plus très jeune mais on m'a dit que son cerveau fonctionnait à peu près normalement. L'à-peu-près devrait suffire. C'est un de ces Castillans mal embouchés, tels que je les aime. J'ai eu une conversation avec lui, il y a de cela quelques années. Je lui demandai si Clara possédait une technique sûre. Il me toisa, il mesure un mètre quatre-vingt-sept, et lâcha d'un ton impassible : « Qu'est-ce que ça veut dire, la technique, pour une enfant de cinq ans ? » Il avait raison, bien sûr : ma question était idiote.

La petite Clara a remporté ce jour-là un grand succès ? Un singe aurait obtenu un triomphe. Ces dames applaudissaient l'animal de cirque.

Je suis incapable de t'expliquer comment cette enfant s'y prenait pour dégager une telle émotion. Je n'ai pas, Elisa, la larme facile. J'avais pourtant la gorge nouée et... je crois bien que j'ai pleuré.

On appelle cela la présence ; tu trouveras une expression plus adéquate ; le fait est que cette enfant était tout entière dans sa musique. Des effets sollicités, de l'épate, j'ai entendu ces stupidités. C'était exactement le contraire : l'émotion naissait de l'effort pour endiguer, contenir... Elle jouait au bord des larmes.

46

Je me rappelle avoir pensé qu'elle avait la tête de quelqu'un qu'on mène à l'échafaud. Ça te semble sans doute extravagant : c'est pourtant ainsi. J'aurais voulu la prendre dans mes bras, la serrer contre ma poitrine. Je l'aurais volontiers giflée aussi, pour la dégoûter de s'offrir en spectacle, et je l'aurais éloignée de son piano, où elle mettait trop d'elle-même, si tu comprends ce que je veux dire.

D'où lui venait, à cette petite, sa tristesse ? Tu me connais un peu, Elisa : les explications psychologiques me laissent de marbre. Plus qu'inexactes, je les trouve triviales. Les raisons qui font qu'un homme agit d'une manière plutôt que de telle autre, ces motifs ne m'importent pas. Je veux respecter son courage, s'il en montre, admirer sa folie, pour peu qu'il en soit capable : je refuse d'écouter sa plaidoirie, si elle prétend justifier sa lâcheté. À mon âge, quel amusement trouverais-je à ces pinaillages ? Des raisons de se défiler, on en a tous à la pelle, inutile d'appeler la science à la rescousse.

Je ne pouvais non plus détacher mes yeux du père. C'était un fort bel homme, avec le même regard de mélancolie que sa fille. Son valet avait jeté une pelisse sur ses épaules, étroites et plutôt frêles. Une barbe poivre et sel mangeait ses joues et son menton ; enfoncés dans leurs orbites, les yeux étaient d'un noir luisant, chose rare, car les yeux que les poètes disent noirs sont presque toujours marron. Tissés de fils d'argent, ses cheveux ondulés retombaient sur ses épaules. Une tête magnifique, étonnamment jeune, une de ces têtes pour lesquelles beaucoup de femmes font des folies, celles du moins qui ont une vocation d'infirmière, ce qui n'est pas mon cas. Des mains longues et fines, diaphanes, des mains à la Van Dyck, qui penchent, tombent.

J'allais oublier le plus troublant : la bouche menue, gonflée, avec des lèvres faites pour donner et cueillir des baisers, lèvres orientales délicatement ourlées — l'intérieur d'un violet profond —, oh, je crois t'entendre, mais je pense, moi, aux médinas de Fès et de Salé plus qu'aux collines de Jérusalem — et cette bouche qui était non pas sensuelle, mais la sensualité même, cette bouche faite pour l'amour démentait l'impression de faiblesse. À cause de ces lèvres la figure montrait non pas la fatigue de vivre, mais l'épuisement de l'amour, la consomption.

Je te parle de ce courage, le plus rare, qui consiste à regarder la mort en face, à lui livrer un combat d'avance perdu. Don Francisco (c'était son nom) possédait ce courage-là. Il était apparu parmi nous pour mourir. Il ne se révoltait pas ; cela devait arriver ; il n'aurait servi à rien de s'agiter ou de s'apitoyer. *Aguantar*, l'un des plus beaux mots de notre langue.

Je t'écris sans réfléchir, au fil de la plume, et j'ai conscience que mes propos semblent insensés. Tu dois me prendre pour une folle ; comme je le suis, folle, je ne m'en offusque pas. Je te

dis comment je ressentais les choses ce jour-là :
d'un côté, une exhibition pitoyable, comme l'infante les aimait ou du moins les supportait —
c'est incroyable, le nombre de choses qu'on fait
dans sa vie pour se conformer à l'image qu'on
souhaite laisser de soi ; de l'autre, un drame
secret dont ce magnifique invalide était le personnage principal. Sous nos yeux, il se passait
quelque chose de terrible, je n'aurais su dire quoi.

Je ne veux pas te mentir, Elisa, je suis trop
vieille pour dissimuler. Dans tes livres, j'ai déniché des passages qui, voilà cinquante ans, eussent semblé des lubies sans conséquence. Depuis
que l'esprit d'organisation allemand a prétendu
résoudre la question de manière radicale, ces élucubrations n'ont plus rien, hélas, de simplement
loufoque. D'autant qu'il t'arrive de proférer des
insanités : d'où tires-tu que les juives sont plus
douées pour la volupté que les chrétiennes ?
Quelles statistiques as-tu réussi à établir, alors
que tu n'as jamais été mariée et que tu ne donnes pas — excuse-moi — l'impression de posséder un tempérament de feu ? Je suis plus vieille
que toi ; tu es ma parente, même éloignée ; je
me sens autorisée à te parler crûment.

Je ne te demande pas pardon ; ce serait plutôt à moi de te pardonner, ce que je fais parce
que je te connais bien, depuis ta naissance ou
presque, sans cependant excuser tes inconséquences.

J'ai l'air de battre la campagne ? Je pense à tout ce que j'ai entendu dire sur cet homme. Don Francisco était si riche que, au XIVᵉ siècle, on n'aurait pas fait d'embarras pour l'écorcher et le dépouiller. Tu aurais, je le sais, trouvé à la figure de cet invalide une tournure biblique et l'origine incertaine de son immense fortune eût renforcé tes soupçons.

J'ai commencé cette réponse sans savoir si je trouverais quelque chose de sincère à te livrer. Au fur et à mesure que je te parle, mon sentiment d'alors ressuscite, de plus en plus vif, et c'était la peur.

Je me mis à observer tantôt l'infirme tantôt la petite, non pour découvrir un lien, il n'en existait manifestement aucun, mais à cause de cette distance justement. Ils paraissaient étrangers l'un à l'autre ; cela m'intriguait et m'effrayait. Alors que Clarita n'arrêtait pas d'interroger sa mère des yeux, avec une expression d'inquiétude et de crainte, elle évitait de tourner la tête en direction de l'infirme, caché dans la pénombre, près d'une haute fenêtre ouvrant sur la Casa del Campo. (Le soleil se couchait, je m'en souviens, avec cette lumière de la campagne madrilène, fastueuse et poignante.) J'ai souvent repensé à ce tableau, à la disposition des personnages... Je te prie de me croire, si la petite Clara évitait le regard de son père, ce n'était aucunement par indifférence. Elle pensait à lui sans cesse, elle jouait pour lui, j'en mettrais ma main au feu.

50

Entre son père et elle, une puissance se dressait.

Je me mets à parler comme nos vieilles paysannes, du temps qu'il y avait des villages et des paysannes.

Il n'empêche, Elisa : dans l'ensemble, je suis sûre de mes intuitions. Je ne puis d'ailleurs me rappeler ce jour sans retrouver ce sentiment d'angoisse et de mélancolie. Je ne sais ce qu'a pu faire cette Clara, de quels forfaits elle s'est rendue coupable. J'ai entendu ce qui se disait d'elle dans nos milieux, j'ai tout oublié à cause de cette petite fille qui n'osait pas regarder son père.

Et si tes divagations raciales ne m'amusent pas, il se peut que pour une fois… Oui, Elisa, cherche de ce côté-là, mais peut-être pas dans l'ordre où tu ranges habituellement la cause et les conséquences. Ne te vient-il pas à l'esprit que les conséquences puissent devenir des causes ?

Tu ne passeras pas la semaine sainte à Cordoue ? Dommage. Je me mets à chérir toutes ces manifestations sinistres, cagoules et processions, tambours et flagellants, et si l'Inquisition était rétablie, j'irais volontiers voir brûler des hérétiques — escrocs et pollueurs en tout genre —, spectacle moins cruel et moins sale, n'en déplaise aux humanistes, que nos jeux télévisuels.

Prends soin de toi, ma chère, nous devenons des monuments historiques. On finira par payer pour nous visiter.

Pour tes questions sur la généalogie des del Monte, informe-toi auprès de Carlitos ; il y a du singe en lui ; il adore grimper aux arbres et sauter de branche en branche. Pour moi, tu n'ignores pas mon scepticisme : ma mère, qui fut *camarera mayor*, me contait comment la reine ouvrait chaque nuit la porte de sa chambre à coucher aux plus avantageux de ses gardes. Tu conviendras qu'après un tel brassage le bleu du sang, même royal, avait sans doute déteint.

Je n'ai pas une excellente opinion de mon sexe, chère Elisa, peut-être parce que je me connais.

Je te prie de comprendre ma franchise, qui n'ôte rien à l'affection que j'ai pour toi,

je t'embrasse tendrement,

FELICITA.

Antonio Baldo
Professeur d'Université
à la retraite
Madrid
                                    Elisa Toldo
                                    Madrid

Madrid, le 7 juin 1988.

J'attendais, Madame, votre lettre car des amis
m'avaient informé de votre projet.

J'ai eu le temps de mûrir ma réponse, que je
ne souhaite ni impertinente ni offensante. Je ne
puis cependant travestir ma pensée qui, elle, ne
fait aucune différence entre les sexes.

On vous a bien renseignée : je fus un ami de
Clara del Monte, qui m'honorait de sa confiance.

Les sentiments que je vouais à cette femme
exceptionnelle, souffrez, Madame, que je les
garde pour moi. Tendres et complices, pour user
d'un euphémisme, ce qui fait que sa mémoire
m'est chère.

53

Je ne doute pas de la droiture de vos intentions. Entre vous et moi, entre vous et Clara, ce qui se dresse, Madame, n'est cependant pas un simple malentendu, ni des divergences d'opinions ; ce sont des centaines de milliers de cadavres, et vous accepterez que, parmi tous les morts, je choisisse ceux qui n'ont ni monument pharaonique[*] pour perpétuer leur mémoire, ni croix de marbre pour appeler à l'intercession de la prière — des morts oubliés. Après avoir vécu sans identité, ils reposent inconnus. Si je ne songeais pas à eux, je ne sais, Madame, si quelqu'un s'en souviendrait, car l'heure n'est pas à la fidélité. Nos morts sont chaque jour plus abandonnés ; je voudrais qu'on leur laissât à tout le moins le silence, seul bien qu'ils aient jamais possédé. Clara et moi, nous sommes enchaînés au souvenir de ces spectres qui furent les fantômes de notre jeunesse.

J'ai cru comprendre, Madame, que vous entendiez montrer l'ambiguïté de ces liens ; Clara n'aurait pas été toujours superbe ni fidèle à elle-même... Ces démystifications sont à la mode. Clara n'avait rien d'une héroïne ; son rôle, durant la guerre, fut des plus modestes. Vous n'aurez pas grand mal à débarbouiller le buste. Je ne vous conteste d'ailleurs pas le droit d'en-

[*] Allusion à la vallée des Tombés dans la guerre civile, crypte excavée dans la montagne, surmontée d'une croix gigantesque. Monument érigé en mémoire des seuls morts du camp nationaliste.

quêter, je me permets seulement de vous demander : êtes-vous certaine d'être la personne la
mieux indiquée pour cette besogne d'épuration ?

En 1959, je franchis clandestinement la frontière pour reprendre le combat politique ; six
mois plus tard, je fus arrêté à Madrid même,
qui est ma ville natale ; dans la prison de Cara-
banchel où je restai six ans, il m'arrivait de
feuilleter les journaux. J'y trouvais presque chaque jour votre nom au bas de chroniques dé-
pourvues de tout caractère politique, je vous
en donne acte, érudites, désinvoltes, d'une grâce
très andalouse ; elles me distrayaient et je vous
remercie avec retard des moments d'oubli que
vous m'apportiez. On voyait également votre
photo, entourée de personnalités étrangères, le
plus souvent des Américains de passage dans
notre ville ; aux yeux de tous, vous apparaissiez
alors comme une ambassadrice du franquisme
auquel vous prêtiez votre lumineux sourire, l'éloquence de votre beauté, la réputation de votre
esprit ; vous faisiez partie du petit nombre de
celles qu'un chroniqueur mondain baptisa les
señoras del franquismo, les grandes dames du franquisme, guère nombreuses, du moins les grandes, car, femmes d'officiers pour la plupart, elles
ne possédaient qu'un esprit de garnison, fatalement borné. Vous seule, Madame, pouviez étendre sur la dictature ce vernis de prestige et de
légende. Je me rappelle encore le reportage sur
la propriété que vous veniez de faire édifier au

nord de Madrid, dans une superbe campagne. Autour de la piscine, vos invités se pressaient et, parmi eux, trois des principaux ministres du Caudillo, manifestement contents de l'honneur que vous faisiez rejaillir sur eux, si l'honneur se réduit aux bonnes manières. De votre côté, vous aviez l'air épanoui, et ce matin-là, justement, l'un de mes compagnons avait été exécuté dans la prison.

Ce rapprochement vous semble peut-être choquant ; il l'était aussi pour moi, non que je vous tinsse pour responsable de la mort de mon camarade, condamné, faut-il le rappeler ? pour des actes remontant à trente ans. C'était une simple coïncidence, mais, vous en conviendrez, difficile à oublier. D'ailleurs, je ne l'ai pas oubliée.

J'entends d'ici vos protestations ; je les ai plusieurs fois entendues à la radio : vous n'étiez pas franquiste ; monarchiste et traditionaliste, vous demeuriez fidèle à don Juan, le Prétendant ; vous vous moquiez des militaires, ces rustres ; vous blâmiez la brutalité de la répression.

Je ne mets pas en doute la droiture de vos intentions ; avec le recul, vous vous voyez sûrement antifranquiste, ennemie de la dictature. Connaissez-vous quelqu'un, dans ce pays, qui ose s'avouer franquiste ?

Je vous ai prévenue en commençant cette lettre : la pensée n'a pas de sexe. J'ai, Madame, plus de mépris pour votre circonspection que je n'en ai pour la brutalité des traîneurs de sabre, lesquels, après tout, étaient ce qu'ils furent toujours. Vous, vous offriez à ces soudards l'alibi de la civilisation, l'éclat de votre nom, le lustre de vos alliances. En échange de la respectabilité que vous leur reconnaissiez, ils vous laissaient une bonne conscience.

Pis, Madame, qu'un crachat : la menue pièce du mépris.

Je ne désire pas le rappel des lâchetés. Je suis vieux, je suis malade ; ma femme et ma fille sont mortes ; je ne suis pas sûr d'aimer mon pays. Je passe mes jours devant la fenêtre, en regardant les pigeons, bestioles parmi les plus stupides. « *Pero yo ya no soy yo, / ni mi casa es ya mi casa**. » Pour durs qu'ils vous paraissent, mes propos ne veulent pas vous blesser ; vous ne souhaitiez pas non plus m'insulter quand vous souriiez à l'objectif le jour et peut-être l'heure où mon camarade était étranglé**. C'est, dans nos compromissions, la part du destin.

Est-ce trop demander, Madame, que vous nous laissiez mourir en paix ? que vous respectiez notre silence ? Nous n'avons pas seulement perdu la guerre : nous avons été chassés de notre terre, parqués dans des camps, humiliés de toutes les façons. Vous voulez maintenant juger nos vies, mais à quelle aune allez-vous les mesurer ?

* *« Mais je ne suis plus moi,/ni ma maison ma maison. »* — vers de Lorca.
** Le mode d'exécution était le *garrote*, étranglement par un collier de fer que le bourreau serre.

Clara a fait du mal, c'est possible ; vous, vous n'avez rien fait : j'aime mieux l'excès dans l'horreur que la ladrerie dans la vertu. Gilles de Rais ou Thérèse d'Avila : il n'y a pas si longtemps, l'Europe savait que c'était l'avers et le revers de la même médaille.

Vous connaissez maintenant les raisons que j'ai de refuser de répondre à vos questions et de collaborer d'une manière quelconque à votre ouvrage.

Je vais sur mes quatre-vingt-sept ans, Madame, et je suis sérieusement malade. Vous ne devriez plus attendre trop longtemps.

Je vous salue,

ANTONIO BALDO.

Agrafée à cette lettre, une épaisse liasse, portant la mention : *Pour Lina* :

Quand je voudrai connaître les motifs de l'aversion que j'ai toujours eue pour l'idéologie, il me suffira de relire cette lettre. Tout y sonne juste, mais le diapason est faussé. Monsieur Baldo possède la foi, et la croyance déforme la vision. Mon jugement ne découle pas de l'option politique. L'éloquence des droites me semble tout aussi fallacieuse. Ce qui, dans la prose de Monsieur Baldo, me choque, ce ne sont pas les opinions, c'est le pathos. Même les morts, il n'hésite pas à les relever et à les brandir, sans oublier de les trier, les bons d'un côté, les méchants de l'autre.

Monsieur Baldo évoque les siens avec une grandiloquence dont je serais, moi, bien incapable.

J'ai décidé de m'adresser à toi, ma chérie, avec l'espoir que tu auras eu la patience de lire ce qui précède et que tu voudras peut-être écouter ce que j'ai à te dire. Non pour me justifier : je ne prétends pas te fournir des excuses. Je te parle cachée derrière le papier, derrière la maladie. Le pancréas pour commencer, ensuite le foie, sans doute aussi... Des métastases, le mot serait presque joli, tu ne trouves pas ? De mon état aussi, je te parle seulement aujourd'hui. Je n'ai jamais pu te parler de rien ; je n'ai su parler à personne, si tu exceptes le bavardage des mondanités, ce pépiement où j'excellais. Ton père non plus n'était guère bavard et, quand tu étais petite, j'ai souvent rencontré ton regard qui nous interrogeait... Qu'il doit être dur, pour les enfants, de comprendre les grandes personnes, si étranges, si imprévisibles ! comme il est dur aussi, Lina, pour les grandes personnes de s'adresser aux enfants ! Je t'aimais tant, j'étais si fière de toi ! Tu étais la fille que j'aurais souhaité avoir, si j'en avais eu une, si jolie sous tes boucles blondes, avec tes grands yeux de porcelaine bleue ! Si ni ton père ni moi ne réussissions à te parler, ma chérie, c'est que nous étions noyés dans le silence.

Dans une maison de Malaga plantée au milieu d'un jardin touffu — les jardins andalous sont des jardins de femmes, disait notre mère, des jardins de pots, de plantes odoriférantes (seringas, chèvrefeuilles, jasmins, daturas, gardénias, pélargoniums aux feuillages de poivre ou de menthe) disposées dans un apparent fouillis —, dans cette maison haute et blanche vivaient, en 1937, ma grand-mère, ma mère, une sœur de ma mère, la tante Amalia, et une petite fille de cinq ans, Genia, la préférée de ma mère parce que la benjamine, née alors que ma mère avait dépassé les trente-six ans, une sorte de miracle donc. Ainsi qu'il arrive souvent avec les enfants tardifs, Genia était de complexion faible, une petite brune très menue, trop sage, avec de grands yeux bleus semblables aux tiens. Ton père, moi, toute la famille raffolions de cette petite et, quand je reviens en arrière dans mes souvenirs, je revois Rafael couché dans l'herbe, tenant Genia au bout de ses bras. Oui, ton père adorait sa petite sœur et, de mon côté, je veillais sur elle, aidais ma mère à l'habiller, à la coucher et à la lever.

Lorsque la guerre a éclaté, les femmes sont restées seules à Malaga cependant que les hommes fuyaient la ville, mon père à l'étranger, Rafael au front, dans les montagnes basques ; quant à moi, on m'avait envoyée à Tanger, chez une cousine de papa.

C'était en automne, il faisait frais, humide. Genia s'était réfugiée avec sa poupée sous le tapis qui recouvrait la table ronde, dans la salle à manger. Elle avait l'habitude de se cacher là, avec Negrita, sa poupée noire, avec qui elle poursuivait de longues conversations, très graves, mystérieuses. Elle avait toujours aimé se cacher dans les recoins, sous les meubles. Le brasero était déjà allumé à cause des pluies, si bien qu'il y faisait bon.

Les conversations des grandes personnes, la voix de notre mère, la tiédeur dégagée par le brasero, Genia se sentait sans doute rassurée. Oui, j'imagine qu'elle était tranquille, sa Negrita dans les bras.

Ce que nous avons réussi à comprendre de ses rares paroles, plus tard, c'est qu'elle remarqua d'abord les bottes, de grosses bottes, précisat-elle. Ensuite, elle entendit des éclats de voix et je suppose qu'elle eut très peur, peur au point de rester coite, incapable d'appeler ou de bouger, et cette frayeur lui sauva la vie. Les coups de feu l'ont assourdie ; elle est restée là, sidérée, regardant le sang couler, des rigoles de sang sur le carrelage en damier, bleu et blanc, je me souviens encore du motif. Je me souviens du moindre recoin de cette maison de notre enfance, que ton père et moi décidâmes de vendre après la guerre.

Je n'ai ménagé aucun effort pour identifier les assassins. Je n'ai réussi à récolter que de maigres résultats : ils étaient trois, l'un d'eux très jeune, à peine dix-sept ans selon l'une des voisines, miliciens de la FAI*, et ils devaient chercher mon père. Inutile de se demander s'ils obéissaient à des ordres ou s'ils agissaient de leur propre initiative. Aucune autorité légale n'existait et chaque parti disposait de sa propre police.

* Fédération Anarchiste Ibérique.

Combien de temps Genia resta-t-elle sous la table, parlant à Negrita ? Depuis quarante ans, je me pose cette question absurde : que racontait-elle à sa poupée ? que pouvait-elle bien lui dire, toute seule sous la table, en regardant ce sang qui dessinait des fleuves étranges, trois femmes tuées à bout portant, et leur sang qui coulait, coulait... ?

Elle a fini par quitter son abri, a marché vers la porte qui était ouverte sur le perron et le jardin. Elle n'a pas regardé les cadavres, nous en sommes à peu près sûrs. Elle a hésité au sommet de l'escalier, a descendu les marches. Près des lauriers-roses, contre le mur du fond, un papillon jaune voletait. Ce sont les seuls mots qu'elle réussissait à dire avec un sourire insupportable : « Un gros papillon, un gros papillon. » Et elle a continué de les répéter jusqu'à sa mort, dans cette clinique des environs de Montreux où nous allâmes, Rafael et moi, la visiter durant plus de quinze ans, sans avoir la certitude qu'elle nous reconnaissait.

Pardonne-nous, ma chérie, si nous n'avons pas été capables de te parler... Ta mère, qui, elle, aurait pu rompre le silence, se trouvait dans le même état que nous. J'ai souvent pensé que Rafael et Sol s'aimaient dans leur commune blessure. Ils marchaient dans la vie appuyés l'un sur l'autre et, s'ils ne trouvaient pas les mots, c'est qu'ils avaient peur pour toi. Nous avons tous vécu dans la peur.

Comment me serait-il possible de parler de Genia à Monsieur Baldo ? Quel usage idéologique puis-je faire des cadavres de ma grand-mère, de ma tante et de ma mère ? Ces représentantes des classes sociales dégénérées, vouées à disparaître, c'est tout juste si je ne dois pas en rougir.

Non, je n'aime décidément pas l'idéologie.

Pourtant, Monsieur Baldo n'a pas tort d'évoquer le calvaire des vaincus. Rodrigo, que tu as connu, que j'ai aimé à ma manière, ne décolérait pas contre la criminelle sottise des vainqueurs. Nombreux dans mon entourage furent stupéfiés et révoltés par la sauvagerie de la répression, par l'acharnement imbécile contre les vaincus.

Je ne sais pas ce que nous imaginions, mais je te jure que tant de cruauté dépassait notre entendement. Je me demande d'ailleurs si la mort de Rodrigo n'a pas été hâtée par ce climat de terreur. Il avait passé la guerre en Italie, au Portugal et, la paix enfin revenue, il rentra précipitamment pour tenter de sauver autant de vies qu'il était en son pouvoir, et, comme son influence était énorme, il y en eut beaucoup. Malgré tout, il ne décolérait pas, accusant Franco de tuer l'âme de l'Espagne. Rodrigo était monarchiste, s'écrierait Monsieur Baldo, accusation que je trouve cocasse : est-il plus déshonorant de servir un monarque que l'ancien séminariste Staline ? Se dire monarchiste, pour Rodrigo, c'était rester fidèle à soi-même. Il n'avait pas le choix. Aucun de nous n'avait le choix.

Avec le recul, ma chère Lina, il m'apparaît que la monarchie fut, malgré la désinvolte mondanité d'Alphonse XIII, malgré ses chimères belliqueuses, un régime tolérant dont l'humanité, si j'y repense, ne découle pas des principes. Les rois répugnent à déclarer la guerre à leurs sujets et la démission d'Alphonse XIII, suite à des élections municipales perdues, constitue la meilleure preuve de cette répugnance. Franco, lui, n'avait pas d'états d'âme, puisque les rouges n'étaient pas des Espagnols, à peine des hommes. Pour un souverain, les sujets sont des personnes, pour un dictateur ce sont les opinions qui font les hommes.

Rodrigo ressentait de la honte à vivre sous un tel régime, ainsi que ton père, ainsi que bon nombre de nos amis. Nous avons vécu pourtant, et Monsieur Baldo nous le reproche durement. Il a raison, nous n'avons pas choisi le courage, mais lui et ses amis, je le dis sans acrimonie, ne nous offraient pas un grand choix en nous refusant, au nom de l'Histoire, tout futur, ce qui nous condamnait à une réaction de défense.

Cette lettre, Lina, te paraîtra décousue. Quand la douleur se rappelle à moi ou que la fatigue m'assomme, je dois l'interrompre pour m'étendre sur mon lit. Parfois, je vais sur la terrasse, je m'assieds dans un fauteuil et je contemple le paysage. J'aime le spectacle de cette terre bistre, de cette végétation grise, de ces horizons vastes.

Dans ma vie, j'ai respecté les rites du catholicisme plus par tradition que par conviction.

J'aurais du mal à te dire si je crois à quelque chose. Il m'arrive pourtant de prier. C'est une habitude que j'ai prise à mon retour de Tanger, en 1938, quand j'ai retrouvé Genia, recueillie par une voisine, une brave Andalouse qui, apercevant la petite seule dans le jardin, a couru la chercher, l'a gardée chez elle et l'a soignée. Elle a vu les cadavres également : maman tenait encore sa mère enlacée par la taille en un geste de protection. La grand-mère, Luz, était sourde, presque aveugle : elle n'a pas dû comprendre grand-chose, Dieu merci.

Plus j'y repense, plus je trouve étrange que nous ne t'ayons jamais parlé, ton père et moi. Ce ne fut pas un silence concerné.

La gêne et une certaine forme de lâcheté m'ont également retenue de te téléphoner de Lausanne, lorsque le médecin m'a communiqué les résultats des investigations. J'aurais aimé te sentir auprès de moi, j'aurais souhaité serrer ta main dans la mienne ; au lieu de quoi j'ai passé trois jours et trois nuits enfermée dans ma chambre d'hôtel, couchée sur le dos, fixant le plafond, très haut, je me rappelle, avec des moulures qui composaient une frise (pourquoi est-ce que je retiens toujours ce genre de détail incongru ?) ; je pensais que tu avais ta vie, qu'il serait choquant que je te charge du poids de mon angoisse, que... Je crois, plus simplement, que je n'aurais pas su te parler.

Je ne sais plus, Lina, quelle jeune fille j'étais avant mon retour à Malaga. Dès l'instant où j'ai posé le pied sur le quai, où j'ai refait le chemin vers la maison, là-haut sur la colline, où mon regard a rencontré celui de Genia... L'asthme moral, pourquoi cela n'existerait-il pas ? Mon âme respire mal.

Il y a deux ou trois ans, tu bavardais avec une amie, dans le jardin d'Estepona ; vous ignoriez que je me reposais dans ma chambre, juste au-dessus de vos têtes. J'avais laissé la fenêtre ouverte derrière les volets entrebâillés. Vous parliez de moi et ton amie t'a posé une question dont la crudité m'a choquée et qui, aujourd'hui, me fait sourire : « Tu crois que ta tante a joui, dans sa vie ? » Tu as paru réfléchir, puis tu as répondu avec ton air sérieux : « Je ne crois pas, non. » Bien entendu, tu avais raison. Cela te paraît sans doute ahurissant. J'étais belle, je n'avais pas la réputation d'être idiote, je ne manquais pas, je crois, d'une certaine forme de sensibilité. Alors ? Pour te répondre, ma chérie, il faudrait te montrer ce que les femmes de ma génération étaient, comment elles pensaient et réagissaient. Autant te décrire les raffinements amoureux des pygmées. C'est peu dire que tu ne comprendrais pas : tu nous jugerais folles, ce qui n'est pas absolument faux ; quand j'observe et j'écoute certaines femmes de ton âge, je ne les trouve pas non plus très saines. On est toujours le fou de quelqu'un.

L'amour m'a-t-il manqué ? Par moments, à certaines heures, quand je voyais une femme entourée d'enfants. Car ce sont eux, quand je réfléchis, qui m'ont manqué, ainsi que l'idée que je me faisais d'un foyer, l'attente du mari, le soir, et le repas avec toute la famille réunie. Des images.

J'aurais pu, bien entendu, aimer vraiment un homme sans me marier. Je n'étais peut-être pas d'un tempérament volcanique, toujours est-il que je ne me souviens pas d'avoir eu faim d'un mâle. Je n'imaginais même pas quelle sensation cela devait procurer, un sexe d'homme. Pour être franche, je trouvais l'instrument viril plutôt repoussant. Depuis des générations, les mères répétaient à leurs filles que le mariage, c'est-à-dire la nuit de noces, était un mauvais moment à passer. De tels préceptes n'incitent pas à la débauche. Pour une femme de mon milieu, avec l'éducation qui avait été la mienne, l'amour hors du mariage ne se concevait tout simplement pas.

L'une des premières à revendiquer dans sa vie la liberté de son désir, Clara del Monte, nous apparaissait comme une sorte de Messaline, une bacchante déchaînée qui se moquait des lois, bafouait la morale. Un brin de jalousie se mêlait sûrement à nos indignations : Clara, c'était une infamie, mais délicieuse. Une aura de romanesque suspect baignait toutes ses agitations et nous les suivions avec une réprobation admirative.

Monsieur Baldo voit à la fois juste et faux : j'ai d'abord voulu fustiger l'amoralisme de Clara en qui j'ai longtemps distingué les égarements d'une époque. Je venais de finir mes études d'histoire et de publier mon premier livre lorsque j'ai commencé de rassembler sur Clara une partie de la documentation que tu as sous les yeux : l'expérience et la maturité me manquaient. En outre, pourquoi le cacher ? la blessure était encore fraîche ; à chacun de mes voyages en Suisse, j'allais avec ton père visiter Genia. Je sortais de la clinique la rage au ventre et, quand je regardais le visage de ton père, je me retenais pour ne pas hurler. Comment aurais-je fait pour considérer Clara avec objectivité ? Je l'ai haïe, elle et tout ce qu'elle représentait.

Avec le temps, mon regard se modifia. Plus j'apprenais, non pas à connaître — je doute que personne parvienne à connaître Clara —, à simplement observer cette femme, plus aussi mes sentiments envers elle changeaient. Je ne l'excusais pas ; je l'admirais moins encore ; en suivant son destin chaotique, je finissais par ressentir une vague tristesse, une sorte de compassion. Je la regardais s'agiter, se débattre, courir, et j'avais pitié, tant sa fuite me semblait sans issue. Lorsque je contemplais ses victimes, les enfants surtout, un sentiment de honte s'abattait sur moi. Au fond, j'aurais pu comprendre cette femme...

à la condition d'oublier certaines de ses conduites. Toujours je me heurtais à ce mur : la frontière ténue séparant ce qui est pardonnable et ce qui ne l'est pas. Je serais bien en peine de la définir, cette ligne ; je sens seulement qu'elle existe et que, veut-on l'ignorer, tout se brouille. Il n'y a pas, Lina, d'humanité viable si l'on ne maintient fermement cette distinction : ce que les hommes peuvent pardonner d'un côté, ce qu'ils ne doivent en aucun cas pardonner, laissant à Dieu le soin de trancher.

Cette frontière, Clara l'a franchie. Elle a déserté notre monde humain pour s'enfoncer dans une solitude définitive. À quel moment, dans quelles circonstances, Clara a passé la ligne, je l'ignore. Tous ses crimes dérivent de cette trahison originelle.

Je n'aurais pas passé tant d'années courbée au-dessus de cette créature si, d'une certaine manière, je n'avais su qu'elle réfléchissait notre nature. Sans doute est-elle allée plus loin que nous, mais cette ligne dont je te parlais, nous l'avons tous franchie, communiant dans l'horreur. Devant Genia, je ne me sens pas innocente, ma chérie, et ton père a, lui aussi, partagé le poids de la faute. J'explorais peut-être la figure de Clara dans l'espoir de trouver une raison de ne pas désespérer.

Il ne me reste pas longtemps à vivre, je ne peux pas te mentir ; par tout mon corps, par tout mon esprit, j'éprouve l'espérance. Elle est absurde et sans contenu, je te l'accorde : je ne puis y renoncer sans me renier.

Si Clara del Monte m'a tant fascinée, si je n'ai cessé de tourner autour de ce personnage, c'est que j'y voyais le refus de toute espérance.

J'essaie d'imaginer ton visage alors que tu lis ces feuillets : qu'est-ce qu'elle raconte ? Si seulement je savais, ma chérie, si j'étais certaine, si... Vivre, c'est échouer, et je plains ceux qui ne ressentent pas la mélancolie de l'échec.

Cette sensation d'un formidable gâchis, je la ressens aussi quand je regarde vivre et courir toutes celles de ta génération, sûres pourtant de leur bon droit. Mais les enfants, Lina, que savons-nous des enfants ? que sais-je de ce que Genia a senti, compris, imaginé ? Les enfants furent aussi le mystère dans la vie de Clara.

Au nom des morts, je ne pense pas que Monsieur Baldo ait le droit de nous interdire de considérer la vie de Clara del Monte, car je sais au nom de quelle morte je regarde ce que nous sommes devenus.

Je ne plaide pas pour Monsieur Baldo, Lina chérie : je plaide pour toi, dans l'espoir que tu trouveras en toi la force de nous pardonner, ton père, moi.

La liturgie voudrait que je te fasse signe avant le départ, que je prenne ta main entre les miennes, que je te dise... Je me connais, j'aurais à peine la force de te sourire. Ce serait une occasion manquée, une de plus. Je préfère donc te parler par le truchement du papier.

Le choc que j'ai ressenti, Lina, en apercevant dans ta chambre d'hôtel, à Paris, les œuvres de Federico, tu l'imagines mal. J'aurais voulu te sauter au cou, te serrer contre moi, car il me semblait que tu me rejoignais au-delà des années, que tu me rendais ma jeunesse quand je découvrais sa poésie, le *Romancero gitano* en premier. Cela se passait en 1927, dans la propriété d'Estepona (mon Dieu, Lina, j'ai souvent rêvé que tu conserveras cette grande bâtisse perchée sur la colline, avec ses terrasses plantées d'oliviers et d'amandiers, que tu t'y installeras avec ton mari, tes enfants, et que les escaliers retentiront de rires comme lorsque nous les dévalions, Rafael et moi), je découvris la poésie de Lorca dans cette maison, et nos existences, la mienne et celle de ton père, furent bouleversées de la manière dont la tienne a été transformée. Tout un été, trois interminables mois de chaleur et de jeunesse, ton père et moi récitions ces vers. Ivres, Lina, nous étions ivres de poésie ! Ce qu'éveillaient, chez des Andalous de notre espèce, ces images : « *El día se va despacio,/la tarde colgada a un bombro, / dando una larga torera/sobre la mar y los arroyos*[*], je les chante en les écrivant, Lina, ainsi que je les chantais à vingt ans, devant ma fenê-

---

[*] « *Le jour s'en va lentement,/le soir accroché à une épaule,/ faisant une longue passe/sur la mer et les rivières.* »

tre ouverte sur le paysage. Je me rappelle cette réflexion de ton père, alors que nous marchions dans les ruelles du vieux Madrid, autour de la Plaza Santa Ana. « Peut-être que toutes les horreurs commises en ce pays, depuis des siècles, trouvent leur justification dans le chant de nos grands poètes. » Je me demande s'il pensait à Genia quand il tenait pareil propos.

Ce même hiver de 1927, je rencontrai Federico chez je ne sais plus quelle femme du monde, à Madrid. Clara dut faire sa connaissance vers la même époque. N'est-il pas étrange comme tous les fils se rejoignent ? Tous ils mènent à Federico et à sa poésie, mot de passe de toute une génération. Rien donc d'étonnant que sa poésie t'ait ramenée à ta vérité, puisqu'elle seule exprime la vérité du pays. Hélas, pour Federico ainsi que pour Clara, l'épreuve de la mort aura scellé le destin. Pourquoi faut-il que l'Espagne nous appelle tous devant le tribunal du sang ?

De pause en repos, je poursuis ma conversation avec toi. J'essaie d'y mettre tout ce que je n'ai pas su te dire de vive voix.

Je dois un grand merci à Monsieur Baldo dont les piques ont brisé mon silence. J'ai été une égérie du franquisme ? Je me suis accommodée du régime, c'est exact. Monsieur Baldo, qui était communiste, se sent-il si fier d'avoir cautionné les dictatures marxistes ? Oublie-t-il que, si mon portrait paraissait dans la presse franquiste, le sien ornait les journaux de Prague et de Moscou à l'heure des grands procès ? Nous avons tous eu nos aveuglements. Je ne défends pas le franquisme, Lina, qui fut d'une cruauté imbécile. Si je devais rougir de quelque chose, ce serait d'être née dans un monde où, avant même de voir le jour, on était désigné, marqué.

Pardonne-moi, chérie : j'arrive au bout de mes forces. Il est temps pour moi de dormir. Ne sois pas trop triste : j'ai toujours su que je n'étais pas immortelle. *Decentemente*, voilà.

Je glisse cette lettre dans le dossier de Clara del Monte. Je sais que tu dépouilleras ces archives avec tout ton sérieux.

Je t'aime, ma Lina, plus que je n'ai jamais su te le montrer.

ELISA.

Après avoir lu la lettre de tante Elisa, j'éprouvai, malgré la pluie qui tombait en rafales, le besoin irrésistible de marcher. J'enfilai à la hâte un imperméable, sortis, grimpai les ruelles en direction de la Puerta del Sol, zigzaguai pour éviter la cohue de la Calle Mayor, puis dévalai vers le rond-point d'Atocha en empruntant un dédale de rues pentues. La nuit s'installait ; la lumière était blafarde, d'un jaune sale. Entre deux bourrasques, la pluie se muait en bruine.

Les révélations de ma tante ne m'avaient pas seulement bouleversée, elles m'avaient désarçonnée. Pour la seconde fois dans ma vie, je perdais pied. Bien des mystères de mon enfance s'éclairaient, la tristesse et le mutisme de mon père, son aversion pour l'Espagne, l'affection qu'il vouait à sa sœur Elisa. Je revoyais son attitude effarouchée, son sourire timide. J'avais cru quelquefois qu'il allait rompre la glace, sortir de sa coquille, mais il finissait par se refermer. Peut-être chaque homme n'a-t-il qu'une quantité d'amour à donner, et mon père avait-il épuisé la sienne au profit de Genia ? Je n'avais jamais douté de son attachement pour moi ; j'éprouvais seulement des regrets. Entre nous, les occasions furent toujours manquées.

J'atteignis le rond-point d'Atocha, traversai, marchai vers le Jardin botanique, rejoignis la rue Alphonse-XII, qui longe le Retiro. C'est là que Carlos et Bébé habitaient, au cinquième étage, là que Federico débarquait à l'improviste, seul ou avec des amis, souvent après minuit. Il s'installait au piano, improvisait, chantait de vieilles chansons ; il récitait des poèmes ou se livrait à des imitations. Carlos et lui disposaient deux chaises sur le balcon et, assis dans l'obscurité, regardant par-dessus les arbres du parc, poursuivaient jusqu'à l'aube de longues conversations sur la mort. Federico ne se résignait pas au doute. Pire que le vide, absence de quelque chose, il redoutait le néant, un vide sans la moindre empreinte de rien.

« *Ce qui est terrible, dit-il, c'est la crainte du* vide absolu. *La peur du* rien. *La frayeur de* ne pas exister[*]. »

Depuis que j'épluchais tous les ouvrages publiés sur Federico, dans toutes les langues ou presque, la même question me taraudait : à quel moment s'était-il dit *Je vais mourir* ? Depuis son

* Carlos Morla Lynch, *En España con Federico García Lorca*, Aguilar, Madrid, 1959.

adolescence, il n'avait cessé d'exorciser sa mort, d'évoquer sa sépulture, mais entre l'imagination poétique et la vision réelle, où se situe la frontière ?

J'étais lasse de marcher ; mes pieds me faisaient souffrir. Je sentais l'eau dégouliner sur ma figure et, en essuyant mon front, je constatais que mes cheveux étaient trempés. Il faisait de plus en plus sombre et les enseignes des boutiques éclaboussaient l'atmosphère poisseuse. J'étais à bout de forces mais je ne pouvais pas m'arrêter, poussée malgré moi.

Je savais gré à ma tante de m'avoir écrit. Grâce à elle, je possédais désormais une histoire, à tout le moins un récit, évidemment flou.

Comment saurais-je qui, précisément, avait tué ces trois femmes, et pour quel motif ? À cette époque, tout le monde tuait tout le monde. Dans la plus médiocre des villes de province, les volontaires affluaient par centaines pour faire partie des pelotons d'exécution. Ce n'étaient pas d'épaisses brutes ; beaucoup étaient des fils de bonne famille, ayant étudié dans les meilleurs collèges, dans les universités les plus réputées. Ils fréquentaient l'église, suivaient la messe, approchaient de la sainte table. Tout à coup, parce que c'était la guerre, leur moi s'écroulait, laissant apparaître une seconde personnalité, impitoyable, d'une méthodique sauvagerie. On aurait dit qu'ils n'avaient attendu que ce prétexte pour massacrer légalement, pour assassiner, une nuit

77

après l'autre, sans s'émouvoir ni des plaintes, ni des gémissements. Ils assenaient le coup de grâce avec sang-froid, leur main ne tremblait pas. Ensuite, ils rentraient chez eux, embrassaient leur mère, se glissaient entre leurs draps, dormaient d'un sommeil profond. Ils ne faisaient pas de cauchemars ; ils n'avaient aucun remords.

Je ne connaîtrai jamais les circonstances de ce meurtre et tante Elisa, qui avait dû remuer ciel et terre pour l'élucider, n'y était pas arrivée non plus. Après bientôt quatre ans passés à fouiller les archives, à dépouiller une bibliographie imposante, à interroger les rares survivants, à faire et refaire le même trajet de Grenade à Viznar, j'ignorais pareillement certains détails de l'assassinat de Lorca. On connaissait presque tout, mais le *presque* laissait subsister des pans d'ombre, bien entendu aux instants et aux endroits essentiels, une, deux heures où on ne parvenait pas à le situer avec certitude. Or, en ces moments décisifs, une heure compte pour des jours, des semaines, surtout pour un homme de son espèce, imaginatif et nerveux.

Je comprenais ce qui liait les figures de Clara et de Federico. Lâchés dans l'arène, ils avaient affronté leur mort, tentant d'esquiver les cornes.

Tout en poursuivant ma marche vers la rue d'Alcala où se trouvait, en 1936, l'appartement des parents de Federico (la proximité géographique des personnages tournait à l'obsession, les Morla avaient longtemps habité rue Velasquez, à deux pas du domicile de Clara ; Federico se rendait chaque jour ou presque chez eux avec ses amis ; il passait ensuite rue Goya, sous les fenêtres de Clara, pour regagner son domicile), tout en marchant, j'observais la foule. Quel lien existait-il entre ces gens et les poèmes de Federico ? Laquelle, parmi ces femmes, chargée de paquets et de colis, aurait une pensée pour Genia ? Laquelle se demandait comment Clara avait pu se tromper de chemin, à quel moment elle avait franchi la ligne ?

J'avais atteint la rue Goya où Clara del Monte avait grandi, au 49, devenu plus tard le 59, un de ces immeubles opulents où la haute bourgeoisie madrilène s'était installée vers la fin du XIXe siècle, quand le marquis de Salamanque fit aménager toute cette zone, déchaînant l'inévitable spéculation. D'après les renseignements glanés par tante Elisa, don Francisco del Monte acquit cet immeuble de rapport, ainsi que trois autres disséminés dans le même quartier, vers 1902. Il ne vint l'habiter qu'en 1908, sans que tante Elisa ait réussi à connaître les motifs de son déménagement. « On peut imaginer, a-t-elle noté, que, sa maladie s'étant aggravée, il a préféré habiter un appartement sis au cœur de la ville. »

Le raisonnement semble impeccable, sauf que… le quartier de Salamanque ne se trouvait pas, au début du siècle, au cœur de la capitale mais plutôt excentré, un peu dans la situation du Trocadéro par rapport à la Madeleine ou à l'Opéra à Paris. Pensait-il que la vie serait plus aisée dans un appartement disposant de tout le confort moderne, eau chaude et gaz à l'étage ?

La moindre péripétie, dans la destinée de Clara, soulève toutes sortes d'interrogations et tante Elisa ne peut répondre à l'une sans qu'une nouvelle se pose.

Le déménagement vers la rue Goya coïncide avec le moment où la fillette fut mise pensionnaire chez les sœurs de Notre-Dame-de-Sion, dont le collège se trouvait à moins d'un quart d'heure de marche. Il n'était pas rare à l'époque que, pressées par les circonstances, les familles missent dès l'âge de cinq ans leurs enfants en pension. Les religieux, des deux sexes, consentaient des dérogations. Dans le cas de Clarita, toute la question était de connaître le prétexte. Ma tante s'arrêta d'abord à la réponse la plus évidente, si évidente d'ailleurs qu'elle lui parut vite suspecte : doña Mercedes, la mère, aurait écarté la petite pour lui épargner le spectacle de la maladie, puis de l'amputation de son père. Si telle avait été son intention, doña Mercedes n'aurait pas manqué d'éloigner Clara de Madrid. Car, autorisée à rentrer chez elle les fins de semaine, la fillette voyait son père les samedis et les dimanches, ce qui ôtait toute pertinence à l'argument.

La chance l'aida dans ses recherches en lui faisant rencontrer la nourrice du petit Javier, le fils cadet de Clara. Cette femme, Antonia, dite Tonia, originaire de Caceres, refusa de parler devant un magnétophone, une machine, ainsi qu'elle disait. « Elle avait peur », commente ma tante, sans préciser de qui ni de quoi. Grâce à l'intercession de l'une de ses cousines, présente à l'entrevue, elle accepta cependant d'évoquer ses souvenirs.

Tonia vivait retirée dans un village proche de Trujillo. C'était, explique Elisa, une paysanne petite et sèche, d'une maigreur saisissante, l'œil charbonneux, la bouche édentée, avec une chevelure blanche. Elle parlait par phrases courtes, ponctuées d'un rire féroce. Elle gardait ses mains, déformées par l'arthrite, à plat sur ses genoux. Avec simplicité, elle racontait toute une vie de travail, depuis l'âge de treize ans où, arrivant de son village, elle entra au service de la famille del Monte, à la cuisine pour commencer, à la lingerie plus tard, deuxième femme de chambre ensuite, gouvernante du petit Javier pour finir. Les deux premières années, période d'apprentissage, elle ne toucha aucun gage, logée et nourrie. « Je me rattrapais aux repas, s'exclamait-elle avec un air espiègle. Je m'en mettais plein la panse de tout, et du meilleur. J'avais eu mon soûl de faim dans mon enfance, au village. »

Tonia débarqua à Madrid en 1925. Don Francisco était mort depuis déjà des années, doña Mercedes remariée avec un avocat, Toribio Martinez, Clara venait de plaquer son premier mari,

82

le Dr Cristobal Santaver, un chirurgien dont elle avait un fils, Ramon. « On ne peut pas dire qu'elle s'en occupait beaucoup du fils, ha, ha, ha. C'était madame qui veillait sur lui. Je ne sais seulement pas s'il aurait mangé sans elle. Y a des femmes comme ça, les enfants ça les barbe. »

Par Ines, la cuisinière, une très vieille femme, morte peu avant la guerre, en 1934 ou 1935, qui travaillait chez les del Monte depuis 1908, Tonia apprit ce qui se passait dans la maison avant son arrivée. Inès connaissait tout de la vie de ses patrons et, dans sa cuisine, égrenait ses souvenirs avec alacrité. « Elle n'avait pas froid aux yeux, Inès, pour ça non. Les patrons, elle les traitait de barjos. « C'est ainsi qu'elle avait raconté à Tonia cette scène qui devait se situer vers 1910, l'époque où Clarita joua devant l'infante. Voulant demander quelque chose à sa maîtresse, Ines marchait dans l'interminable couloir menant de l'office aux salons, qui regardaient la rue. Elle entendit des chuchotements et, reconnaissant la voix de doña Mercedes, ralentit le pas, tendit l'oreille.

« Si tu dis quelque chose, si je te vois traîner du côté des appartements de ton père, je t'enverrai dans un collège en Navarre, loin de Madrid. Tu y resteras toute l'année enfermée et tu ne reviendras même pas pour les vacances. Tu as compris ? »

La cuisinière aperçut la fillette, debout devant sa mère, tête baissée, une expression d'angoisse sur son visage. Imposante dans une robe de chambre de velours sombre, doña Mercedes laissait tomber sur sa fille un regard cruel.

« Ton père a une sale maladie, très contagieuse. Une maladie qui frappe les hommes méchants et vicieux. Si tu touches une seule de ses affaires, une fourchette, un couteau, tu attraperas son mal, tu auras des plaies, des bubons ; ton visage se couvrira d'affreuses pustules ; des abcès se formeront dans ton ventre...

— Non ! hurla soudain Clara. Non ! Pas ça, maman, pas les abcès ! » Et elle tendit ses menottes comme pour éloigner ces abcès.

Ines poursuivait son récit en évoquant les protestations de Clarita qui jurait de ne pas aller voir son père, de ne toucher à aucune de ses affaires, jamais, de ne rien raconter à personne.

« C'est bien, ma fille, dit doña Mercedes, l'air satisfait. Arrête de pleurnicher. Et n'oublie pas, rien de ce que tu vois ou entends dans cette maison ne doit sortir d'ici. Maintenant, retourne étudier ton piano. »

La cuisinière, déclarait Tonia, insistait sur la cruauté de sa patronne qui prenait plaisir à torturer l'enfant. Comme tante Elisa demandait si doña Mercedes aimait sa fille, Tonia éclata de rire : « Cette toupie-là, elle savait seulement pas ce que le mot sentiment veut dire. Elle n'aimait rien ni personne. Son plaisir, c'était de haïr et de faire le mal. »

Ce double témoignage jetait sur les premières années de la vie de Clarita une lumière inquiétante. On pouvait se demander si la véritable raison pour laquelle la petite fut mise si tôt en pension n'aurait pas été ce secret qu'elle ne devait *en aucun cas* divulguer ? Mais qu'est-ce qui devait à tout prix rester caché ? Tonia l'ignorait.

Tante Elisa ne se fiait guère à ce qu'on appelle l'intuition. Dès qu'elle se heurtait à une énigme, elle se mettait en quête de documents qui, sans doute, la rassuraient par leur matérialité. L'horreur de cette scène ne semblait pas l'émouvoir. J'ai maintes fois relevé ce refus de ma tante de se laisser emporter par les sentiments, distance que j'attribuais à la froideur de son tempérament mais dont je comprends mieux les causes désormais. Pour échapper au souvenir, elle s'était fait une armure d'impassibilité. Engoncée dans un corset de bonnes manières, elle se protégeait contre tout relâchement, étouffait ses élans de crainte qu'ils ne l'entraînassent.

Dans les pages du cahier, on ne trouve pas la moindre tentative de mise en scène, rien que la transcription exacte du témoignage de Tonia dont pas une seconde elle ne doute, ce qui suffit à démontrer l'impression d'honnêteté que la vieille servante a produite sur elle.

Cette séance de torture mentale, dans la pénombre du vestibule, parmi les tapisseries recouvrant les murs, devant les deux grands Nègres vénitiens brandissant leurs torchères d'un air menaçant, elle avait pourtant dû se reproduire souvent. On imagine sans mal le climat de frayeur dans lequel vivait cette petite fille de cinq ans, menacée de lèpres effroyables, d'exil et d'abandon, toute seule dans cet appartement aux pièces immenses, très hautes de plafond, avec partout des couloirs gorgés d'ombres. On imagine sa peur devant cette géante, sa mère, elle si menue — une fourmi devant un éléphant.

Pourquoi doña Mercedes s'acharnait-elle sur l'enfant ? Quel but poursuivait-elle en persuadant la petite que, suite à une vie dissolue, son père était atteint de syphilis, maladie honteuse et répugnante, extrêmement contagieuse ? Ainsi la fillette se tenait-elle à l'écart des appartements de son père. Venait-elle à passer devant la porte du malade, elle détournait vite la tête, saisie d'épouvante, et s'enfuyait vers sa chambre où elle s'enfermait à double tour, redoutant que les mys-

térieux miasmes dont sa mère la menaçait par-
vinssent jusqu'à elle.

Cette atmosphère d'épouvante explique l'impression d'angoisse et de mélancolie que la vision du père et de la fillette produisit sur Felicita
Palomares, cette sensation d'étouffement devant
l'indifférence feinte de Clarita qui pas une fois
n'avait regardé en direction de l'invalide alors
qu'elle ne cessait d'interroger sa mère des yeux.

Chagrin peint également sur la figure de don
Francisco, dans son attitude digne et résignée.
Maintenant, je voyais mieux comment tante Elisa
en était venue à modifier le commencement de
son récit. Sans doute ses entretiens avec Felicita
l'avaient-ils incitée à rassembler les principaux
personnages, à la manière dont les peintres de
cour réunissent la famille royale en une vision
d'ensemble qui, du déclin commun, descend aux
vices et aux tares individuels.

De ce climat de panique s'élevait la musique,
Clarita tentant d'arracher à son instrument la
peur et le désespoir qui menaçaient à chaque instant de l'engloutir. Son anxiété faisait la puissance
maladroite de son jeu, son éloquence pathétique.

Tante Elisa avait pris conseil auprès de certains médecins de ses amis sur la maladie de don
Francisco. Bien entendu, ils avaient émis chacun
un avis différent mais péremptoire. Une majorité
inclinait pour un diabète grave qui expliquerait
les amputations, dues à la gangrène. Mais l'un

des praticiens notait avec humour : « En médecine, rien n'interdit le cumul. On peut fort bien ajouter une syphilis au diabète. »

Le diagnostic importe moins que l'image de ce père en état de corruption lente, découpé vivant, un membre après l'autre. Loin d'adoucir l'horreur de cette vision, doña Mercedes y ajoutait le vice, la saleté, la contagion. Elle établissait un strict cordon sanitaire autour des appartements du malade qui se trouvait soumis, chez lui, à une quarantaine rigoureuse.

La pièce la plus terrible contenue dans le dossier remplit deux lignes : « Renvoi de Pablo Mendoza, valet de chambre de don Francisco, à son service depuis plus de vingt ans. »

Dans sa concision, cette note montre la volonté d'isoler le malade, de le mener au désespoir. En la rédigeant, tante Elisa s'était-elle rappelé les termes dont se servait Felicita Palomares dans sa lettre ? N'était-elle pas frappée par la lucidité de son amie qui, voyant la petite et son père au Palais, avait aussitôt flairé l'horreur de ce qu'il faut bien appeler meurtre, terme dont ma parente se serait probablement offusquée ?

« Ines, elle disait que, malgré tout, la petite, elle aimait son père et que, plusieurs fois, elle l'avait vue rôder autour de son appartement. »

Même la terreur n'avait pu empêcher Clarita d'aimer son père, réduit à l'impuissance et condamné à la pire solitude. J'en éprouve une vague fierté. Je n'apprécie guère les tirades paresseuses sur la supériorité morale des femmes, tellement plus que les hommes, tellement mieux... Plus fortes cependant — pour le meilleur et pour le pire —, je suis encline à le penser. De cette énergie, Clarita offrait un magnifique exemple. On avait beau la menacer des plus abominables chancres, des punitions les plus cruelles, elle n'en allait pas moins visiter le malade en cachette.

Clarita avait peur de son père, une peur panique, sans doute aussi honte, probablement du dégoût ; mais elle l'aimait et le plaignait.

À cinq ans, tout était-il joué pour cette fillette ? Son destin était-il déjà tracé ? Quel usage ferait-elle de cette liberté qui l'incitait à défier sa mère, à risquer l'enfermement et le bannissement pour apercevoir le malade ?

Toute sa vie, on retrouvera chez Clara cette volonté intraitable, cette révolte, ce refus de céder ; mais cette force de caractère se doublera d'une stratégie de la survie, de mensonge, de ruse et de calcul.

« Un jour, disait Tonia, Clarita poussa, en l'absence de sa mère, la porte de la chambre de son père. Assis dans son fauteuil d'invalide, près de la fenêtre, il regardait la cour. Des larmes ruisselaient sur ses joues. En entendant le bruit de la porte, il tourna la tête, aperçut sa fille et, derrière ses larmes, lui fit un sourire ébloui. Prise de panique, Clarita s'enfuit en sanglotant, c'est Ines qui l'a trouvée et consolée. »

Même quelqu'un d'aussi coriace que Felicita Palomares, guère portée aux effusions, avait, lors du récital de piano donné par Clarita dans les salons de l'infante, flairé le désarroi de la fillette, la résignation du père... Si, dans sa lettre, elle évitait le mot tragédie, on le lisait entre les lignes.

Devant ces ténèbres, tante Elisa, au contraire, reculait, plus écœurée peut-être qu'effrayée. Pas une seconde elle ne doute du témoignage de Tonia. D'un ton impassible, elle se contente pourtant de poser une nouvelle question, nullement innocente, il est vrai : « Estimation et origine de la fortune de don Francisco del Monte », écrit-elle dans son cahier, avec ce commentaire : « Voyage à Grenade prévu pour Pâques. »

Je lisais dans sa pensée : inutile de s'attendrir, semblait-elle dire, le nœud de l'affaire, c'est l'argent ; je m'inclinais devant sa détermination.

Pour Clara del Monte, ma tante n'éprouvait pas une grande sympathie, ce qui se conçoit ; elle n'en faisait pas moins tout ce qui était en son pouvoir pour éclairer honnêtement son passé, ne cachant aucune circonstance susceptible d'atténuer sa responsabilité. Dans la lettre qu'elle m'avait écrite, ma tante ne mentait pas : son sentiment sur Clara s'était modifié au fil des ans, passant de la réprobation à une sorte de compassion. Peut-être est-ce à partir de cette enfance de solitude et de peur, que le verdict de ma parente s'est adouci.

Tante Elisa resta environ une quinzaine à Grenade, séjournant non pas chez sa parente Felicita qui possédait un *carmen*[*] sur la colline de l'Alhambra mais au *parador* San Francisco, face à l'Albaïcin, l'ancien quartier musulman de la ville. Quelques notations élégiaques, exceptionnelles chez elle, indiquent qu'elle fut séduite par la ville, émue par le paysage. « Sérénité des matins sur la terrasse, face au Generalife ; par vagues, le parfum des orangers dévale des collines, avec une intensité telle qu'on se sent défaillir ; netteté prodigieuse des sons dans un ciel limpide. Grandeur de la sierra Nevada en arrière-fond. Si l'Éden a existé, c'est ici qu'il était situé. » Et cette pensée, l'une des rares confidences qui lui échappent : « Ce soir, assise devant l'Albaï-

---

[*] Le mot désigne, à Grenade, une maison plutôt modeste d'apparence, ceinte d'un jardin touffu et de hauts murs blancs. Invisible depuis l'extérieur, elle exprime l'intimité musulmane bercée du bruit des fontaines.

cin, pensé à Lorca, à sa mort que je rapproche, je ne sais pourquoi, de la longue agonie de Genia. Tous ses amis disaient de lui qu'il avait gardé une âme d'enfant. Peut-être l'horreur du monde se lit-elle dans un regard d'enfant. Prié sans savoir Qui ni pourquoi. En récitant le Notre Père, je croyais sentir la présence de ma mère derrière mon épaule. Seigneur, qui aura pitié de nous tous ? » Pensée qui me touche, à cause de Federico que je commence à bien connaître, pour qui j'éprouve une affection douce, à cause de la petite Clara, seule avec sa honte, seule avec sa peur, à cause enfin de Genia que je ne connaîtrai jamais mais dont l'ombre désormais accompagne mes pas.

Pour le séjour de tante Elisa à Grenade, ses cahiers sont nets, tout à fait lisibles. On la suit pas à pas dans ses démarches.

À chaque page, on trouve le prénom Felicita, suivi des noms des personnalités rencontrées, ce qui signifie que, avec son énergie coutumière, la vieille dame a tout organisé, mobilisant ses nombreuses relations. Du reste, tante Elisa n'a pas pu s'empêcher, renonçant à sa réserve, d'évoquer sa figure avec une ironie tendre.

Elle peint d'abord l'apparence de Felicita : de taille moyenne, replète sans être grosse, le regard gris clair, chenue et coiffée à la garçonne, l'allure et la démarche viriles, le geste brusque, presque toujours vêtue de sombre. Les contemporains, rappelle-t-elle, la qualifient d'*imposante*, l'adjectif s'appliquant sans doute à l'orgueil de son maintien qui va de pair avec la liberté de son ton et la hardiesse de son propos. Toute sa vie, Felicita a suscité le scandale, tant par ses frasques que par son alacrité.

Sous la monarchie, elle fut bannie de la Cour, exilée à Soria, berceau de sa famille, pour avoir, en public, traité le roi d'imbécile.

Felicita par ailleurs ne cachait pas son penchant pour les femmes et ses aventures étaient tout sauf discrètes, notamment quand elle enlevait une jolie blonde au nez et à la barbe du mari et s'enfuyait avec elle en Italie.

Le roi chassé, la république instaurée, elle ne se montra pas moins acerbe. Lorsque, dans une bourgade d'Andalousie, les gardes d'assaut tirèrent sur des ouvriers agricoles, en tuèrent une quinzaine et que la consigne du ministre de l'Intérieur fut connue — « Visez au ventre » —, Felicita jeta au cours d'un dîner : « Ce qu'un roi peut faire, un avocaillon promu ministre n'a pas le droit de le faire. Ce n'est pas une question de justice ou d'humanité, c'est une question d'éducation. Vous êtes un porc, monsieur, je ne vous salue pas. »

Le lendemain, elle quittait Madrid entre deux policiers dont l'un l'accompagna jusqu'au wagon, s'inclina et lui baisa la main. Dans l'heure, ce geste avait fait le tour de la capitale, assurant la célébrité du commissaire.

S'ennuyant à Soria, Felicita partit pour Paris, rencontra une jeune comédienne et s'installa avec elle près de Nice. Elle y passa toute la guerre civile et ne regagna l'Espagne qu'en 1943, flanquée d'une gouvernante, d'une secrétaire, de plusieurs femmes de chambre, cuisinières et autres lingères, en réalité des juives sauvées des rafles.

Le spectacle du pays lui fit une impression si pénible qu'elle resta deux ans cloîtrée, maudissant Franco, tous les généraux, les dictateurs et leurs émules, mais elle dut baisser la voix après qu'un groupe de jeunes phalangistes l'eut menacée de mort. Le climat n'était pas aux facéties.

Malgré ou à cause de sa disgrâce, son influence était énorme. On lui pardonnait ses foucades ; on riait de ses saillies. On la savait hostile au régime, scandalisée par sa brutalité, rebutée par sa bigoterie. Elle vieillissait sans rien céder, telle qu'elle avait vécu.

Felicita avait toujours eu un faible pour tante Elisa, que les attentions de son aînée flattaient secrètement.

À Grenade où elle séjournait plusieurs mois par an, Felicita battit le rappel de ses connaissances pour aider sa protégée. En quelques jours, Elisa avait rencontré des banquiers, des hommes d'affaires, de gros commerçants, des notaires, des avocats. Le résultat de ces consultations se voit dans les pages du second cahier où sont inscrits, disposés en colonnes, des chiffres qui donnent le vertige. On hésite à croire qu'un simple particulier ait pu se trouver à la tête d'une telle fortune.

Vers 1860, les del Monte, Monte ou Montes, fixés à Grenade depuis plus d'un siècle, originaires par ailleurs du Portugal, passaient déjà pour riches, parmi les plus riches même, leur fortune étant essentiellement foncière, des terres, des maisons, des *cortijos*, des immeubles de rapport tant à Grenade qu'à Madrid ; une flottille de bateaux de pêche à Motril, le port de Grenade, des kilomètres de plage déserte ainsi que plusieurs milliers d'hectares dans la montagne. Quand, à la mort de son père, Francisco del Monte prit les affaires de la famille en main, il délaissa la terre et l'immobilier pour la Bourse, avec un succès stupéfiant. Tout ce qu'il touchait, Francisco del Monte le muait en or. Il avait, disaient les financiers de la ville, la bosse des affaires, autrement dit le flair du boursicotage et de l'agiotage.

Son coup le plus spectaculaire, Francisco del Monte l'effectua pourtant à Grenade même, dans la *Vega*[*], avec l'apparition de la canne à sucre.

---

[*] Plaine située à l'ouest de la ville, arrosée par les eaux du Douro et du Genil, dont la fécondité est proverbiale depuis l'époque musulmane — par endroits, on obtient trois récoltes par an. Après la Reconquête, ces terres restèrent en friche jusqu'à la fin du XIXe siècle.

Il comprit aussitôt quel parti on pouvait tirer de cette culture et, avec l'aide de ses deux sœurs, investit massivement dans l'achat de terres et dans l'installation de raffineries. En quatre ou cinq ans, ses capitaux avaient triplé. Rafistolant la flottille de bateaux de pêche qu'il possédait à Motril, il organisa le transport vers le Maroc, s'assurant le monopole du commerce du sucre.

Comment tante Elisa n'eût-elle pas été troublée par la coïncidence ? La Vega et la culture de la canne à sucre se trouvaient également à l'origine de la fortune des Garcia Rodriguez, l'oncle et le père de Federico Garcia Lorca, qui, profitant de l'essor économique, avaient acquis plusieurs maisons, des lopins de terre un peu partout, à Fuente Vaqueros, Asquerosa, plus tard Valderrubio.

Francisco del Monte possédant les deux principales raffineries, il est improbable que le père de Federico (père et fils avaient le même prénom) n'ait pas rencontré le père de Clara. Ils se retrouvaient par ailleurs au Cercle de Grenade dont ils étaient membres.

Tout les rapprochait : Francisco del Monte avait acquis une propriété voisine de celle de Federico Garcia Rodriguez et il aimait à s'y rendre pour surveiller les récoltes ; tous deux républicains, anticléricaux, ils professaient des idées libérales, et le père du poète avait, en secondes noces, épousé Vicenta Lorca, une institutrice, autant dire une prêtresse de la République laïque.

Énumérant ces affinités, réfléchissant aux liens qui devaient unir les deux hommes, tante Elisa s'abandonnait à une sorte de vertige ; derrière le voile des apparences, elle apercevait un univers où chaque forme, chaque événement renvoyait à un autre, en un mystérieux réseau de correspondances.

Elle demanda à Felicita de lui obtenir l'autorisation de visiter la Huerta San Vicente, la maison natale du poète ; la famille Garcia l'accueillit avec simplicité et ma parente raconte comment elle se promena dans le jardin, contempla la façade de la maison, simple et blanche avec ses hautes fenêtres flanquées d'une balustrade de fer forgé. Elle vit le piano au rez-de-chaussée, respira le parfum des jasmins, contempla, au loin, le panorama de la sierra Nevada.

Comment décrire ma confusion à la lecture de ces pages alors que j'ai moi-même accompli ce pèlerinage, voilà bientôt trois ans, effleurant du bout des doigts le bois du piano ? regardant la grille de la porte d'entrée par où la Mort, deux fois de suite, se présenta ? reposant mes yeux sur la cime du Mulhacén ?

Je poursuivais mon enquête sur la mort du poète et j'étais déconcertée de me heurter à chaque pas à l'ombre de Clara, deux oiseaux se débattant dans les rets.

Engluée dans la toile des correspondances, tante Elisa ne pouvait non plus faire un pas en direction de Francisco del Monte sans se heurter aux Federico, le père ou le fils. Un fil reliait tous les personnages : libérale, républicaine, liée au ministre Fernando de los Rios, franc-maçon traité de juif par les catholiques de Grenade, la famille Garcia était suspecte ; homosexuel et révolutionnaire (c'est son mot), Federico s'attirait tous les mépris, toutes les haines.

Les del Monte et les Garcia étaient pareillement marqués, désignés pour l'abattoir.

Comment la fortune de Francisco del Monte n'eût-elle pas, dans une ville telle que Grenade, fielleuse et médisante, suscité l'envie ? La rumeur ne tarda pas à le déclarer juif.

Sur ce point aussi, les recherches de tante Elisa aboutirent très vite, grâce aux recommandations de Felicita, quand bien même les résultats demeurent aléatoires.

La famille avait toujours été catholique, avec ostentation, les deux sœurs de Francisco se distinguant par des dons fastueux à la Vierge des Angoisses, patronne de la ville. Est-ce l'effet des rumeurs et des avanies ? Francisco serait retourné (*sic*) au judaïsme. Il aurait fréquenté les synagogues de Tétouan et de Tanger, financé des orphelinats, versé des aumônes munificentes à la communauté, célébré les principales fêtes juives. Il semble qu'il ait également conçu une haine implacable envers les cagots et les bigots, adhérant à la franc-maçonnerie qui était alors tout sauf une association philanthropique. C'était une machine de guerre dressée contre une autre machine de guerre. L'Église ne se contentait pas de combattre le républicanisme, son catéchisme enseignait que voter pour un candidat libéral[*] constituait un péché mortel. Souterraine et feutrée, la lutte entre les deux camps n'en était pas moins féroce. Les uns, notamment les jésuites, se battaient pour Dieu, pour la défense de la foi, pour les saintes traditions de l'Espagne, mais ils se battaient en réalité pour le monopole de l'enseignement et la manne financière qu'il représentait ; les autres invoquaient la liberté de conscience, la justice et l'égalité, tout en reluquant, eux aussi, l'enseignement, et par lui le contrôle des esprits. L'Église ou l'État — voilà l'enjeu, et la lutte, commencée au siècle précédent, ne cessera de s'exaspérer jusqu'en 1936.

Dans cette guerre, Francisco del Monte choisit son camp, mettant tout le poids de sa fortune dans la balance. Membre du parti encore

---

[*] Libéral avait alors le sens de progressiste et républicain, sans la moindre connotation économique.

clandestin de Manuel Azaña, la Gauche républicaine, il en fut l'un des plus généreux mécènes, aidant en sous-main la carrière du futur président de la République, seul homme d'État que le régime ait produit.

Chiffres à l'appui, tante Elisa montrait qu'une révolution silencieuse bouleversait, depuis 1880 environ, les profondeurs du pays.

Alors que les anciennes classes possédantes, notamment la noblesse, perdaient leur influence pour former la caste des *venidos a menos*, les diminués, contraints d'hypothéquer leurs biens pour conserver leur train de vie, une nouvelle classe émergeait, dynamique et moderne. Mais cette bourgeoisie citadine possédait une assise trop étroite ; les extrémismes la balaieront, elle et son expression politique, la république parlementaire. Si tante Elisa regrettait leur défaite, on ne le devinait pas en la lisant.

Ces *diminués* ne tardèrent pas à sonner à la porte de Francisco del Monte, sollicitant des prêts. Ainsi don Francisco se trouva-t-il à la tête d'un important portefeuille foncier, avec des maisons et des propriétés disséminées dans toute l'Espagne, de Santander et Saint-Sébastien à Aranjuez, Cordoue, Séville.

La visite que tante Elisa rendit à Lucas Gomez, petit-fils de l'intendant, secrétaire et fac-
totum de don Francisco del Monte, cette visite
constitue un morceau d'anthologie, écrit du bout
de la plume, avec une ironie corrosive. Alignant
les adjectifs les plus ineptes, elle peint la villa,
bien entendu *ravissante*, sa façade recouverte de
faïences *délicieuses*, les grilles de fer forgé *stupé-
fiantes* décorant les fenêtres ; elle poursuit sur le
même ton pour décrire un jardin *exquis*, rempli
de céramiques *étonnantes*, de fontaines et de bas-
sins également *insolites* ; sans se départir de son
sérieux, elle brosse un tableau du kitch le plus dé-
sopilant. Je ne croyais pas ma tante capable d'une
telle causticité.

L'ironie s'arrête dès qu'il s'agit du personnage,
Lucas Gomez, « un très bel homme, frôlant la
quarantaine, avec une sourire étincelant et un
regard intelligent », portrait dont j'ai souri : ma
chère tante aurait-elle été sensible au charme de
ce grand gaillard qui évoqua son grand-père avec

une émotion touchante ? Selon lui, Dionisio Gomez vouait un véritable culte à son patron, qui s'était montré envers lui d'une générosité superbe et qu'il avait toujours connu bon, attentif, d'une honnêteté rigoureuse. Ouvrant la porte d'un buffet, Lucas sortit un énorme registre relié de cuir noir où son grand-père notait, au jour le jour, les rentrées et les sorties, toute la comptabilité des activités financières de don Francisco del Monte. « L'écriture est magnifique, remarque tante Elisa, d'une calligraphie soignée qui rend presque belles ces longues colonnes de noms et de chiffres. »

L'antisémitisme de tante Elisa, relevé par Felicita dans sa lettre, se glisse dans chacun de ses livres. Ses origines ne sont pas à chercher bien loin, son éducation l'en avait imbibée, elle et toute sa génération. Quant aux griefs qu'elle fait aux juifs, on y retrouve tous les clichés, l'usure, bien sûr, l'orgueil, l'ambition matoise et insinuante, l'entêtement, l'insistance et l'âpreté, la volupté enfin, notamment chez les femmes.

Tante Elisa crut retrouver tous ces traits en don Francisco. L'habileté dans les affaires, l'arrogance qui l'aurait incité à revendiquer son identité juive, sa haine du catholicisme et de l'Église, son admiration pour la France révolutionnaire, son adhésion à la franc-maçonnerie, une sensualité morbide, remarquée par Felicita, enfin ce registre exhibé par Lucas Gomez où les plus grands noms du pays figurent, chacun suivi d'un chiffre.

À l'accusation de pratiques usuraires, le beau Lucas réagit pourtant avec vivacité. Comment pouvait-on concevoir de tels soupçons à propos de don Francisco ? C'était de la calomnie, s'écria Lucas, visiblement bouleversé. D'abord, don Francisco del Monte prêtait à des taux inférieurs à ceux pratiqués par les banques et il avançait de l'argent à des gens qu'aucun financier n'eût accepté d'aider. Ce n'était pas de la philanthropie, non. De l'humanité, certainement.

« Renseignez-vous, demandez autour de vous, tous vous le diront : c'était un homme juste », disait le beau Lucas d'une voix que l'émotion faisait trembler.

« Vous voyez cette maison ? c'est lui qui l'a offerte à mon grand-père, avec le terrain. Usurier, don Francisco ? Vous semblez ignorer ce qu'était l'époque. L'argent liquide, c'était dur à trouver. Les crédits ne s'accordaient pas comme de nos jours. Ces gosses de riches sans le sou, c'était justement d'argent liquide qu'ils avaient besoin, pour frimer, pour continuer d'épater les femmes, pour se donner de grands airs. Et vous pensez que les banques auraient avancé un douro sur leur bonne mine ? Non, non, ça ne se passait pas comme aujourd'hui où chacun est riche de ses dettes.

— Excusez-moi, Lucas, je ne voulais pas vous offenser.

— Voyez-vous, madame, j'ai tant entendu mon père parler de don Francisco que c'est un peu comme si je l'avais connu. C'était un homme généreux. Trop doux, si vous voulez mon avis, et mon père disait que c'est sa bonté qui... Enfin, j'aime mieux ne pas parler de ça. Je ne veux pas juger mon prochain. Mais il n'a pas mérité sa mort, voilà tout ce que je puis dire. »

Tante Elisa montre alors l'attitude de Lucas, tête baissée, le regard soudain grave, de cette gravité musulmane, stoïque et digne. Une fois de plus, elle glisse une remarque sur la parfaite beauté de ses traits « à la fois virils et délicats ».

« Ma grand-mère est morte des suites d'une longue maladie. J'ai toujours entendu dire à mon père qu'on n'aurait pas pu la soigner, ni l'enterrer décemment si don Francisco n'avait réglé tous les frais. Nous lui devons tout, à cet homme, et j'ai accepté de vous recevoir à cause de doña Felicita Palomares, une belle personne, elle aussi. Alors, quand je vous entends... »

Tante Elisa et le beau Lucas devisaient dans le jardin, près d'un bassin tapissé de faïences bleues. C'était le soir et ma parente a noté la douceur de la lumière, la délicatesse des sons qui lui ont rappelé une notation de Federico sur Grenade où tout, selon lui, serait menu. « *Grenade aime la miniature* », formule dont elle remarquait soudain la justesse, car même les parfums lui semblaient subtils.

« Vous dites qu'il aurait été juif, murmura Lucas avec tristesse ; je n'ai jamais vu un juif de ma vie, sauf ceux qui défilent à la semaine sainte avec le Christ aux Oliviers, mais ceux-là, je les connais tous par leurs noms, et ils ne sont pas plus juifs que vous et moi. Je ne connais pas les juifs, pourtant je sais que le mot à tué, ici, à Grenade, plus qu'ailleurs. Ce mot-là, juif, il valait trois balles dans la peau. Tout ce qui ne pensait pas droit était juif, ou franc-maçon, souvent les deux, comme pour don Fernando de los Rios. Et tous ces professeurs de l'université qu'on a obligés à creuser les fosses pour les condamnés, qu'on a ensuite abattus d'une balle dans la nuque. Dans cette ville, vous marchez parmi les morts. Et vous venez avec ce mot, juif, après tant d'années. Ce ne sera donc jamais fini ? »

Tante Elisa a rayé deux paragraphes, une trentaine de lignes, raturant avec une application suspecte comme si elle avait voulu s'assurer que le
passage serait illisible. Je suis pourtant parvenue à
déchiffrer plusieurs mots qui composent une séquence éloquente : *Lucas... larmes... cuesta de
Gomérez... cimetière... escouades.*

Connaissant la réserve de ma parente, je pense
qu'un lien existe entre les mots *Lucas* et *larmes*,
soit que le beau Lucas ait lui-même failli pleurer, spectacle pour elle insupportable, soit qu'elle
n'ait pu, de retour au parador San Francisco,
retenir ses larmes. J'inclinerais pour la seconde
hypothèse à cause des trois mots qui suivent.
J'en reconnais l'ordre et la signification dans la
mesure où je suivrai moi-même le trajet qu'ils
indiquent. Ce voyage me plongera à la fois dans
la honte et la stupeur.

J'imagine tante Elisa seule sur la terrasse du
parador, après le dîner, une vaste de laine sur
ses épaules à cause de la fraîcheur qui tombe

avec la nuit de la sierra Nevada. Immobile, elle écoute les cloches en remuant faiblement les lèvres. Prie-t-elle ? Elle fixe, dans l'obscurité, les hauts cyprès du Generalife, tout en repensant aux propos du beau Lucas, à sa douleur et à son indignation.

Dans sa vie, elle a enfilé les truismes de l'antisémitisme sans y prêter attention, par paresse d'esprit. Felicita la première, pour qui elle éprouve une franche estime, lui a montré les conséquences réelles de ces allégations. Maintenant, elle vient de découvrir que l'antisémitisme pouvait, chez un homme tel que Lucas, digne et droit, provoquer une souffrance. Tante Elisa comprend que les accusations contre les juifs ne sont en rien des idées, moins encore une expérience vécue, c'est une passion, parmi les plus véhémentes. Elle a honte de ce qu'elle a répété sans réfléchir. D'autant plus honte qu'elle vient de se pencher sur les fosses, le long du mur du cimetière.

Savait-elle ? Si oui, jusqu'à quel point ? Elle a perçu des rumeurs mais, dans l'avalanche de l'horreur, n'a pas été particulièrement sensible à ces massacres-là. Une unique marée de cadavres. Mais voici que l'explosion de tristesse du beau Lucas, son regard de lassitude, l'ont forcée à regarder de plus près, à compulser les registres du cimetière, à tenter de comprendre comment...

107

Cuesta de Gomérez, c'est le chemin que les camions empruntaient chaque matin, au lever du
jour, pour atteindre le cimetière. La côte est
raide, escalade la colline de l'Alhambra en passant devant les carmenes enfouis dans une végétation quasi tropicale ; les chauffeurs doivent
rétrograder, passer la première. Dans le silence
de l'aube, ils font un bruit qui réveille tous les
habitants du quartier. Manuel de Falla, qui vit
là avec sa sœur, glisse à genoux sur le carrelage,
cache son visage entre ses mains, prie, prie...
Chaque matin, c'est la même procession funèbre, trente, quarante malheureux par véhicule,
attachés par une corde ou par du fil de fer,
hommes, femmes, des adolescents même — quatorze, quinze ans —, entassés les uns sur les
autres. Des ouvriers, bien sûr, des syndicalistes, des militants des partis politiques de gauche — rien là que d'atrocement naturel dans une
guerre civile, quand, de l'autre côté, les mêmes
cortèges se dirigent vers la mort ; des instituteurs surtout — exécutés en masse —, des professeurs, des médecins, et ici on perçoit une
autre intention, qui est d'assassiner l'esprit.

Cette intention, Manuel de Falla l'a d'emblée
saisie. Avec le roulement essoufflé des camions,
avec leurs grincements, avec le silence qui suit,
avant que les détonations ne commencent, le
compositeur entend l'agonie de la pensée. Il y a
des années qu'il a rejoint, non le catholicisme,
mais le christianisme, avec une ardeur mystique
dont seuls certains Espagnols sont capables. Pour

ce franciscain, la violence est un péché, tuer, un péché plus grave encore, et il s'abîme chaque matin dans la prière. Les cris, les gémissements lui parviennent, puis les coups de grâce isolés. Durant des semaines, des mois, il entendra chaque matin cet insupportable concert.

Combien sont-ils à mourir ainsi, enchaînés, les poignets et les mollets meurtris ? Les chiffres sont si effarants que tante Elisa hésite. Je douterai, moi aussi. Je reprendrai plusieurs fois ma comptabilité sinistre. J'y renoncerai en songeant que les chiffres ne signifient rien.

Il y a ceux qui meurent devant le mur du cimetière, plusieurs milliers, il y a tous ceux qui meurent dans la campagne, dans les ravins de Viznar ou ailleurs. Trois mois de folie sanglante. Une trentaine de sadiques dont on connaît les noms ont abandonné leurs défroques bourgeoises, endossé des uniformes fantasmatiques ; dans des voitures réquisitionnées, ils sillonnent la ville par ces nuits étouffantes de juillet et d'août 1936, lourdes de silence et d'angoisse.

Durant deux mois, Grenade dénonce, arrête, emprisonne, torture, assassine. L'armée et ses pelotons, les *requetés*[*], les phalangistes, enfin l'escouade noire, formée par un ouvrier typographe, militant de la CEDA[**], Ruiz Alonso, ironique-

[*] Les carlistes, reconnaissables au béret rouge dont ils se coiffent.
[**] Confédération espagnole des droites autonomes, parti catholique dirigé par Gil Robles, qui se prenait pour Mussolini.

ment surnommé par Jose Antonio Primo de Rivera « l'ouvrier dressé », mais *amaestrado* évoque, en castillan, le maître, le dompteur, une nuance donc de soumission abjecte, en l'occurrence au clergé.

Ruiz Alonso déteste les phalangistes, ces ultras de la droite aux déclamations révolutionnaires, dont le catholicisme lui paraît suspect. Admirateur de Hitler, donc des païens, il faut combattre leur influence. Alors que les phalangistes se tournent vers le nazisme, Ruiz Alonso et les militants de la CEDA font de Salazar leur idole, et du corporatisme chrétien leur idéal. De cet antagonisme minable, avec ses relents de rancunes provinciales, Lorca sera la victime.

Je resterai, moi aussi, assise sur la terrasse, sans bouger. J'écouterai les cloches de la ville basse, celles de l'Albaïcin, je penserai à Federico, caché d'abord dans sa maison natale, ensuite chez des amis phalangistes, la famille Rosales, où il pensait être en sûreté.

Se doute-t-il de l'ampleur des massacres ? Ses antennes ont-elles capté la panique qui se répand dans la ville ? Respire-t-il, lui si sensible aux parfums, l'odeur de la peur ? Devine-t-il la violence du mépris, la sauvagerie de la haine dont il est l'objet, lui, la pédale, qui depuis des années proclame son amour des pauvres et des humiliés, qui dénonce, dans la presse madrilène, la vulgarité et la bassesse de la bourgeoise de Grenade, cette *bourgeoisie du liard*, qui, dans ses poèmes, stigmatise la garde civile ? Il pense naïvement qu'il ne fait pas de politique alors que sa marginalité sexuelle *est* une aberration politique, une injure faite à la *hombría*, la virilité chevaleresque. Dans une ville de province mesquine, il incarne l'abjection morale. Si sa différence ne suffisait pas, son beau-frère est le maire *socialiste* de la ville et la famille Garcia est apparentée à Fernando de los Rios, le juif, le franc-maçon, l'homme le plus haï par les catholiques de Grenade.

Je me rappellerai, et peut-être tante Elisa s'en souvient, combien Federico a aimé cette ville où il a passé son enfance, son adolescence, dont il a décrit chaque recoin, dont il a exploré les ombres, scruté les mystères. Il composait ici ses premiers drames pour son théâtre de marionnettes et, la représentation finie, il se relevait au beau milieu de la nuit pour consoler ses figurines inertes, tant leur immobilité le chagrinait. Il était resté l'enfant qui parlait aux fourmis, qui aimait les insectes parce qu'il trouvait triste que personne ne se souciât des vers de terre ; il était resté l'enfant que les libellules enchantaient, qui les contemplait médusé. À Grenade aussi, il étudia le piano, la composition, l'harmonie, le contrepoint, éblouissant son professeur qui lui promettait une carrière de compositeur d'opéra. Plus tard, il découvrira et contribuera à faire connaître le *jondo*, ce chant

111

profond issu de la cour califale, de la synagogue, de la liturgie mozarabe, chauffé par les gitans persécutés. Il créera avec Manuel de Falla, devenu son ami, le concours de *Cante jondo*.

À tous ses intimes, à Rafael Martinez, à Carlos Morla, il parlera de Grenade, les exhortant à découvrir la ville en sa compagnie, à séjourner avec lui dans la maison de la Vega... « *Que fué en Granada el crímen / Sabed — ¡ pobre Granada ! — en su Granada*[*]... »

Les vers de Machado retentiront cette nuit-là dans ma mémoire et ils ont peut-être résonné dans le souvenir de tante Elisa.

Je verrai le jour poindre au-dessus du Generalife. Je me sentirai courbatue, épuisée. Tante Elisa a dû elle aussi sentir sa fatigue. Historienne de métier, elle a peut-être pensé que Grenade est une ville de colons, bâtie sur le parjure et le crime. Existerait-il une mémoire des lieux ? Clara del Monte provient de cette terre de forfaitaire et de trahison.

Il n'y a qu'une chose que tante Elisa a peut-être voulu ignorer, ce trouble où un homme l'a jetée.

C'est lui, le beau Lucas, qui l'a retournée. C'est lui qui la tient éveillée, seule sur la terrasse du parador, seule, si seule soudain, trop orgueilleuse pour s'avouer vaincue.

---

[*] « *Car c'est à Grenade que le crime eut lieu. / N'oubliez pas — pauvre Grenade ! — dans sa Grenade...* »

Luciano Framor
Notaire
Madrid

Madame Felicita Palomares
Carmen El Suspiro
Grenade

Madrid, le 17 mai 1989.

Très distinguée Madame,

Je réponds avec retard à votre honorée du 7 avril parce que j'ai attendu le résultat des recherches dans nos archives, explorations qui n'ont, hélas, rien donné.

Vous le savez peut-être, les fonds notariaux ne sont pas encore informatisés dans notre pays et les bouleversements de notre guerre ont détruit un grand nombre de dossiers.

Malgré tout, j'ai pu joindre le señor Amilcar, premier clerc de mon prédécesseur, qui se rappelait tous les détails de l'affaire. Je vous

113

communique donc les renseignements obtenus, non sans vous préciser certains faits : j'ai reçu ma charge de maître Balmes qui lui-même la tenait de maître Robles. C'est ce dernier qui était le notaire madrilène de don Francisco Javier del Monte.

N'ayant eu directement à traiter en rien cette cause, j'en ai pourtant souvent entendu parler par maître Balmes, qui n'en ignorait pas le moindre détour.

L'importance exceptionnelle de la succession suffirait, très distinguée Madame, à expliquer la curiosité du public, je dirais même son excitation. C'est un de ces dossiers qu'on ne risque pas d'oublier, tant par ses subtilités juridiques que par son côté humain, l'avenir d'une enfant constituant l'enjeu.

En février 1908, don Francisco del Monte avait testé en l'étude de maître Robles, assisté de deux témoins parfaitement indépendants et de haute moralité, un banquier et un haut dignitaire de la Cour. C'était ce qu'on appelle en langage juridique un testament authentique, et don Francisco del Monte avait pris soin de spécifier qu'aucun autre testament ultérieur, fût-il lui aussi authentique, ne saurait être opposé à cet acte, établi en pleine possession de ses facultés mentales ; une allusion, accompagnée de plusieurs certificats médicaux, avait même été glissée par maître Robles à propos de l'état de santé incertain du testateur, dont l'évolution inéluctable rendrait suspecte toute autre disposition. (Don Francisco del Monte était diabétique.) Mon regretté confrère a souvent répété devant moi que c'était un acte « blindé ». C'est vous dire que, devant les tribunaux, les actes futurs auraient été considérés comme nuls, établis sous l'emprise de la maladie.

Sans vous importuner, je vous résumerai ainsi les principaux arrangements prévus par le testateur :

a) Sa fille unique, Clara Isabel Victoria, devenait son héritière universelle, réserve faite pour la part usufructuaire réservée à doña Maria de las Mercedes Corral del Monte.

b) L'épouse recevait en donation deux propriétés, l'une sise dans la Vega de Grenade, l'autre à Santander, selon des arrangements légaux prévus par la loi. Elle avait droit en outre à une rente constituée par une réserve d'actions inaliénables.

c) Au cas où le testateur viendrait à décéder avant la majorité légale de Clara del Monte, don Francisco instituait un conseil de tutelle dont il confiait la présidence à ses deux sœurs, Marchona et Julia, demeurant à Grenade. Il nommait également les trois autres membres, choisis parmi ses amis, tous de réputation irréprochable. (Au cas où vous le souhaiteriez, je peux vous communiquer la liste de ces personnes.)

L'intention de ces dispositions paraît claire — écarter l'épouse de la gestion de la succession

115

ainsi que de toute forme de tutelle légale sur sa fille, du moins autant que la loi le permet ; déjouer par ailleurs toute tentative d'extorsion de signature, souci qui, soit dit en passant, démontre que don Francisco del Monte était sur ses gardes.

Ce document me permet d'apporter une réponse claire à votre question : le second testament, rédigé deux jours avant sa mort, est un faux grossier. C'est d'ailleurs ainsi que l'opinion le considéra, la rumeur publique attribuant la responsabilité du délit tant à maître Toribio Martinez, avocat, qu'à l'épouse, d'accord tous deux pour s'attribuer la gestion de la succession au nom de la mineure.

Vous m'avez demandé, très distinguée, Madame, de ne rien avancer dont je ne sois à peu près certain, et je ne puis évidemment aller au-delà de cet « à-peu-près » qui, pour moi et pour tous ceux qui eurent à en connaître, est une quasi-certitude. C'est aussi le sentiment du señor Amilcar, qui s'est souvent entretenu de l'affaire avec maître Robles, lequel, selon lui, criait à la forfaiture.

Dans l'ordre, je vous donne les éléments sur lesquels je m'appuie pour fonder mon opinion :

a) La signature était un faux, le señor Amilcar se dit prêt à en jurer, et c'était aussi l'avis définitif de maître Robles, qui connaissait bien l'écriture de son client. C'était le sentiment unanime et vous avez dû en percevoir des échos dans votre famille, puisque toute la ville parlait du scandale. Une procédure avait d'ailleurs été envisagée contre doña Mercedes et, si les sœurs du défunt y renoncèrent, c'est, je crois le savoir, parce qu'elles étaient en mauvais termes avec leur frère depuis son mariage, union qu'elles jugeaient avec sévérité.

Je me permets, à titre personnel, d'ajouter que l'indifférence des sœurs du défunt, pour violents que fussent leurs griefs, me semble tout à fait coupable, puisqu'elle livrait leur nièce à la rapacité de l'avocat Toribio Martinez. C'est d'autant plus attristant pour la petite qu'aucune des finasseries juridiques imaginées par l'avocat pour invalider le premier testament n'eût résisté devant une cour de justice.

De cela, maître Robles était sûr.

b) Le notaire, certainement un ami de l'avocat Toribio Martinez, était originaire de Jumillas, dans la province de Murcie, les deux témoins étaient nés respectivement à Yecla et à Pinoso, également dans la province de Murcie ; quant à l'avocat Toribio Martinez, il était du même village, Totana, que doña Mercedes, bourg naturellement situé dans la province de Murcie.

Pour moi, ces coïncidences suffiraient seules à démontrer la concussion.

J'ajoute que le document fut établi deux jours avant le décès de don Francisco, à son domicile, et que les deux médecins de famille avaient été écartés depuis plus de six mois, remplacés par un certain docteur Gremal, natif de... Jumillas, dans la province de Murcie.

On se trouve par conséquent devant une machination organisée en vue de dépouiller l'héritière légitime.

c) Enfin, les clauses juridiques — extension des dispositions usufructuaires pour la veuve, nomination de l'avocat comme président du conseil de tutelle et gérant des biens de la mineure, avec droit de vente et de substitution dans l'intérêt de la tutelle —, tous ces articles, contraires aux volontés initiales de don Francisco, prouvent une volonté de confiscation et de séquestration de la fortune du testateur.

Ce sont, à mes yeux, sinon des preuves irréfutables, à tout le moins des indices éloquents, et ils entraînent ma conviction.

En faudrait-il un autre, absolument décisif, il suffit de se rappeler que l'avocat habite, au moment des faits, l'étage au-dessus de celui de la veuve dont il deviendra, un an plus tard, le second mari.

La collusion est irréfutable.

Pour les sommes en jeu, je n'ai pas besoin, très distinguée Madame, de vous fournir les détails. La fortune de don Francisco del Monte était sûrement l'une des plus importantes du pays.

En espérant vous avoir donné toute satisfaction, et en restant à votre disposition, je vous prie de croire, très distinguée Madame, à mes sentiments de très haut respect,

LUCIANO FRAMOR, NOTAIRE.

Elisa Toldo
Madrid

Felicita Palomares
Carmen El Suspiro
Grenade

Madrid, le 25 mai 1989.

Ma chère Felicita,

Je te dis tu, puisque tel est ton désir, encore qu'il m'en coûte, tu t'en doutes, de tutoyer, plus encore les personnes que je respecte. Avec la disparition du vous quelque chose se perd dans notre langue, donc en nous-mêmes, le sens des nuances et de la dignité des personnes.

Excuse-moi, chère Felicita, d'avoir refusé ton invitation à séjourner dans ton merveilleux carmen, ce petit coin de paradis niché dans une colline enchantée. Tu es trop indépendante pour ne pas respecter l'indépendance d'autrui. Célibataire endurcie, j'aime me retrouver seule dans ma

119

chambre et je ne déteste pas non plus la vie d'hôtel, surtout si c'est ce parador, avec sa terrasse sur le Generalife.

Je n'en ai pas moins passé dans ton carmen des heures miraculeuses, avec cette douceur qu'on ne rencontre qu'à Grenade, ces parfums subtils, ces bruits ciselés. Quelle merveilleuse civilisation, et comme on regrette, quand on marche dans la ville du bas, bruyante et vulgaire, sa disparition ! Je ne me fais pas d'illusions : il n'y avait pas de place pour deux religions sur une seule terre, ni pour deux maîtres dans chaque fief. Le fanatisme plus la cupidité font une implacable fatalité. Les chrétiens pas plus que les musulmans ne sont à blâmer, c'est l'espèce humaine qui me semble trop lourde pour accéder à la tolérance. En écrivant cela, je repense à tes propos, si acides, mais sans doute justes : plus je vais, plus ma foi en la nature humaine s'effrite.

Merci, chère Felicita, de ton aide. Sans toi, j'aurais mis des mois à glaner les renseignements que j'ai pu obtenir en moins d'une semaine. Ma gratitude s'accroît encore avec la réception de cette lettre du notaire madrilène, maître Framor.

Je subodorais une intrigue sordide, mais ce que, grâce à toi, je viens d'apprendre dépasse mes pires craintes. Le martèlement de ces mots, province de Murcie, qui m'évoque le *Llanto* de Garcia Lorca et son *a las cinco de la tarde*, cette répétition fatidique me précipitait au plus profond de l'Espagne noire. Te rappelles-tu le film

120

de Buñuel, vers 1930, avec ses idiots, ses goitreux, ses dégénérés, cette galerie de monstres échappés des tableaux de Goya ? les terribles femmes de *La Maison de Bernada Alba* ne t'évoquent-elles pas cette Mercedes ?

Une question me hante, Felicita : est-il possible que Mercedes et l'avocat Toribio Martinez, quel bizarre prénom, tu ne trouves pas ? se connussent avant ? Dans l'affirmative, ce serait un roman de Barbey d'Aurevilly ou de Perez Galdos... Cela voudrait dire : je n'ose y penser, ce serait trop atroce.

J'ai peur, ma chère Felicita, de perdre mes dernières illusions, si tant est qu'il m'en reste. J'en ai laissé beaucoup à Grenade où, après m'être entretenue avec Lucas Gomez, le petit-fils de l'intendant (une magnifique personne, soit dit en passant, qui vous réconcilierait avec l'humanité), après donc notre entretien, je suis allée fouiner dans les registres du cimetière. En compulsant ces listes, j'ai pensé à toi, à Rodrigo, à tout ce que vous m'avez dit et que je ne pouvais pas entendre, enfermée dans mon chagrin. Je ne croyais pas, Felicita, je n'imaginais pas...

Ce soir-là, j'ai dîné seule au parador, parmi les dernières clientes. C'est une étrange sensation que d'être une femme seule, assise à l'écart ; on a beau être habituée, on éprouve une curieuse amertume. Sont-ce mes démarches ? ma conversation avec Lucas Gomez dans son étrange jar-

121

din ? Plusieurs fois, j'ai été au bord des larmes, prise à la gorge par ma solitude.

Je suis restée ensuite sur la terrasse, contemplant les cyprès du Generalife sur le ciel piqué d'étoiles. Les heures ont coulé, la nuit a passé, l'aube s'est annoncée ; j'étais toujours à la même place, une femme seule, plus très jeune, qui n'attend rien ni personne. N'est-ce pas absurde ? Je pensais à tous ces assassinats, à cette frénésie de meurtres. Mon Dieu, Felicita, que nous est-il arrivé ? À toi, je puis l'avouer, tout en sachant que tu me trouveras ridicule : j'ai prié, j'ai prié toute la nuit. Peut-être as-tu raison, peut-être n'existe-t-il rien. J'ai pourtant besoin de croire que Quelqu'un nous pardonnera parce que, sans cela, la vie n'aurait pas grand sens... n'est-ce pas ?

J'ai pensé à Lorca, bien sûr, et sans t'en parler je suis allée nuitamment à Viznar. Je me suis agenouillée, j'ai déposé des fleurs au pied d'un olivier. Te souviens-tu de ces vers : *« Si muero, / Dejad el balcón abierto*[*]... »* Au parador, le balcon est toujours ouvert, un enfant mange une orange, mais ce monde d'innocence, quel sens possède-t-il encore ?

Durant ce séjour à Grenade, j'ai durement ressenti l'absence de Rodrigo. Je me suis interrogée : pourquoi ne nous sommes-nous pas mariés ? pourquoi, plus simplement, ne me suis-je

---

[*] « Si je meurs,/Laissez le balcon ouvert... »

pas donnée à lui ? Je sais, ma chère Felicita, que tu n'as pas une haute opinion des hommes. Tu te moqueras sûrement de moi : l'homme me manque, non le mari, mais la peau, l'odeur, la force, cette impression de violence magnifique que j'ai ressentie auprès de Lucas, dans son jardin. S'il me l'avait demandé, s'il avait ébauché un geste… Tu as raison de rire, je me serais levée, je lui aurais tendu ma main, je serais partie, très droite.

J'ai désappris de vivre, si je l'ai jamais su.

Merci de tout, ma chère Felicita, et d'abord d'être telle que tu es, intrépide et libre, bougonne et tendre.

Je t'embrasse affectueusement,

ELISA.

P.-S. : J'allais oublier : je suis très gravement malade. Mon médecin m'annonce que je n'en ai plus pour longtemps. Épargne-moi les apitoiements : j'ai vécu, bien ou mal, il n'importe.

Felicita Palomares
Carmen El Suspiro
Grenade

Elisa Toldo
Madrid

Grenade, le 11 juin 1989.

Je ne comprendrai jamais rien à ton galima-
tias, ma belle Elisa. Au moindre prétexte, tu em-
bouches les trompettes de l'emphase. Qu'est-ce
que ces histoires d'Espagne noire ? Tu possèdes
une vaste culture, n'aurais-tu jamais entendu parler des Atrides, ni de Médée ? Des couples qui,
mus par la cupidité, ourdissent un crime, la littérature française en regorge, tout comme on
trouve dans les provinces de notre douce voisine
des auberges sanglantes, des empoisonnements
crapuleux. Balzac, Giono, Mauriac, je cite au
hasard, pour ne rien dire de l'Angleterre, mère
ès cruautés raffinées. La Russie, n'en parlons

124

pas ; quant à l'Amérique, les killers y poussent comme les champignons ; on y égorge et dépèce pour un oui ou pour un non. Même le prix de la vie humaine s'est dévalué avec la démocratie.

L'histoire dans laquelle tu te débats n'a d'espagnol que le décor, son fond est la passion, la plus primitive, celle de l'argent, passion qu'on entend ramper depuis des siècles au théâtre comme au roman. Si noirceur il y a, mets-la sur toute la surface de la terre, partout où des hommes envient le bien d'autrui, depuis Caïn, leur père à tous.

Tu te demandes si Mercedes et ce drôle de Toribio se connaissaient avant ; il m'a suffi d'un coup de fil à Murcie, où vit un vieux médecin de mes amis : ils sont partis ensemble pour Madrid ; on les disait fiancés. Elle, infirmière diplômée, lui, jeune avocat, le droit étant, sauf exceptions, la porte de secours de tous les médiocres. Je suis en mesure de te préciser qu'elle appartenait à une famille honorable, sans le sou, bourgeoisie rurale, à cheval entre la culture et le barreau ; qu'elle avait une sœur cadette, Amparo, aussi laide que Mercedes était jolie — une caryatide blonde.

Quant à Toribio, avocat, fils d'avocat, spécialiste en coups tordus, expert en finasseries, c'était un de ces coqs de province, haut comme trois pommes, sec et nerveux, la taille cambrée, les cheveux calamistrés, la moustache frisée, la prunelle langoureuse, tout ce que j'ai détesté dans ma vie, ces mâles à l'allure avantageuse, fiers de leur arme secrète, spectaculaire en effet. Un manche à balai, dit-on dans le Lavapiés[*], et beaucoup de femmes en perdent la tête. C'était le cas de la reine Marie-Louise de Parme, l'épouse de ce gros balourd de Charles IV, pour qui le balai n'était jamais assez long ni suffisamment épais : seul Godoy parvint à la satisfaire, et il devint Premier ministre, prince de la paix, grand d'Espagne.

Tu le vois, ma jolie, la situation n'est pas neuve et si Médée perdit la raison pour Jason jusqu'à trucider sa progéniture, c'est sans doute qu'elle était asservie à son arme secrète. L'une de mes amies résume ainsi cette haute philosophie : le cul, dit-elle, mène le monde. Nos marchands de papier le savent qui, chaque mois ou presque, publient des confessions torrides, lardées de philosophie ou de style.

Avec ces éléments, tu peux filer ton histoire : ils arrivent à Madrid, s'installent dans un quartier petit-bourgeois, autour de l'ancienne place de taureaux peut-être. Le hasard envoie Mercedes chez don Francisco del Monte, dans la maison de la Calle del Rey Francisco dont le faste l'éblouit, petite provinciale qui ne soupçonnait même pas l'existence d'une telle richesse ; jamais indifférent à une beauté féminine, son patient lui sourit, lui conte fleurette. Calculatrice, elle

---

* Quartier populaire de Madrid, aujourd'hui à la mode.

126

remue du popotin, sourit à tout va, se penche assez pour qu'il ait vue sur ses nichons ; chaque jour, elle lui en montre un peu plus, et il en perd la boule.

Existe-t-il, chère Elisa, situation plus banale que celle de l'infirmière qui séduit son vieux patient ? Ce ne sont plus les Atrides, c'est le roman de gare. Slaughter a fait des fortunes sur ce canevas dont la trame est usée jusqu'à la corde.

Le soir, elle fait le point avec le Toribio, un prénom stupide, tu as raison, que l'énormité de la fortune a quelque peu grisé. Il s'est renseigné et ce qu'il a appris lui donne le vertige. C'est la chance de leur vie, ne cesse-t-il de répéter à Mercedes. Il faut la saisir parce qu'une occasion pareille ne se représentera pas. Il la pousse même à investir : coiffeur, manucure, lingerie, toilettes et chapeaux, des bas surtout, des jarretelles, des combinaisons et des soutiens-gorge, tout l'attirail de la femme 1900, affriolante. La malice est d'exciter, de fouetter l'imagination. Mercedes doit devenir une obsession, une hallucination, un mirage et, pour y parvenir, le plus sûr moyen est d'appâter sans donner, vieille recette connue de toutes les grues. Prendre garde cependant au dépit, qui risque de ruiner l'entreprise. Au premier signe de fatigue, donner des gages, un sein sur la bouche, un pied entre les cuisses, la jambe dans son fourreau de soie noire. Une stratégie de la promesse et du refus.

127

Jusqu'à quel point don Francisco del Monte est-il alors malade ? Il était diabétique, gravement, à une époque où la maladie était mortelle à courte échéance.

Pour ramasser le magot, une solution, une seule : le mariage. Le malade toutefois se méfie ; il traîne, louvoie. Quand Mercedes se retrouvera enceinte de Clara, il faudra pourtant bien s'exécuter. Cette fois, le piège s'est refermé sur don Francisco. La porte du toril s'ouvre, la course à la mort peut commencer.

Petit Coq a loué un appartement dans l'immeuble de la rue Goya, au second étage, les deux amants ont tout loisir pour se rencontrer et affûter les détails.

Je t'entends d'ici, ma belle : mais la petite ? comment une mère... Tu connais mal les femmes, ma chère Elisa : une femme qui aime est capable de tout, ce qui s'appelle tout.

Non, je ne suis pas voyante. Il est vrai pourtant que ce jour de mai 1911, quand j'ai vu la petite Clara dans sa robe rose, quand j'ai regardé son père dans son fauteuil roulant, caché dans la pénombre... je n'ai pas tout compris, non, mais j'ai pressenti que la situation était terrible. J'ai eu pitié de cette fillette qu'on qualifiait d'orgueilleuse alors qu'elle était raide de peur. Dans son jeu, j'ai perçu son angoisse, une panique haletante, cependant que les yeux de don Francisco exprimaient la fatigue et le dégoût : qu'on en finisse, semblait-il dire. Quant à la mère... je

vais sans doute te décevoir : rien d'une criminelle ; une belle plante, imbue d'elle-même, probablement stupide, à tout le moins bornée. Elle
ne voit pas plus loin que l'argent et, avec l'obscurité, l'arme secrète, qui la laisse rompue, béate.
Ce qui manque le plus aux monstres, c'est l'imagination. Cet aveuglement fait leur mystère : on
cherche un fond là où n'existe qu'une forme, et
stéréotypée encore.

Toi si intelligente, si cultivée, je me suis toujours demandé comment tu pouvais te montrer
à ce point naïve. Il n'y a aucune énigme dans
cette histoire. Quant à Clarita, les enfants comptent peu devant le désir des femmes ; rien de ce
qu'on te dira de l'instinct maternel, rien n'est
vrai, ma douce. Un apprentissage culturel, une
convention. La nature n'est pas dévouée mais
cynique. Si tu regardais autour de toi, tu t'aper-
cevrais de l'imposture : chaque jour, en tout lieu,
des femmes se débarrassent de leurs rejetons.

Je ne comprends rien non plus à tes langueurs :
voilà que tu te demandes pourquoi Rodrigo ne
t'a pas épousée, pour quelle raison il n'a rien
fait pour... Il est peut-être un peu tard pour
couver des regrets, tu ne trouves pas ? Si toi ou
lui l'aviez voulu vraiment, tu n'en serais pas à
te gratter le front.

Je suis une mule, c'est entendu : le lyrisme
n'est pas mon affaire. J'ai toujours détesté Lamar-
tine et son lac, Becker et ses obscures hirondelles

qui, hélas, reviennent toujours*. Les femmes que j'ai désirées, ma chérie, je te prie de croire qu'elles ne l'ont pas ignoré longtemps. Certaines refusaient, m'écartaient avec véhémence, et je ne te dirai pas que leurs rebuffades me faisaient plaisir. Mais enfin, les choses étaient claires. Rien ne m'eût paru plus sinistre que le malentendu.

J'aimais bien ton Rodrigo, tu le sais. C'était un homme fin, cultivé, mais un peu trop le genre Hamlet à mon gré, toujours le menton entre ses paumes, et que ceci, et que cela, je te coupe les cheveux en quatre, puis en seize. Puisque tu l'a aimé, que tu l'as accepté tel qu'il était, indécis, veule, à quoi bon soupirer ? Nous avons la vie que nous nous faisons.

Je te parais sans doute dure. J'ai toujours eu pour toi une tendresse éloquente, qui aurait pu se manifester de manière plus explicite encore si je n'avais senti chez toi, non de la vertu, mais une timidité froide. Tu avais, tu as toujours peur de la vie, ma chère Elisa, et tu le montres fort bien quand tu évoques ce beau Lucas. Tu serais partie, oui, très droite, mais pour aller où ? pleurer devant le paysage ?

La fureur des massacres... j'aime mieux n'en rien dire ; je risquerais de m'emporter. Une ab-

***

* Allusion à un célèbre poème de Becker, « *Volverán las oscuras golondrinas* », « *Elles reviendront, les sombres hirondelles* », sirop romantique que toutes les jeunes filles espagnoles avalaient pour soigner leurs pâmoisons.

jection, voilà. Une méthodique extermination de tout ce qui, dans ce pays, pensait. Mais, si les droites portent la responsabilité de cette infamie, les gauches en ont leur part. Une république de Hamlet poussés dans l'Université, accrochés à la légalité alors même que la rue appartenait à la violence et que, la légalité, tout le monde s'asseyait dessus. Ils faisaient de beaux discours, nos dignes professeurs ; ayant parlé, ils croyaient avoir agi. Personne, ni à droite ni à gauche, ne voulait de cette république de fantoches barbus ; anarchistes, communistes, socialistes même n'avaient qu'un mot à la bouche, Révolution, et ils croyaient la faire en bousculant les bourgeois dans la rue, en incendiant les églises et les couvents ; les droites, elles, se contentaient de l'ordre ; elles l'imposèrent à leur manière, féroce.

La guerre, ma chère Elisa, ce fut l'échec de la politique qui, en tant que pratique, n'existe pas dans notre malheureux pays. Il existe une tradition, laquelle donne un net avantage aux droites qui occupent le pouvoir depuis des siècles, ce qui leur a laissé le temps d'imaginer des ruses et des stratégies. La seule vérité de la politique, c'est le pouvoir. Pour durer, il doit se cacher. C'est à quoi les religions servent. Elles embrument l'atmosphère et empêchent de discerner la crudité du pouvoir, sa violence. La religion des gauches, c'est l'idéologie, encore faut-il oser s'en servir. Danton est sûrement plus sympathique que Robespierre, mais seul le second possède une vision politique, hélas gâchée par Rousseau. Il n'existe pas de pouvoir sans force. On s'indigne des massacres de Septembre, de la guillotine et des proscriptions ; on se pâme devant l'ordre revenu dans les basques de Bonaparte, mais l'ordre c'est la Moskova, c'est Baylen, ce sont des centaines de milliers de jeunes Français morts de leurs blessures, affreuses, ou de froid. Qui, de Robespierre ou de Napoléon, fut le pacifiste ?

En vieillissant, on prétend qu'on devient frileux et conservateur. Moi, ma chère Elisa, je deviens enragée. Je hais chaque jour davantage l'hypocrisie de notre monde, ses larmoiements humanitaires, ses sentiments tièdes.

Anarchiste ? Ma compagne le prétend qui, en bonne Allemande, comprend tout sauf la désobéissance. Toute ma vie j'ai désobéi, sans d'ailleurs forcer ma nature. J'ignore ce que je pense et même si je pense, je sais ce que je ressens : non, non, et encore non ! Je le crie quand je vois des lesbiennes défiler pour réclamer des droits, ce qui signifie qu'elles désirent se fondre dans la majorité. J'ai vécu en dehors du droit, j'ai toujours habité les marges, je souhaite mourir dans la solitude des rebelles.

Tu me connais, sinon bien, du moins un peu, comment as-tu pu penser que je sois capable de rire de quelqu'un qui prie dans la solitude ? Je ne suis pas assez stupide pour oser me proclamer athée. Je peux fort bien me passer de Dieu, je m'en passe donc, mais j'ignore s'Il est et ce qu'Il est. Le pardon, tu mets le doigt sur la faiblesse de l'athéisme ; c'est tout le sens de la parabole sur la femme adultère : qui possède assez d'innocence pour pardonner ? Je me passe de Dieu, je me passe plus difficilement du Christ.

La pitié, ma chère Elisa, n'est pas ma tasse de thé. La compassion, oui, parce qu'elle est dure. Je puis partager ta douleur, je refuse de l'arroser de larmes. Tu es assez courageuse pour prendre ta maladie par le collet, ce que tu as fait jusqu'ici. Penses-tu que je ne me doutais de rien ? Je respectais ton silence parce que je respecte la terrible force des femmes. Parmi les défauts que je méprise chez les hommes, il y a leur veulerie. Ils ont besoin de leur mère, de leur femme, ils ont besoin d'un jupon où cacher leurs chagrins d'enfants. Les femmes n'ont besoin de personne. Elles traversent les siècles dans leurs voiles de veuves, rigides, impassibles.

Non, je ne m'apitoie pas, mais je te demande de ne pas écouter les médecins, qui sont tous des ânes.

Je reviens à Madrid. Passe me voir, je t'en prie. Nous parlerons de tout.

Je t'embrasse, ma belle,

FELICITA.

II

« On peut trahir des parents, un époux, un amour, une patrie, mais que restera-t-il à trahir quand il n'y aura plus ni parents, ni mari, ni amour, ni patrie ? »

MILAN KUNDERA,
L'insoutenable légèreté de l'être.

À force de scruter l'écriture de tante Elisa, mes yeux ont appris à dépister la moindre altération, non seulement du dessin des caractères, mais aussi du mouvement de la phrase. Or d'infimes signes trahissent une modification de l'humeur. Certaines lettres, notamment les majuscules, se détachent ; la fin des lignes s'abaisse, écarts dus peut-être à la fatigue et aux progrès de la maladie. Dans le ton aussi, je relève des répétitions, des négligences. Prête-t-on une attention plus soutenue, on s'aperçoit que ces défaillances se produisent à des endroits où l'émotion risque de submerger la narratrice qui précipite alors l'allure de son récit.

Tante Elisa avait beau se contraindre à l'impassibilité, elle étouffait dans cet appartement sinistre, parmi ces personnages dépravés qui choquaient d'abord son sens de l'esthétique. C'était trop laid, trop vulgaire, trop sale. Elle sentait toutefois que, si elle voulait comprendre quelque chose aux désordres ultérieurs de Clara del

Monte, elle devait en passer par là. Non que tout fût annoncé dans cette enfance de terreur et de honte, plusieurs fois tante Elisa s'élève contre cette idée ; comment pourtant reconnaître le caractère si l'on néglige le sol où il a germé ?

Cet appartement solennel et lugubre offre à la petite Clara un terrain de manœuvres où s'entraîner à des stratégies de survie. Là où une autre fût devenue folle, ou malade, elle combine des mensonges, ourdit des trahisons.

À six, sept ans, que comprend-elle à la situation ? Rien qui se puisse dire, bien plus qu'on n'imagine. Les enfants savent tout, très tôt ; ensuite, ils oublient avant de réapprendre. Ils savent par leurs nerfs, dans les sensations qui s'inscrivent dans leurs neurones, ils savent dans un sentiment confus qui restera leur personne, le diapason de leur tonalité intérieure.

Pour Clarita, ce sera d'abord un bruit dans la nuit : trois coups espacés, frappés avec lenteur, suivis, après un silence, de trois coups rapides. Cachée sous les couvertures, retenant son souffle, guettant les soupirs de l'immense ascenseur hydraulique, avec ses tuyaux qui chuintent, elle épie ces signaux ; elle entend la porte d'entrée, des bruits de pas dans le vestibule, des chuchotements dans le couloir qui mène à la chambre de sa mère. Elle sait qu'elle ne doit pas bouger ; elle évite même de respirer.

Une fois, il y a longtemps, elle était toute petite, elle n'a pas pu tenir ; elle s'est levée, a marché en chemise dans le couloir, effrayée par l'obscurité. Retenant ses larmes, mordant son pouce, elle s'avançait quand, soudain, le haut fantôme s'est dressé devant elle. « On peut savoir où tu vas ? »

Clarita veut hurler, appeler à l'aide ; aucun son ne sort de ses lèvres ; elle reste figée, tétanisée. La lumière du lustre éclabousse brutalement le couloir ; sa mère la toise avec mépris : « Tu as fait pipi sur toi ? Tu n'as pas honte ? » Clarita secoue la tête pour protester mais elle sent la tiédeur de l'urine entre ses cuisses et, confuse, renifle, se colle contre le mur.

Désormais, Clarita reste dans son lit, sans bouger. Elle sait, même si elle serait incapable de raconter, que l'avocat Toribio (elle connaît son nom) descend chaque nuit rejoindre sa mère, tantôt par l'ascenseur, tantôt à pied par l'escalier. Il possède la clé de l'appartement mais il attend que sa mère lui ait lancé le triple signal en frappant contre le tuyau du chauffage central : « L'infirmière de nuit a fini ses soins, disent les coups, le valet de chambre s'est retiré, la voie est libre. » Clarita comprend le langage des amants, elle sait que sa mère trahit son père ; qu'elle s'enferme avec l'avocat dans sa chambre et qu'ils y font *des choses*. Dans le silence de la nuit, elle perçoit leurs murmures, leurs rires étouffés. Peut-être complotent-ils sur le moyen de se débarrasser de la pisseuse ? Elle serre très fort sa poupée contre sa poitrine, la baise, la réconforte : « Je te défendrai, personne ne te fera du mal. Je tuerai l'avocat. Je lui enfoncerai un couteau dans la poitrine. »

Elle sait aussi, Clarita, que son père ne dort pas. À travers les murs, elle l'écoute respirer. Personne ne dort dans l'appartement. Il règne un silence lourd d'angoisse. L'avocat ne va-t-il pas tuer son papa ? C'est Ines, la cuisinière, qui l'a dit : « L'avocat, il finira par l'empoisonner. » Deux ou trois fois, elle a reconnu la voix de Toribio sur le seuil de la chambre de son père. Il parlait d'une voix doucereuse, posait des questions auxquelles le malade ne répondait pas.

Une nuit, Clarita a eu très peur ; convaincue que son père était mort, elle a couru dans le couloir, poussé la porte ; elle a aperçu son père dans son lit de malade, couché sur le dos, immobile. Elle a failli crier mais il a levé la main.

« Il ne faut pas venir, ma petite chérie. Ils te gronderont. »

Sa voix, basse et profonde, avait des accents de tendresse. Il fixait sur elle un regard humide et un sourire détendait ses lèvres.

« Tu es gentille, tu deviens de jour en jour plus belle. Les hommes seront fous de toi, tu verras. »

Elle a souri à son tour, puis, entendant un bruit, s'est enfuie.

Clarita vit seule, sans amis. Sa mère ne supporterait pas que des étrangers viennent à la maison. Au début, Clara détestait le pensionnat ; au dortoir, elle pleurait chaque nuit dans son lit. Maintenant, elle se sent soulagée de retrouver les religieuses, de parler avec ses camarades ; elle ne leur confie aucun secret, elle a trop peur. Elles seraient capables de répéter ses propos... En outre, elle ne veut pas que d'autres sachent. C'est son secret, sa honte cachée. Pour y échapper, elle invente des épisodes fabuleux : la reine mère, Marie-Christine de Habsbourg-Lorraine, est venue dîner à la maison ; Clarita a joué du piano pour elle, après quoi elles ont longtemps bavardé.

« C'était quand, tu dis ? interroge avec suavité Mady, une grande bringue délurée.

— Vendredi.

— Tu es une sale menteuse, s'écrie Mady. Depuis quinze jours, la reine mère est en voyage à l'étranger, en Autriche. Il y avait sa photo dans le journal. »

Clara se jette sur elle, l'empoigne par les cheveux cependant que les sœurs accourent. Ces incidents n'empêchent pas Clarita de continuer à fabuler. Les mensonges sortent de sa bouche sans qu'elle le veuille, sans qu'elle y pense même. On dirait d'affreux crapauds qui, d'un bond, décampent. Une houle d'angoisse se lève, la submerge et, tout à coup, le gros mensonge se dresse devant elle, magnifique, resplendissant, mais si bête parfois, si ridicule. Clarita voudrait le rattraper, le ravaler. Il y a toujours quelqu'un pour sourire. Alors elle se raidit, fait face.

Certaines de ses condisciples la traitent de bêcheuse. En réalité, Clarita vit dans la terreur.

Au pensionnat, elle est heureuse d'échapper à la terrible étreinte du silence, aux coups frappés dans la nuit, aux chuchotements et aux pas dans les couloirs ; à cette angoisse surtout... Elle flaire partout la présence de l'avocat, il marche sans faire le moindre bruit, avec toujours ce regard inquisiteur. Elle ne comprend pas bien ce qu'il trame, mais elle pressent le danger. Il ne l'aime pas ; il se défie, la surveille. Il n'aime pas non plus son père et il est toujours à rôder autour de sa chambre. Il se montre pourtant respectueux envers le malade, se propose de lui rendre service, s'enquiert s'il n'a besoin de rien. N'est-ce pas étrange, cette attitude servile, ces manières obséquieuses ?

Au collège, les sœurs se montrent prévenantes envers Clara ; elles l'imaginent malheureuse parce que son père est très malade et lui recommandent de prier pour lui. Que doit-elle demander au bon Dieu alors que sa mère lui répète que son père est un homme vicieux et que sa maladie est le juste châtiment pour ses péchés ? Sa maman lui a également raconté que c'est un juif, un de ceux qui ont trahi et tué Jésus. Clarita ne croit pas sa mère ; *elle sait* la réalité qui se cache derrière ces accusations ; mais elle aime sa mère et la croit donc un peu, *tout de même*.

Dans son cerveau, il se produit une confusion affreuse. Tout se heurte et se mélange, vérité et mensonge, amour et haine. Comment s'évader de ce piège ? À qui se confier ?

Il n'y a qu'à son piano qu'elle puisse parler, mais elle a tant de choses à lui dire et ses mains sont si petites ! Elle triche un peu, escamote les difficultés, notamment le doigté de la main gauche, dans *Le Clavecin bien tempéré*. Elle pallie ses insuffisances par l'intensité des accents. Évidemment, son professeur se fâche. Avec sa baguette, il frappe sur ses poignets. Comment lui expliquer que ce ne sont pas les notes qui la bouleversent, mais ce qui est au-delà des notes, ces harmonies, ce rythme surtout. C'est à cause de cette cadence gitane qu'elle aime tant Falla. Clarita martèle le rythme, de plus en plus haletant, suffocant. Elle aime aussi Bach parce que sa douce rigueur l'apaise et la rassure. De Chopin, de Schumann encore plus, elle se méfie. Elle a peur qu'ils ne l'entraînent très loin, si loin qu'elle sera définitivement perdue, incapable de retrouver son chemin. Souvent, elle éprouve l'impression d'être égarée dans une forêt impénétrable où jamais le soleil ne se montre. Elle marche dans l'obscurité, écoute les frôlements et les murmures. Elle respire mal, elle suffoque. Alors, elle s'invente de merveilleuses histoires : elle est la fille d'un grand roi, un prince la rencontre, tombe à ses pieds, ébloui.

Pourquoi personne n'entend-il le silence des enfants ? Tout se lit dans leurs yeux, mais les grandes personnes ne déchiffrent pas les regards. Ils parlent, parlent, et leurs mots résonnent dans la nuit.

Clarita n'est pas malheureuse : elle n'est rien.

Rue Goya, dans le grand salon, Clarita joue Albeniz en feignant d'étudier la partition, en réalité pour son père, qui raffole de cette musique, *Grenade* surtout, ses arpèges fluides. Un jour qu'elle interprétait cette pièce, Pablo, le valet de chambre, s'est approché de l'instrument. « Votre père m'a chargé de vous féliciter et de vous remercier de si bien jouer ce morceau. C'est son préféré. Chaque fois que vous vous asseyez au piano, il me demande d'ouvrir la porte ; il ferme les yeux ; il vous écoute. Ce sont ses seuls moments de bonheur. »

Dès que sa mère s'absente, Clarita se précipite au salon. Elle joue et rejoue *Grenade*.

« Quelle scie ! » marmotte en rentrant l'avocat, qui déteste la musique.

Sagement, elle referme alors le couvercle, marche vers sa chambre où elle s'enferme pour lire. Partout elle a le sentiment d'être de trop ; elle encombre ; elle gêne. Comment faire pour exister ?

Au fil des mois, des années, l'angoisse devient de plus en plus lourde. Elle pèse sur sa poitrine, serre sa gorge. Que se passerait-il si sa mère apprenait qu'elle joue pour son père ? qu'ils se parlent à travers la musique ? Sa mère, c'est la force, la puissance. Elle peut l'enfermer dans un couvent, très loin de Madrid, l'y laisser durant des années.

Clarita voudrait tant que sa mère l'aime !

À la soixantaine passée, Clara del Monte écrira dans un récit : « Elle prit le parti des forts contre le faible. Ce fut sa première trahison. » Cette phrase sonne comme un aveu : Clara reconnaît être entrée en trahison en livrant le plus faible parmi les faibles, son père, le plus aimé aussi, ce qu'elle avait de plus précieux.

Après avoir recopié ce passage dans le manuscrit dont elle avait une copie, tante Elisa s'interroge : quel crédit accorder à ces mots alors que Clara del Monte ment comme elle respire ? Plus elle semble sincère, émue, plus il y a de chances qu'elle fabule ou travestisse. Pourtant, Elisa se déclare encline à la croire, moins à cause du mot trahison que de l'expression *le parti des forts*, qui dépeint la situation, rue Goya ; qui décrit aussi une constellation de circonstances, tout au long de la vie de Clara ; ces nœuds fourniront

145

un modèle, toujours le même, trahir ou mourir. Clara choisira invariablement de vivre, mais surtout de mériter la reconnaissance du plus fort.

La trahison n'est pas chez elle qu'une lâcheté, c'est la volupté de livrer ceux qu'elle aime, de les offrir en gage, de montrer jusqu'où elle peut aller pour gagner l'affection du plus fort. Ni un abandon, ni un sacrifice, une offrande. Trahir ce qu'on aime par-dessus tout. Existe-t-il une trahison qui ne soit pas trahison de soi-même ? En livrant ce qu'on aime, on se dépouille de toute capacité à aimer vraiment. On devient chaque jour plus froid ; on s'enfonce dans la solitude. Il vient un moment où la trahison n'est plus qu'une réponse machinale. On ne sait plus rien faire que trahir.

Quelle put bien être cette première trahison, irréparable en effet ? Tante Elisa ne la connaîtra jamais ; personne ne l'a jamais sue ; sans doute un cafardage enfantin. « C'est très bien. Tu es une gentille petite fille. » — telle dut être, à peu de chose près, sa récompense, avec le sourire de sa mère.

Si l'acte fut probablement insignifiant, les conséquences, elles, furent énormes. Pour don Francisco d'abord : imagine-t-on ce qu'il ressentit en apprenant que la petite Clara l'avait trahi ? Pour elle-même ensuite, une conduite oblique obtenait le résultat qu'elle avait en vain tenté d'atteindre par d'autres moyens. Le crime payait.

Excitée par son succès, elle a probablement récidivé, cédant bientôt au cabotinage de la délation. « Maman, tu sais ce qu'il a fait, papa ?... »

Dans le vice comme dans la vertu, l'enfance, qui n'est ni bonne ni innocente, mais rouée, l'enfance en remet. De leur côté, les grandes personnes encouragent sa veulerie. Clarita fut sûrement une guenon de la fourberie. Non contente d'espionner, elle a dû en rajouter dans le mensonge.

Clara continuait pourtant d'aimer son père ; elle l'aimait d'autant plus qu'elle le trahissait. Elle aurait souhaité pleurer sur lui, avec lui. Elle rêvait qu'il l'attirait contre sa poitrine, lui demandait d'une voix douce : « Pourquoi fais-tu ça, ma chérie ? » Alors elle fondait en sanglots...

Elle jouait toujours *Grenade* d'Albeniz, mais elle s'aperçut que la porte de la chambre demeurait fermée. Moins surveillée depuis qu'elle avait choisi de moucharder, elle osait désormais s'avancer dans le couloir, entrer dans la chambre ; son père feignait d'ignorer sa présence, ne se retournait plus, continuait de fixer la cour. S'il tournait la tête, le regard qu'il posait sur elle était apathique, indifférent. Se balançant d'une jambe sur l'autre, Clarita restait debout sur le seuil, attendant un mot qui ne venait pas. Elle était prête à trahir pour lui également, puisque la trahison lui semblait être un gage d'amour ; si elle mouchardait à son avantage, peut-être lui pardonnerait-il ? Mais don Francisco n'entendait plus, ne voyait plus. Chaque jour, il s'absentait davantage.

Ines avait conté à Tonia comment don Francisco avait perdu tout goût à vivre en découvrant que sa fille jouait un double jeu. Jusqu'alors, il ne luttait et ne survivait que pour elle. À partir du moment où Clarita se rangeait du côté de son ennemie, quel sens son existence pouvait-elle bien avoir ?

Cette situation inspirait à tante Elisa un remords qu'elle déguisait à peine. La figure du riche juif corrompant une pure et innocente jeune fille avant de la précipiter dans la prostitution, cette figure appartenait à la tradition de la littérature antisémite et, dans un passé récent, tante Elisa l'aurait acceptée sans se poser la moindre question. Or ma parente se trouvait devant un juif mélancolique, infirme, victime de la cupidité d'une catholique. C'était plus qu'un brouillage du cliché, c'était un monde à l'envers.

En admettant que don Francisco fût juif, le moins qu'on puisse dire est qu'il ne se montrait ni calculateur, ni rusé, mais candide, désarmé. Après l'avoir roulé dans la farine, Mercedes et son amant lui faisaient subir mille avanies, le maintenaient captif dans sa chambre, lui retiraient ses amis et ses appuis ; ils avaient fini par le séparer de sa fille.

Parce que les pires crapules ont besoin de

s'inventer des justifications, le couple répandait partout le bruit que don Francisco était malade de ses vices ; que sa lubricité provenait de son tempérament juif, enclin aux excès les plus répugnants. Personne ne réfutait ces allégations ni n'osait riposter publiquement, si bien que le couple se persuadait que l'opinion lui donnait raison. Mercedes ne distinguait pas, derrière ce voile d'inertie, un vague dégoût, un mépris qui menaçaient, à chaque instant, d'éclater.

Les remontrances de Felicita, l'émotion du beau Lucas, cette chambre isolée du monde, cet infirme livré à ses bourreaux, cette petite fille à la lisière du délire, tante Elisa chancelait. Le monde était moins simple décidément que sa famille et ses professeurs ne le lui avaient enseigné. Le visage grimaçant de ces deux bons catholiques penchés, avec une avidité horrible, au-dessus d'un invalide, quelle supériorité morale exprimait-il ? Quelle dignité chrétienne les tortionnaires de Grenade incarnaient-ils ? Quelles traces d'une civilisation chrétienne dans les fosses de Viznar, parmi les ossements d'instituteurs républicains abattus d'une balle dans la nuque ?

Tante Elisa transcrit dans son cahier cette phrase du poète Jose Bergamin, un mystique à la Manuel de Falla, lui aussi : « L'Espagne est catholique, elle n'a jamais été chrétienne. »

150

Est-ce de trop se pencher au-dessus de ce tableau nauséabond, ou bien le mouvement remonte-t-il à plus loin, à la maison de Malaga, à Genia et au gros papillon ? On sent, dans l'âme de tante Elisa, une fêlure qui va s'élargissant. Un léger tremblement dévie son écriture qui connaît des ratés, de brusques écarts. C'est de la compassion, certes ; elle embrasse à la fois Genia et l'instituteur de Viznar, avec sa jambe de bois, les victimes du cimetière de Grenade et Federico Garcia Lorca, don Francisco del Monte et la petite Clara. Aucune mièvrerie, point de sentimentalisme. Ses descriptions, même brèves, deviennent des prières. Sa foi (je ne trouve pas un autre mot) se manifeste par une sorte de fixité dans l'attention. Ce n'est pas du réalisme, ou alors un réalisme au second degré, une réalité cachée derrière la réalité. Ainsi le meurtre, car c'en est un, de Francisco del Monte devient-il autre chose qu'un fait divers sordide : c'est un *auto sacramental*, une liturgie spirituelle, ce dont, avec son acuité coutumière, Felicita s'était aperçue. Il mourait à cause de sa fortune, certes, victime de l'âpreté, mais il ne mourait ni pour ni dans son argent, il agonisait de son amour trahi. Et c'est à l'aune de cet amour qu'il convenait aussi de considérer les trahisons de la petite Clara. Existait-il une autre trahison que celle-là ? « Pourquoi le Christ serait-il mort sur la croix, se demande Elisa, sinon pour expier nos trahisons ? »

151

La page suivante est restée vide, puis on trouve ces quelques mots : « Judas, c'est chacun de nous. Nous ne savons pas aimer. Ou bien le message chrétien est une imposture, ou bien nous nous parjurons chaque jour. »

Un lundi, Clarita retourna au pensionnat ; le mardi dans la soirée, don Francisco signa le second testament ; tout le mercredi, il râla, assis dans son fauteuil. Le jeudi, à dix heures quinze du matin, sa tête retomba sur sa poitrine.

Convoquée au bureau de la mère supérieure, Clarita apprit de la bouche de la religieuse, « le décès de [son] cher papa, dont l'âme s'est envolée au Ciel ». La violence de sa réaction surprit les sœurs ; Clara hurla, trépigna, se roula sur le carrelage. Le médecin dut lui faire une piqûre pour la calmer.

Les obsèques eurent lieu dans l'église de la
Conception, la paroisse de don Francisco, devant
une foule imposante. Le défunt était très riche,
il avait donc beaucoup d'amis.

Quand la petite Clara, âgée de neuf ans, parut, vêtue de noir, un chapeau également noir sur
sa jolie tête, un murmure de tristesse et d'admiration parcourut la nef. Pour la première fois
de sa vie, la beauté de Clara s'imposait. Point
jolie, ni charmante, à peine gracieuse, mais une
beauté altière, presque dure. « Pauvre petite ! »
chuchotait l'assistance tandis qu'elle traversait
la nef pour rejoindre le maître-autel ; mais, quand
l'avocat Toribio entra à son tour dans l'église,
en grand deuil et coiffé d'un chapeau melon, la
pauvre petite jeta un hurlement féroce, pointa
son index vers lui en criant : « C'est lui, c'est lui
qui a tué mon père ! », l'orpheline devenait un
fauve, et l'avocat, d'abord dégagé, semblait dire
à l'assistance : « N'y attachez pas d'importance.
C'est une enfant. Elle ne sait pas ce qu'elle

raconte. » L'avocat finit par battre en retraite et se cacher au fond de l'église.

Tonia s'esclaffait en racontant la scène qui n'avait pas l'air de l'étonner le moins du monde ; pour elle, il allait de soi que Clara pouvait devenir une tigresse. « Bien joué », se récriait-elle avec de grands éclats de rire, suggérant que la violente réaction de la fillette était calculée, hypothèse qui gênait tante Elisa. Ma parente en tenait pour l'innocence et la pureté des enfants alors que Tonia donnait l'impression de ne rien comprendre à ces illusions. Ce qui la divertissait, c'était l'attaque soudaine de la petite, consciente que ni Toribio ni sa mère ne pouvaient rien contre la foule. Aux arguments de ma parente, plaidant que Clarita avait peut-être réagi par instinct, Tonia rétorquait, visiblement amusée : « Ne pas savoir ce qu'elle fait, elle ? Je la connais, allez. Le grec et le latin qu'elle savait, cette mule. C'était une futée. »

Doña Mercedes prit violemment sa fille par le bras, l'attira vers elle, voulut la gifler. À cet instant, elle perçut parmi l'assistance un frisson de désapprobation et resta une seconde immobile, stupéfaite et décontenancée. Elle sentit le mépris se refermer autour d'elle, un mur de défiance et de soupçon se dresser. Une pensée la foudroya : elle était seule désormais. Au lieu de la protéger, son amant ne fait que l'enfoncer un peu plus. Le visage de l'avocat devient celui du crime. Son seul appui, c'est désormais sa fille. Les personnes qui composent l'assistance, en majorité des privilégiés, n'aiment pas qu'on joue avec les fortunes. Avoir l'air d'approuver cette mère indigne, ce serait approuver les escrocs et les aigrefins, risquer d'être soi-même dépouillé.

L'avocat Toribio, lui, ne s'aperçut de rien. Il écumait de fureur en attendant, de retour dans l'appartement, de punir l'insolente gamine. Il tomba de haut en découvrant que sa maîtresse refusait de sévir, prenait sournoisement le parti de sa fille, à tout le moins excusait sa conduite.

Toribio, un témoin le décrit à tante Elisa comme un personnage de la comédie italienne, un séducteur sicilien déclamant de nobles tirades en caleçon de flanelle. Rejeté de tous, méprisé, haï, il se trouvait désormais à la merci de Mercedes ; elle ne lui pardonnera pas sa faiblesse, malgré son arme secrète.

Les révolutions n'éclatent qu'après une longue maturation. En outre, les hommes mettent plus longtemps à comprendre que les femmes, et Toribio était trop vaniteux pour douter de ses charmes intimes. Avec la nuit, il reprendrait le dessus, dominerait à nouveau cette femme ; il l'entendrait gémir et implorer ; elle se soumettrait à sa volonté. Les faits parurent d'ailleurs lui donner raison.

Le lendemain matin, les amants signèrent un armistice : la petite Clara serait éloignée de Madrid. On l'enverrait, non pas en Navarre ni dans des montagnes perdues, mais pensionnaire à Bayonne, où elle perfectionnerait son français tout en continuant d'étudier le piano.

Clara reçut la sentence de la bouche de sa mère, qui, loin de menacer, se montra douce, persuasive. Il était indispensable, lui expliquat-elle, qu'une jeune fille de sa condition dominât le français. Elle-même irait la rejoindre avec Toribio aux vacances de Pâques et de Noël, dans leur villa de Biarritz.

Ce n'était pas une punition, moins encore un exil.

« Je comprends, ma chérie, que tu aies mal interprété certains événements et certaines conduites. La maladie de ton père a pu te faire croire que Toribio s'était montré indélicat, notamment quand il venait, la nuit, me retrouver. Il n'y avait pourtant rien de répréhensible dans ces visites. Je me sentais très seule, ma chérie, très triste, j'avais besoin d'un appui. Un jour, quand tu seras devenue femme à ton tour, tu comprendras à quel point on peut être désemparée sans un homme pour vous épauler... De plus, Toribio est avocat, il me conseillait. Je te le demande, Clarita, sois gentille envers lui. Je t'aime beaucoup, montre-moi que tu m'aimes un peu, toi aussi. »

En apparence, elle tentait d'amadouer la petite ; en réalité, elle lui proposait une alliance. Mercedes ne pouvait pas se débarrasser de son complice, elle ne le voulait du reste pas. Elle commençait toutefois de prendre ses distances, se glissant dans le rôle de la faible femme, abusée par les manœuvres d'un escroc. Si ce revirement était sincère, tante Elisa ne se le demandait pas. Ce qui comptait, c'était la situation créée par la mort de don Francisco.

Le couple disposait certes de la fortune, mais au nom de Clarita qui, à sa majorité, serait en droit de réclamer des comptes à la tutelle, éventualité qui la rendait dangereuse. Impossible de souhaiter sa disparition sans tout perdre — d'ailleurs Mercedes aimait sa fille —, impossible d'ignorer qu'un jour prochain Clara s'érigerait en juge avec, derrière elle, l'appui unanime de l'opinion. Entre son amant et son enfant, Mercedes était condamnée à choisir Clarita. Elle tentait donc de se rabibocher avec elle, ce qui n'était guère difficile : sa fille n'attendait que cela depuis sa toute petite enfance ; elle cherchait aussi à la réconcilier avec Toribio mais, là, c'était peine perdue.

Clara fera mine de supporter cet escroc. Au moindre prétexte, les hostilités reprendront.

Tante Elisa semble brusquement prise d'un doute : et si l'histoire, se demande-t-elle, telle qu'elle l'a échafaudée, se révélait, sinon fausse, du moins erronée ? Si Mercedes n'avait rien prémédité ? Si... ? Mais elle se heurte aux faits : le départ de Murcie avec Toribio, l'installation de l'avocat rue Goya, à l'étage au-dessus, les conciliabules nocturnes des amants, le testament, le remariage. Tout s'enchaînait trop bien.

En se rendant à l'évidence, tante Elisa éprouve un sentiment de tristesse. Quelle vision du monde une fillette de neuf ans peut-elle avoir après pareille expérience ? Comment, dans son esprit, tout ne serait-il pas faussé, définitivement ?

La désolation de ma parente est surtout causée par les circonstances du décès de don Francisco. Quelles furent ses pensées ? s'interroge tante Elisa. Il a peut-être aimé une femme qui l'a trahi, qui s'est moquée de lui, sous son propre toit. Chaque nuit, il a entendu les appels des amants, imaginé leurs étreintes sans rien pouvoir tenter. Pour finir, même sa fille l'a abandonné. Il est mort dans la déréliction, sans la moindre illusion, sans une lueur d'espoir.

Je partageais le cafard de tante Elisa qui, née, élevée au sein d'une famille unie, avait vécu entourée de gens affectueux. Si l'on excepte la guerre civile et ses atrocités, rien n'avait troublé cette atmosphère sereine. Dans sa vie, une tragédie s'était produite ; son esprit en était resté marqué et obscurci. Elle n'avait toutefois frôlé aucune de ces passions sordides où Clarita s'était débattue. Elle ne parvenait pas à imaginer comment, dans ce climat empoisonné, la vie se déroulait ; comment on survivait à tant de bassesse ; quelles empreintes la mémoire gardait de ces ignominies.

Si, dans son existence, Clara del Monte bafoua toutes les règles, où et quand aurait-elle appris à les respecter ? Élevée dans le mensonge et la trahison, comment aurait-elle pu reconnaître la fidélité et la vérité ?

Derrière les doutes et les hésitations de tante Elisa, c'est en réalité cette question qui pointait. J'attendais qu'elle la formulât clairement car elle me taraudait aussi. Je ressentis donc un soulagement en lisant son *non* catégorique, jailli de toute sa personne avec une force extraordinaire. Elle refusait, disait-elle, de céder à la pente de la fatalité psychologique ou sociologique. Avec les mêmes cartes, plaidait-elle, une autre que Clara eût joué une autre partie. Céder à l'inertie des déterminismes, c'était nier l'aspiration à une conscience morale. Par réaction contre les agissements de son entourage, contre la cupidité et l'avidité de sa mère, Clara del Monte aurait pu devenir une sainte laïque, une Louise Michel, ou encore une mystique, une Thérèse d'Avila. Pour aucun d'entre nous, rien n'est écrit définitivement.

Malgré toutes les excuses qu'on était en droit de lui accorder, Clara del Monte était, aux yeux de ma parente, responsable de son destin.

Lisant ces phrases, je m'étonne de me sentir d'accord avec ce qu'elles expriment. J'ai beau faire partie d'une autre génération : je n'appartiens pas à mon époque. Ce dimanche de pluie où, dans le Massachusetts, je décidai de rompre avec ma vie et de rentrer en Espagne, je faisais un choix libre. Je rejoignais ma vérité.

Clarita a été trahie : est-ce une raison suffisante pour se trahir soi-même ?

Plus elle y réfléchissait, plus la réaction de Clarita lors des obsèques de son père semblait naturelle à tante Elisa. Tonia voyait juste : flairant sa force, devinant que l'opinion lui était favorable, elle en avait profité pour lancer un avertissement. Maintenant, je vous tiens ; je peux à tout moment déclencher le scandale.

Seul Toribio, ébloui, aveuglé par la fortune qui s'étalait devant ses yeux, n'avait pas entendu la sommation.

Cette richesse était pourtant une chimère puisqu'elle appartenait à une enfant pour qui, en cas de litige, l'opinion et sans doute aussi la justice prendraient parti. Or cette mineure n'était pas une douce innocente mais une rouée, et c'est bien cette corruption de l'enfance qui faisait reculer ma parente. Est-il possible d'être à la fois victime et bourreau ? Dans cette église bondée, jouant de la pitié qu'elle inspirait, Clarita montrait comment se franchissait la ligne. Entrée en victime, elle ressortait de l'église en bourreau.

Loin d'être accomplies avec l'enregistrement du faux testament, les spoliations allaient seulement commencer ; elles se feront sous le regard impitoyable de Clarita.

Durant la messe de requiem, Mercedes avait, de son côté, senti l'angoisse s'insinuer dans son esprit. Elle devra composer avec sa fille car cette petite est capable de tout. Un moyen, un seul, de l'amadouer : lâcher du lest, lui accorder autant d'argent et de liberté qu'elle le voudra, endormir sa méfiance par des protestations d'amour. Jouer Clara, un tempérament volcanique, incontrôlable, contre Clarita, une fillette affamée de tendresse. S'humilier, plaider l'ignorance et l'égarement. D'ailleurs, n'est-ce pas la vérité ? Ce Toribio l'a trompée, l'a influencée et manipulée. C'est lui qui a tout conçu, tout organisé. Mon Dieu, qu'il est dur, quand on est femme, de se trouver seule et sans aucun appui !

Mercedes essuie ses premières larmes de naïve abusée. Elle pleurera de plus en plus, avec une conviction accrue. Elle enregistrera tous les griefs dont ce débauché de Toribio s'est rendu coupable. Cela prendra des mois, plusieurs années, mais elle finira par devenir deux fois victime, de son premier mari, un obsédé sexuel atteint d'une maladie contagieuse, et du second, un sale escroc. Elle entre dans un rôle de composition qui convient à son tempérament : n'est-elle pas bonne, généreuse, seulement trop candide — une femme sans défense ?

Les cinq années que Clarita passa au Pays basque français semblent avoir été les seules vraiment heureuses de son enfance et de son adolescence, entre le collège de Bayonne, situé dans un quartier de ruelles bordées de couvents, près des quais de l'Adour, et la villa de Biarritz, sur le plateau du Phare, où elle vivait en compagnie d'Ilse, une jeune Allemande énergique, engagée par Mercedes pour discrètement surveiller sa fille.

Pour cette période, tante Elisa se contente d'ailleurs de brèves indications, parfois un mot ou deux. « Un grand chien blanc, lévrier ?, équitation sur la Chambre d'Amour jusqu'à l'estuaire de l'Adour, visites à l'arrière-pays », signes qui, pour ma parente et pour moi-même, suffisent à ranimer des images, à rappeler des odeurs et des sons.

Ce pays, nous le connaissons l'une et l'autre pour y avoir passé de longues vacances. Chaque année, j'y séjournais avec mes parents, et tante Elisa venait nous rejoindre avant que nous repartions tous pour Estepona.

Nous n'avons aucun mal à imaginer la vie de Clara dans l'étrange maison que mon souvenir me restitue, nichée au sommet de la falaise, tout près du phare ; l'endroit était alors quasi désert et Biarritz m'apparaissait comme un théâtre baroque, avec ses rochers disséminés sur la surface de l'océan, ses criques frileuses, ses tamaris couchés par le vent, son architecture d'un cosmopolitisme extravagant, son église russe — une nostalgie aristocratique suspendue à un paysage gothique, imaginé par un artiste décadent.

Un décor rêvé pour Clarita dont la réalité tanguait, elle aussi. Biarritz était un chapitre de roman et la fillette s'y coula, princesse solitaire dialoguant avec les vagues et l'océan. À ce personnage littéraire, il fallait un compagnon, d'où le chien grand et blanc. Avec lui, Clarita faisait d'interminables promenades le long des dunes, dans les pinèdes qui s'étendaient au bas du plateau jusqu'à l'Adour, territoire à l'époque pratiquement vierge. Le chien avait-il un nom ? Impossible de le savoir. Clarita l'*adorait*, c'est-à-dire qu'elle l'étreignait, baisait sa truffe, le gavait de sucreries, le faisait coucher sur son lit, au grand scandale d'Ilse qui, amie des bêtes, n'en tenait pas moins pour une stricte hiérarchie, les animaux par terre, les humains sur les meubles.

Clarita l'adorait, elle l'oublia donc, sans qu'on sache ce qu'il est devenu. Elle vécut toujours entourée de chiens et de chats, passionnément aimés, régulièrement perdus ou égarés.

Le chien blanc sortait, croit se rappeler tante Elisa, d'un roman irlandais. Il accompagnait une solitude distinguée, une mélancolie hautaine, l'attente de l'amour, pour ne rien dire de la virginité. Il ne suffisait pourtant pas à camper le personnage et Clarita adopta très vite le cheval, d'abord dans un manège d'Anglet, ensuite avec un poney acheté à Pau et curieusement baptisé Alex.

Les jours de congé, Clarita, en grande tenue d'écuyère, allait chercher Alex, pensionnaire dans une écurie voisine, et partait au trot jusqu'à la Chambre d'Amour, faisant un détour pour éviter les raideurs de la pente ; elle piquait ensuite un magnifique galop le long de la plage, respirant à pleins poumons l'air du large et jetant de grands cris de joie ou, plus simplement, d'excitation. Avec la fine intuition des chevaux, Alex s'en donnait à cœur joie, courant sur le sable mouillé, à la lisière des vagues. C'était un spectacle réjouissant que de voir cette gamine de douze, treize ans, lâcher la bride à sa monture et pousser des cris de bonheur.

Clarita devenait jolie, ce qu'elle ne sera jamais plus ; les rondeurs de l'adolescence adoucissaient ses traits, ôtant à la figure sa sévérité ; la chevelure d'un noir somptueux, un regard profond, le sourire surtout, lumineux, elle attirait les regards. Consciente de plaire, elle en rajoutait dans la séduction, câline, d'une douceur insinuante.

Le grand chien blanc, Alex et les galopades sur la plage, la maison biscornue, près du phare, la musique du piano qui, par les belles journées de mai et de septembre, s'échappait des fenêtres du rez-de-chaussée — dans la région, on parlait de cette orpheline qui préférait vivre dans la solitude plutôt que de supporter son beau-père, un affreux personnage, un homme de rien, clerc de notaire ou quelque chose d'approchant. Les dames soupiraient ; les jeunes gens rêvaient et s'exaltaient ; on la disait riche à millions, malheureuse, spoliée par son beau-père, jolie surtout, si jolie, une ravissante miniature avec son ossature de cristal, sa taille de guêpe — une tanagra, lança quelqu'un, et l'expression fit mouche.

Tante Elisa partit seule pour le Pays basque français. À Biarritz, elle logea au Régina, et de sa fenêtre elle voyait la maison de Clarita.

C'était au mois de septembre ; le temps était calme, ensoleillé, tel qu'il peut l'être au début de l'automne. Le soir, ma parente sortait, marchait sur la terrasse aménagée en jardin, avec ses tamaris et ses massifs d'hortensias. Elle s'asseyait sur un banc, regardait l'océan, l'écoutait gronder dans la falaise.

Depuis sa jeunesse, tout était changé ; des immeubles avaient poussé partout, dans le désordre de la spéculation. Dans la ville elle-même, des retraités déambulaient, prisonniers de leur vieillesse inutile. Tante Elisa ne maronnait pas. Tels le flux et le reflux de l'océan, les générations arrivaient, piaffantes, d'une sauvagerie intacte, puis se retiraient, épuisées et vaincues. Elle-même s'éloignait ; de jour en jour la maladie l'entraînait. Tout devenait flou, brumeux.

J'ai noté combien tante Elisa aimait son frère. Depuis l'enfance à Malaga, elle lui vouait une passion obscure et muette. Avec sa mort brutale, quelque chose s'était cassé en elle.

Ces soirées-là, à Biarritz, c'est Rafael qu'elle revoyait ; il courait sur la plage, devant l'hôtel du Palais, tellement beau, les épaules solides, la taille cambrée, ce minuscule creux surtout, à la chute des reins, où elle posait ses lèvres avec une vénération tremblante. Elle entendait son rire.

J'avais de la peine à retenir mes sanglots parce que c'est mon père qu'elle évoquait, parce qu'elle me rendait sa jeunesse et son rire.

À quoi songeait Clarita devant ce spectacle ? se demandait ma parente. Quels étaient ses rêves ? Toute sa vie Clara parlera avec nostalgie de ce paysage, du faisceau du phare balayant les murs de sa chambre, du fracas des tempêtes à la saison de l'équinoxe — les hurlements du vent, le roulement furieux de la pluie, le tonnerre des vagues, évocations romanesques ou nostalgie sincère ?

La raison pour laquelle tante Elisa était descendue au Régina, je la découvrirai plus tard cependant, bien plus tard, quand j'aurai fini d'étudier tous ses documents. Tout en regardant la villa de Clara, elle épiait du coin de l'œil une maison voisine, étroite et haute ; elle fixait la grille d'entrée, interrogeait les fenêtres.

Au pensionnat de Bayonne, ma parente consulta les archives : Clara del Monte avait été une bonne élève, excellente en français, en latin, en histoire, moyenne en grec, nulle pratiquement en mathématiques et en sciences. Pieuse sans excès, elle tenait l'orgue pour les cérémonies religieuses, notamment en mai, le mois de Marie. Jouissant d'une dispense pour suivre les cours de piano d'une Mlle Etchegarray, elle s'y rendait deux fois par semaine. Deux fois par an, Mercedes débarquait à Biarritz, flanquée de Toribio, son mari, d'une élégance affectée ; il coiffait des panamas, fumait des cigarettes russes et arborait une bague à chaque doigt. Le matin, il enduisait ses cheveux de gomina, serrait un filet autour de son crâne pour les plaquer. Il avait alors l'air d'un travesti.

Clara ne dissimulait pas son mépris.

Entre eux, la guerre, d'abord feutrée, se fit de plus en plus violente. Clara ne cachait plus sa détestation. Ce qui exaspérait l'avocat, c'est qu'elle avait la langue bien pendue, la repartie acerbe, et qu'elle lui clouait le bec, le traitant d'arriviste et de pantin, deux insultes qui le mettaient hors de lui. Les disputes éclataient chaque jour plus féroces ; Clara haussait le ton, criait qu'il était un escroc minable, un assassin ; elle le menaçait, dès qu'elle aurait atteint la majorité, de le traduire en justice. Mercedes avait beau intercéder et supplier, sa fille n'était plus une enfant ; rien n'arrêtait la femme qu'elle devenait.

La nuit, l'avocat exagérait son inquiétude pour effrayer sa femme.

« Ce n'est plus une gamine, Mercedes, c'est, depuis qu'elle est réglée, une femme faite, et bien faite, crois-moi. Elle mettrait le feu à une caserne. Imagine ce qui arrivera si un voyou met la main dessus : il deviendra son tuteur légal, comprends-tu ? Il réclamera des comptes, engagera une armée d'avocats, déposera plainte, nous accusera d'avoir fabriqué un faux. Ton nom traînera dans la presse. Tu te rends compte, Mercedes, on écrira que tu as dépouillé ta fille.

— Mais je n'ai rien fait de mal, je n'ai jamais pensé qu'au bonheur de ma fille...

— Je le sais bien, ma douce. Tu es bonne. Tu connais pourtant les jeunes gens d'aujourd'hui. Ils n'ont aucun scrupule.

— Que pouvons-nous faire, Toribio ? »

Depuis qu'elle était riche, Mercedes aimait parler un langage de moralité. Elle lisait le journal monarchiste, s'indignait de la sauvagerie des anarchistes, fulminait contre les ouvriers, blâmait les paysans qui osaient réclamer des terres. Elle renouait avec la dévotion superstitieuse de ses jeunes années, vouant un culte particulier au Christ de Medinaceli, distribuait des aumônes, recevait rue Goya l'archiprêtre de la Conception, sa paroisse, avec qui elle buvait du chocolat en déplorant la décadence des mœurs, le cynisme de la jeunesse. Elle s'habillait avec une élégance sobre, adoptait un ton de commandement pour s'adresser aux inférieurs. Elle se faisait d'autant plus raide qu'elle se sentait, dans son for intérieur, hésitante.

Son principal souci demeurait pourtant l'avenir de sa fille, c'est-à-dire sa vertu. Elle redoutait que, attiré par la fortune, un séducteur habile ne réussisse à mettre le grappin sur Clara ; ses alarmes étaient d'autant plus vives que sa fille avait une manière de regarder et de sourire aux garçons...

De cette inquiétude, Toribio jouait habilement, prenant garde toutefois de ne pas effaroucher sa femme, très à cheval, et même prude, sur ces matières. Tout en l'observant du coin de l'œil, il feignait de réfléchir :

« Je ne sais pas trop, Mercedes. La situation est difficile, très difficile. Si le mari est un ambitieux, nous sommes perdus.

— Peut-être tombera-t-elle sur un garçon gentil ?

— Tu crois vraiment ce que tu dis ? Quel jeune homme, de nos jours, ne pense pas à l'argent ? Nous vivons une époque de fer. »

Mercedes soupire : les temps sont durs en effet, la lecture du journal suffit à l'en persuader. Au Maroc, les rebelles d'Abd el-Krim infligent aux troupes espagnoles des défaites humiliantes ;

les anarchistes en tirent, bien entendu, prétexte pour exciter la plèbe (Mercedes affectionne ce mot) qui manifeste contre la guerre, fait grève, défile dans les rues tandis que, dans les campagnes, des bandes de paysans enragés attaquent des gardes civils, les dépècent, leur arrachent les yeux. Ils maltraitent et assassinent des propriétaires dont ils occupent les terres.

Profitant de ces désordres, les républicains prospèrent ; les loges maçonniques s'agitent, inondent le pays d'une propagande anticléricale virulente. Pourtant, l'Espagne, sa neutralité durant la Grande Guerre ayant dopé son commerce, n'a pas été aussi prospère depuis bien longtemps. Des fortunes se sont édifiées. Cet essor relatif favorise sans doute les troubles, les nouveaux riches ne supportant plus l'immobilisme et l'archaïsme de la monarchie, les ouvriers n'acceptant pas mieux les inégalités criantes, et les paysans, éternels oubliés, refusant de crever de faim.

Depuis plus d'un siècle, révolutions et contre-révolutions se succèdent en un ballet macabre ; une interminable guerre civile se poursuit. La nécessité de réformes hardies devient à ce point urgente que, de plus en plus nombreux, les Espagnols tournent leurs regards vers la république. À trop attendre d'elle, que se passera-t-il si elle les déçoit ? Pour l'heure, ces professeurs et ces juristes modérés inspirent confiance. Ils symbolisent la science, c'est-à-dire le progrès ;

nul doute qu'ils sauront prendre les mesures adéquates. Leur anticléricalisme quasi obsessionnel en inquiète cependant plus d'un : cette guerre à l'Église est-elle vraiment prioritaire dans un pays où des millions d'hommes ne mangent pas à leur faim ? où les paysans réclament des terres ? où l'analphabétisme reste une plaie ? où, dans certaines provinces — l'Estrémadure, Murcie, Almeria —, des fléaux endémiques sévissent, trachome, fièvre jaune, paludisme ?

Pour son malheur, Alphonse XIII n'inspire ni affection ni haine, rien qu'une indifférence teintée de mépris. L'homme est affable, sympathique, d'un abord simple, courtois avec les dames, spirituel et bon vivant. On assure qu'il a bon cœur, et c'est probablement vrai. Il ne voit pourtant pas l'effroyable misère du pays, la maigreur cadavérique de ces petits vendeurs de journaux, huit, neuf ans qui, pour ne pas mourir de froid, allument des feux avec les invendus, se serrent autour des flammes. Ils rappellent, ces milliers d'orphelins, les mendiants peints par Murillo. N'est-ce pas la même réalité, depuis des siècles ?

Le pays ressemble alors à la Russie, dont l'explosion, justement, secoue toute l'Espagne, lève dans le cœur des plus démunis un espoir insensé, rallume partout les feux de la révolte et de la colère. Les échos de ces grondements sinistres franchissent les murs du Palais, éveillent chez le roi des velléités de résistance et de réforme. Il y a longtemps qu'il regarde vers Rome, attiré par la figure de Mussolini. Au lieu d'un ex-socialiste maniant la langue de la Révolution, Alphonse XIII ne trouve pourtant qu'un général porté sur la bouteille, Miguel Primo de Rivera, marquis d'Estella, un aristocrate andalou. Sa dictature ne sera pas féroce mais elle finira d'exaspérer les Espagnols ; décidément, la noblesse n'épargnera rien pour couler la monarchie.

Mercedes et Toribio achevaient de dîner quant le majordome vint les avertir qu'Ilse Wegener, la gouvernante de Clara, les demandait au téléphone. D'après Ines, la cuisinière, on comprenait à peine les propos de la jeune Allemande qui, visiblement bouleversée, avait du mal à s'exprimer. Elle appelait d'un café dans le centre-ville, Clarita l'ayant menacée avec un fer à repasser. Elle ne voulait pas, hoquetait-elle, avoir l'air de moucharder, d'autant qu'elle éprouvait une véritable affection pour Clara, mais elle ne souhaitait pas non plus prendre la responsabilité... Un accident était vite arrivé, n'est-ce pas ?

« Mais enfin, s'impatientait Mercedes, parlez clairement, voulez-vous ? Je n'entends rien à vos jérémiades. »

Serait-il arrivé un accident ? Sa fille était-elle blessée ? Non, non, Dieu merci, Clara allait bien, mais... elle croyait de son devoir d'avertir doña Mercedes que sa fille donnait des rendez-vous à des garçons ; elle descendit un escalier taillé dans

175

la roche pour les rejoindre au pied de la falaise du Phare, du côté de la Chambre d'Amour ; elle passait parfois toute la nuit avec eux.

La nouvelle laissa Mercedes sans voix.

« C'est sérieux ? Je veux dire… vous croyez que… ?

— Ces rencontres n'ont rien de platonique, précisa la jeune Allemande. Plusieurs fois, Clara est rentrée la robe déchirée, les cheveux décoiffés et collés par le sable.

— Vous l'avez laissée faire ?

— J'ai essayé de lui interdire de sortir mais… Elle m'a frappée, m'a jetée dehors. C'est une véritable furie. »

Ce mot, *furie*, reviendra souvent dans la vie de Clara del Monte, remarque tante Elisa, ajoutant, toujours imperturbable, qu'il ne devait pas être facile en effet de l'empêcher de faire ce qu'elle avait décidé.

Clarita avait un peu plus de quatorze ans et la violence de son tempérament éclatait au grand jour.

D'abord hébétée, Mercedes cria, sanglota, menaça. Non sans mal, l'avocat réussit à la calmer et à la raisonner. Rien, lui dit-il, ne serait plus dangereux que de dresser sa fille contre elle. Il convenait de se montrer habile, au contraire. En un premier temps, il fallait supprimer les sorties de fin de semaine ainsi que la dispense pour les cours de piano, sans cependant présenter ces mesures comme des brimades. Le mieux serait de lui écrire une lettre affligée mais tendre, insistant sur la peine que sa conduite avait causée à sa mère. Ces précautions donneraient un répit qu'on mettrait à profit pour étudier la marche à suivre.

La suggestion sembla pertinente à Mercedes, qui appela dès le lendemain la supérieure du pensionnat pour lui faire part de son inquiétude. L'âme de Clarita, soupira-t-elle, courait un grave danger ; de mauvaises influences s'exerçaient sur elle et des garçons plus âgés qu'elle tournaient autour de la villa, attirés autant par les charmes de sa fille que par son argent. De ces voyous, le pire était à craindre, n'est-ce pas ?

Mercedes fit une pause pour renifler ; elle se reprit, supplia la mère supérieure de l'aider, et elle obtint l'assurance que la communauté tout entière veillerait sur Clarita.

Il ne restait qu'à rédiger la lettre, ce que Mercedes fit le jour même :

« Je devine, ma petite chérie, ta colère en apprenant que tu resteras désormais au pensionnat les fins de semaine et que tu ne pourras plus non plus te rendre chez Mlle Etchegarray pour tes cours de piano. Je n'ai pas pris ces décisions, crois-le bien, de gaieté de cœur, j'ai même été très triste, je peux te l'avouer, moins de ta conduite — plus écervelée, j'en suis sûre que vraiment

177

coupable — que de ta candeur, laquelle t'expose à tous les dangers.

Ta fortune, à tout le moins sa réputation (car tu seras moins riche certainement qu'on ne le dit), attire fatalement toutes sortes de gens sans scrupule, des jeunes gens cyniques, des voyous même. Tu n'est pas de taille, hélas, à te défendre contre leurs entreprises. Si, par certains côtés, tu es une femme, tu restes, par d'autres, une enfant, et c'est cette petite fille que j'ai voulu défendre, non en te punissant (loin de moi cette idée) mais en te protégeant contre toi-même.

Tâche, je t'en prie, de me comprendre. Rassure-moi et dis-moi que tu ne m'en veux pas. Bientôt, nous serons à nouveau réunies, je te le promets.

Les sœurs seraient flattées de te présenter au concours général, où elles sont certaines que tu te distinguerais, honneur qui rejaillirait sur leur établissement. J'en serais très fière, moi aussi, et je voudrais qu'à tout le moins tu passes ton bac. Ensuite, nous aurons tout l'été pour bavarder et prendre la meilleure décision.

Avec tout mon amour de mère, je t'embrasse très fort, ma petite fille chérie,

TA MAMAN. »

Comment tante Elisa avait-elle pu se procurer cette lettre, ainsi que bon nombre d'autres documents ? J'eus vite la réponse en lisant le nom de Tonia et l'indication Trujillo en tête de plusieurs pages du troisième cahier, indices prouvant qu'elle s'entretenait souvent avec la nourrice du petit Javier. Je devinais chez ma parente une bizarre attirance pour cette vieille domestique dont la tempérament l'intriguait. Quel sens donner à son rire énigmatique ? à ce regard impassible qu'elle posait sur sa maîtresse, sur Clara, sur l'humanité en général ? Elle semblait éprouver une joie malicieuse à observer les conduites, leur appliquant des critères dont la pertinence intriguait ma tante. Bien ou mal, ces distinctions morales n'encombraient guère Tonia qui jugeait en fonction du but visé, comme s'il l'était agi d'une partie de billard où plus un coup est oblique, plus il paraît beau. Aurait-elle passé sa vie au spectacle ? s'interrogeait Elisa. En détournant la correspondance et les papiers, Tonia n'avait guère conscience d'agir mal, d'autant qu'elle ne savait pas lire. Elle passait ces écrits à Ines, la cuisinière, qui lui en faisait lecture, ensuite elle les serrait dans une boîte qu'elle gardait dans sa chambre, au cas où sa maîtresse les réclamerait. Il y avait de l'archiviste chez Tonia.

Je flairais d'autres causes à la curiosité de tante Elisa. Elle avait grandi dans la certitude que l'ordre social dans lequel elle vivait était le moins injuste. Ses parents se montraient bons envers leurs domestiques et leurs paysans, qui, naturellement, éprouvaient pour leurs maîtres de la gratitude et de l'affection. Ces évidences fondaient la croyance en un monde harmonieux. De Dieu, caché dans les cieux, à la plus misérable lingère, l'univers évoquait une pyramide qui, pour ne pas s'écrouler, devait avoir une base immuable et stable. Or la guerre civile avait détruit cet édifice, ruinant la confiance de ma parente qui, avec stupéfaction, avait découvert que les inférieurs les haïssaient, ses parents, tous les maîtres et les patrons ; que l'harmonie régnant entre les uns et les autres, cette sérénité tolstoïenne qu'on respirait dans les campagnes, tout n'était qu'illusion. La réalité, c'était la haine.

Or Tonia était l'une des rares qui fussent demeurées fidèles à l'heure où les tous autres quittaient le navire. Pourquoi avait-elle refusé d'abandonner le petit Javier ? Éprouvait-elle de l'affection pour sa maîtresse ? Tante Elisa ne l'interrogeait pas, se contentant d'écouter et d'observer. Assise très droite, ses mains rougies et gonflées toujours à plat sur ses cuisses, le visage tanné, creusé de rides, Tonia ricanait. Si sa maîtresse aimait sa fille ? Ces deux-là, rien n'aurait pu les séparer, deux doigts de la même main — et Tonia joignait le majeur et l'annulaire de la gauche —, soudées par la haine. Elles avaient besoin d'être ensemble pour se détester. Ce qu'elle voulait dire ? Mais rien, elle aimaient s'eng..., se traiter de tous les noms, Tonia partait d'un rire féroce, notait tante Elisa. Ça arrive, ces bagarres d'amour, la preuve.

180

Dans son village, il y avait un couple, ils n'arrêtaient pas de se crêper le chignon, eh bien, quand
elle est morte, il est mort tout de suite après,
d'ennui peut-être.

« Il faut de tout pour faire un monde », c'était
le refrain de sa ritournelle et le secret de sa philosophie.

Ma chère petite maman,

Non, je ne t'en veux pas. Rassure aussi ton cher époux : la petite n'est pas fâchée ; elle ne lâchera pas la meute à ses trousses ; il peut continuer de liquider des actifs, de vendre des immeubles, de rédiger des actes. Tu as raison d'écrire que je serai probablement moins riche que l'opinion ne l'imagine. À ce rythme, je ne serai même pas riche du tout.

Pourquoi t'en voudrais-je de me priver d'Alex, de mon bon chien, de mes promenades, du paysage, et même de mon piano ? Tu n'agis que pour mon bien, soucieuse avant tout de ma vertu. J'imagine les angoisses d'une mère qui voit rôder autour de sa fille, si petite, si innocente encore, des personnages louches, attirés par son argent. Peut-être t'exagères-tu les dangers ? Mais où et comment aurais-tu appris à distinguer les voyous des honnêtes hommes, toi qui fus une jeune fille innocente, une épouse fidèle, une mère exemplaire ? Ce n'est pas toi qui aurais introduit ton amant sous le toit de ton mari grabataire, qui aurais terrorisé ta fille pour l'empêcher de parler, comploté contre un infirme... Ces infamies se passent dans des milieux infréquentables, parmi des gens frustes, dans des familles sans foi ni loi pour reprendre ton expression.

Non, tu ne peux pas, ma chère maman, comprendre ces intrigues sordides ni ces machinations obscures, toi, si droite.

Tu lis la bonne presse, tu professes des opinions saines, tu vénères le Christ de Medinaceli. Tu vitupères les anarchistes, les socialistes, les francs-maçons même, en oubliant, je tiens à te le rappeler, que ton premier mari fut l'un de leurs hauts dignitaires. Tu t'indignes contre la populace qui ose protester contre une si jolie guerre (au fait, as-tu entendu le nom d'Anoual ? Ce n'est pas loin de Melilla et les guerriers rifains — de magnifiques soldats — y ont taillé en pièces près de vingt mille des nôtres ; leur général s'est suicidé mais le roi, qui avait organisé l'expédition, continue de jouer au golf), tu t'indignes donc, sans une pensée pour les mères, les sœurs, les fiancées qui attendent sur les quais le rapatriement des cercueils.

Je ne me présenterai pas au concours général, j'en suis désolée. Je comprends que les sœurs veuillent récolter d'éventuels lauriers. Si honneur il y a, je m'en fais une autre idée.

Je t'embrasse, moi aussi, très fort, ma chère petite maman, et j'attends avec impatience le jour où je pourrai te montrer toute mon affection, à toi et à ton si noble époux,

CLARITA.

Le rugissement de Mercedes s'entendit jusqu'à la cuisine et Toribio crut un instant que sa femme venait d'être victime d'une crise cardiaque. Il prit la lettre qu'elle lui tendait, la lut, alla s'asseoir dans un fauteuil et la relut très lentement.

« C'est un monstre, lança Mercedes.

— Ce qui est sûr, c'est qu'elle nous hait, moi surtout.

— Elle me déteste autant que toi, va. Cette fille n'a pas de cœur. C'est une vipère. Je vais l'écraser, je vais…

— À ta place, ma colombe, je ferais attention. Elle est intelligente, très intelligente, et rancunière. Mieux vaut l'amadouer.

— Tu insinues que je devrais passer l'éponge ? »

L'avocat marcha vers le lit, s'assit au bord du matelas, saisit la main de sa femme.

« Tu connais le proverbe, dit-il. On n'attrape pas une mouche avec du vinaigre.

— Une mouche ? Un frelon, oui.

— Encore moins les frelons. S'agiter, c'est la certitude d'être piqué. Il n'y a qu'un remède : le calme. »

184

Levant les yeux, il aperçut Tonia dans la glace de la grande armoire, au fond de la pièce.

« Qu'est-ce que tu fabriques là, Tonia ? demanda-t-il d'une voix sèche.

— Laisse-la, dit Mercedes. Elle et moi n'avons pas de secrets l'une pour l'autre. Le calme, pour quoi faire ? reprit-elle après un sourire.

— Nous trouverons bien, ma colombe, nous trouverons. As-tu remarqué ? L'impétuosité, c'est le défaut dans son armure. Un jour, elle fera un faux pas.

— En attendant, que puis-je lui répondre ?

— La vérité, ma douce. Tu es peinée, si peinée que tu es tombée malade, obligée de garder le lit. Tu refuses de te disputer avec ta fille. »

Mercedes acquiesça. En effet, elle se sentait de plus en plus fatiguée, passait ses matinées au lit, traînait ensuite en robe de chambre. La nuit, des insomnies la maintenaient éveillée ; elle appelait Tonia qui s'asseyait près d'elle ; les deux femmes bavardaient, parfois jusqu'à l'aube.

Dans la marge de la lettre de Clara, tante Elisa avait mis ce commentaire : *À quinze ans ! ! !* J'aurais, moi aussi, triplé le point d'exclamation.

Collège de Sainte-Blandine
Bayonne
(Basses-Pyrénées)

Madame Mercedes Corral del Monte
49, rue Goya
Madrid — Espagne

Le 21 mars 1921.

Très distinguée Madame,

J'ai le regret de vous informer qu'il nous est impossible de garder votre fille, mademoiselle Clara del Monte, dans notre établissement, malgré la promesse que je vous ai faite.

Sa conduite cause en effet un scandale qui pourrait nous atteindre tous.

Après en avoir conféré avec notre confesseur et afin que vous puissiez, ce que je prie Dieu et Sa très sainte mère de vous accorder, réformer ses penchants, je puis en effet vous confier qu'elle s'est rendue coupable d'amitiés passionnées avec

186

deux au moins de nos pensionnaires et qu'elle les rejoignait la nuit dans leurs lits.

Je vous joins la note du trimestre écoulé avec le prix du billet jusqu'à Madrid, en wagon-lit parce que votre fille refuse de voyager autrement.

Je demande à Notre Divin Sauveur de nous éclairer tous et vous présente, très distinguée Madame, mes hommages attristés,

MÈRE MARIE-MADELEINE, SUPÉRIEURE.

« Elle l'a fait exprès pour être renvoyée, lâcha Mercedes.

— Peut-être pas, fit pensivement l'avocat.

— Tu veux dire qu'elle serait... comment dit-on ?

— Lesbienne, ma chérie, ou, plus simplement, gouine. Je ne le pense pas, non. Elle n'est pas exclusive.

— Que veux-tu dire ?

— Qu'elle va vers ses seize ans et qu'elle est amoureuse de l'amour.

— Elle a le vice dans le corps, oui. Se glisser dans le lit d'une...

— Elle a du tempérament, c'est sûr.

— Tu en parles à ton aise !

— Ce qu'il faudrait, c'est la marier.

— La marier ? Mais avec qui ?

— Un beau et gentil gars saurait la calmer, je pense. Tu sais ce que c'est, ma colombe.

— Je t'en prie, Toribio, épargne-moi ces allusions grivoises. »

Mercedes se redressa dans son lit, cala sa nuque avec deux oreillers, observa son mari.

« C'est une idée », lâcha-t-elle enfin. Puis, au bout d'un silence : « Il faut être bien sûr du mari. »

« *Hier matin, la très distinguée Mademoiselle Clara Isabel del Monte — dans une robe signée Paul Poiret, le célèbre couturier parisien — a épousé le chirurgien don Cristobal Santaver. Après la cérémonie religieuse, célébrée dans l'église de la Conception, à Madrid, le repas de noce a eu lieu dans les salons de l'hôtel Ritz, réunissant une nombreuse et très sélecte assemblée. Nos meilleurs vœux aux jeunes mariés, qui accomplissent le traditionnel tour d'Italie.* »

Si je n'avais pas lu la légende, je n'aurais jamais reconnu Clara dans cette image baveuse. De qualité médiocre, la photo montrait, au pied et sur les trois premières marches d'un escalier, sans doute celui de l'église, une trentaine de femmes et d'hommes serrés autour des jeunes mariés, parents, amis, tous dans des tenues extravagantes — capelines et chapeaux monumentaux pour les premières, hauts-de-forme pour les seconds, robes à traîne, habits et plastrons, costumes de pages pour les garçons, broderies et rubans pour les filles ; au centre, le nouveau couple, elle toute menue, des mètres et des mètres de tulle, un casque de voilages, la couronne de fleurs d'oranger sur le front, lui grand et fort, les mains croisées sur son haut-de-forme. Le groupe fixait l'objectif avec inquiétude, écarquillait les yeux, tendait le cou. On aurait dit que chacun craignait de ne pas se trouver dans le cadre. Seul le prêtre, un curé à l'espagnole, imposant, redoutable, trônait avec autorité au centre de la photo. Gras et jaunâtre, le papier du journal buvait mal l'encre d'imprimerie, qui débordait et coulait, rendant les visages méconnaissables.

Chez Clarita, on devinait les rondeurs du visage, la sévérité du regard, la méchanceté d'une bouche sans l'ombre d'un sourire ; auprès d'elle, au contraire, le fiancé montrait une grande gaieté.

Que signifiait ce bizarre mariage ? Pourquoi Elisa avait-elle glissé la page du journal *ABC* dans le dossier sans y ajouter le moindre commentaire ?

Au lieu des explications que j'attendais, je trouvai un acte de naissance au nom de « *Cristobal Luciano Santaver, né le 25 juillet 1898 à Mula, province de Murcie...* »

Je restai un instant ébahie. J'allai vers la bibliothèque, pris une carte de l'Andalousie, cherchai autour de Murcie ; tous les bourgs et les villages se trouvaient rassemblés dans un rayon de moins de trente kilomètres : Mercedes, l'avocat Toribio, le notaire et les témoins de la signature du faux testament, maintenant le fiancé. Quel sens pouvait bien avoir cette étrange concentration géographique ?

Je continuais de m'interroger sur les causes du silence de ma parente lorsque mes yeux s'arrêtèrent sur une facture établie à Montreux, Suisse, par la clinique des Bleuets. Tante Elisa se trouvait hospitalisée en Suisse ; trop fatiguée sans doute pour rédiger ne fût-ce que des notes, elle avait, en attendant de résumer ses recherches, rangé ces pièces.

À force d'étudier la photo, il m'apparaissait que Clara n'avait pas l'air enchanté de ce mariage, mais que devais-je en déduire ? Je la connaissais maintenant assez pour savoir que personne n'aurait pu la contraindre. Alors ?

Un second document signalait la naissance, au domicile de ses parents, « *le 27 janvier 1922, à onze heures dix-sept, d'un enfant du sexe masculin prénommé Maximiliano Conrado Ramon Santaver del Monte, fils légitime de... »*

Le mariage avait été célébré le 27 septembre 1921, l'addition n'était pas difficile à faire et le résultat expliquait sans doute l'expression contrariée de Clara, guère heureuse de se trouver enceinte à l'âge de quinze ans. Était-elle éprise de son époux ? La photo ne le montrait pas. Elle ne montrait pas non plus le contraire.

Je compulsai ensuite une épaisse liasse de coupures de presse, des échos mondains pour la plupart — réceptions, bals, premières de théâtre, concerts, opéras, corridas ; partout, la présence de Clara del Monte de Santaver était signalée, chaque fois dans les mêmes termes ou presque : *la très jolie..., la très élégante..., la très distinguée Madame de Santaver honorait de sa présence...* Parfois le journaliste se faisait plus lyrique : ... *a éclairé de son sourire* ; bien entendu, la provenance des toilettes, des robes, des chapeaux ainsi que la qualité des fourrures et des bijoux étaient indiquées.

Tout de suite après son mariage, Clara del Monte courut les fêtes, ne manqua pas un spectacle.

Pour cette minorité de privilégiés dont elle faisait partie, la course était le battement de l'existence — rythmes trépidants du jazz, vitesse des trains et des autos, ivresse des premiers vols. Télégraphe, électricité, téléphone : tout allait de plus en plus vite et, dans cette excitation, Clara gardait une longueur d'avance.

Mais comment le Dr Santaver supportait-il les incessants voyages de sa jeune femme ? Décidément, tout, dans ce mariage, semblait insolite.

On percevait cependant une note d'inquiétude fiévreuse, plus visible encore chez Clara. Toutes ses photos la présentent grave, dure presque, la bouche serrée (sa génération ne montre pas la denture, souvent défectueuse), mais surtout le regard mélancolique.

Revenue de son séjour en Suisse, tante Elisa se posait les mêmes questions, d'autant que Tonia, dont les souvenirs étaient pourtant frais pour cette époque, n'apportait aucune réponse convaincante, se contentant de décrire avec gourmandise les fastes de la cérémonie du mariage, la splendeur des toilettes, l'opulence des repas. Éprouvant une évidente sympathie pour le jeune Dr Santaver, elle admirait les installations de la clinique qu'il venait d'ouvrir Calle Marqués de la Ensenada, à quelques pas de la rue Goya, « une clinique américaine », lâchait-elle d'un air ébloui. Où et comment Clara l'avait rencontré, la nourrice de Javier semblait incapable de le dire. Peut-être lors d'une de ces soirées auxquelles Clara, depuis son retour de Biarritz, se rendait. L'aimer ? Là, son rire la reprenait. Pour sûr qu'elle avait dû l'aimer, puisqu'elle aimait tous les hommes... Elle s'ennuyait vite, Clara ; elle n'était pas faite pour rester immobile. Son fils ? Un solide bébé, avec de beaux yeux. Elle l'*adorait*, oui... à sa façon. Des câlineries, des baisers, des rires et des jeux, puis... Allaiter, *elle* ? Le rire de Tonia, notait tante Elisa, devenait formidable.

Clara engagea une nourrice, une Galicienne, puisque les Galiciennes sont réputées avoir le meilleur lait. Le plus somptueux costume régional de tout Madrid, avec plusieurs épaisseurs de jupes et de jupons, des foulards de soie, des médailles et des colliers. Dans la rue, les gens s'arrêtaient.

Pour Tonia, ce mariage ne renfermait pas le moindre mystère. Clara, enceinte de cinq mois, avait consenti à épouser le père de son enfant, peut-être poussée par sa mère. Certes, elle venait de dépasser de peu l'âge de quinze ans. Des témoins de la cérémonie ne cachaient pas leur tristesse, l'un d'eux allant jusqu'à affirmer à tante Elisa que « voir cette toute petite fille dans ses voiles blancs, c'était un spectacle affreux ».

Dans l'effervescence de l'époque, que Carlos Morla signale dans son journal[*], dans ce climat d'impatience et d'insatisfaction, la question religieuse occupe une place décisive. De la naissance à la mort (l'Église gère aussi les cimetières), prêtres et confesseurs influencent la marche de la société, notamment à travers les femmes, leur chasse gardée.

Clara montrera souvent l'intrépidité des pionnières, leur inconséquence aussi. Dans ses choix, elle aura pourtant le sentiment d'enfreindre des tabous, d'où sa solitude intérieure. Ses décisions les plus brutales seront toujours des défis, vécus comme tels.

Le mariage de Clara exprime, selon ma parente, ces contradictions. En épousant à l'église le père de son enfant, elle sacrifie à la tradition

* Carlos Morla Lynch, *En España con Federico García Lorca*, *op. cit.*

(c'est d'ailleurs aussi le cas du jeune époux), mais, du même coup, la tradition prétend l'enchaîner à vie, ce qui, dans son cas, est chimérique. Naturelle dans l'ordre de la société, telle qu'elle existe en Espagne, cette union est absurde sur le plan individuel, puisque Clara pense et sent contre la tradition. Il suffit de relire la lettre écrite à sa mère au collège de Bayonne, rappelle tante Elisa : la révolte, l'indépendance d'esprit, le sarcasme devant l'hypocrisie sociale, la rancune... Comment celle qui l'a rédigée respecterait-elle un engagement pris par convention ?

Socialement, le mariage était équilibré ; médecin, le fiancé offrait les garanties de sérieux qu'on attend d'un époux ; propriétaire d'une clinique située dans le quartier le plus huppé, il saura assurer à sa femme un train de vie conforme à sa condition. Grand, robuste, l'air sain, il dégage une impression de force et de solidité.

On s'interroge pourtant : tout ne serait-il pas trop parfait, trop conforme ?

Tante Elisa avait dû rencontrer bon nombre de témoins car elle apportait mille détails sur le mode de vie et l'installation du couple.

Au premier étage d'une maison voisine de la clinique, Clara avait aménagé et fait décorer un appartement lumineux, dominant un très beau jardin. Dans cet intérieur, elle recevait une so-

196

ciété hétéroclite, gens du monde, bohème artistique et littéraire mêlés. C'étaient, raconte l'un des invités, des soirées libres et joyeuses qui se prolongeaient parfois jusqu'à l'aube ; grâce surtout à son talent de pianiste, Clara brillait, à la satisfaction de son mari qui la dévorait des yeux.

En moins d'un an, son visage s'était transformé ; ses rondeurs avaient fondu et les contours de la figure prenaient une netteté précise, ciselant un profil d'une merveilleuse pureté. Son regard aussi s'était approfondi, moqueur, intelligent.

Entre les narines et la lèvre supérieure, un frémissement de volupté troublait bizarrement les hommes. Pour certains, Clara passait pour froide. Ils n'auraient pas su, selon l'expression de l'un d'eux, par quel bout la prendre. La vivacité de ses mouvements, l'éclat de son rire, la rapidité de sa démarche, une certaine manière de rejeter la tête, d'écarter les lèvres pour montrer ses dents, cette brusquerie évoquait celle d'un fauve, « une superbe panthère noire », ajoute le même. Son intelligence achevait d'en éloigner d'autres pour qui la femme, sans être inférieure, gagnait à…

Clara provoquait des réactions passionnées, glaciale pour les uns, sublime pour d'autres, inquiétante pour presque tous. Aucun cependant ne résistait à la pianiste, émouvante par son jeu certes, mais plus bouleversante encore par le visage, différent de celui de la vie ordinaire.

Ce n'était pas le seul moment où le visage de Clara se transformait, laissant paraître une autre femme. Pour dévisager certains hommes, elle prenait un regard presque désespéré, rempli d'une supplication étrange : délivre-moi de moi-même, semblait-elle demander. Il y avait alors une telle lassitude dans ses yeux que ceux, parmi les hommes, capables d'entendre ce langage, hésitaient à répondre.

Tante Elisa ne cite pas le nom de son informateur, se contentant de transcrire son témoignage. En marge, elle écrit : « Du théâtre », jugement dont la sévérité m'étonne. Comment serions-nous sûres de la véracité des sentiments de Clara ?

Ma parente signale également que ce mariage étrange arrange les affaires de la jeune Clara puisqu'il l'émancipe de la tutelle de sa mère, au profit du mari, peut-être plus manipulable.

Lou Moran
Couvent des Trinitaires
Talavan, Province de Caceres

Elisa Toldo
Madrid

Le 8 septembre 1989.

Chère Elisa Toldo,

C'est une impression bizarre que d'écrire à
une inconnue plus proche de soi que bien des
proches. Vos livres, que j'ai tous lus, me donnent le sentiment de vous connaître intimement.
Il y a une injustice dans cette situation car si,
moi, je crois vous connaître, je ne signifie, de
mon côté, rien pour vous. Et pourtant, nous
sommes de lointaines parentes.

J'étais décidée à ne jamais, en aucune circonstance ni pour quelque motif que ce soit,
évoquer mes frères, moins encore cette Clara del
Monte pour qui je prie chaque jour.

Je romps ma promesse parce que Felicita me l'a demandé et que, sans elle, j'ignore ce que nous serions devenus, mes frères et moi, trois orphelins chassés de leur maison, sans même de quoi manger. Elle nous a sauvés, et un tel geste ne s'oublie pas. En vous répondant, je règle une infime partie de ma dette.

Ayant par ailleurs consulté mon confesseur, il m'a incitée à vous faire un récit véridique et complet de cette histoire, telle que je l'ai vécue, m'imposant cette tâche comme une pénitence, avec l'espoir que la peine que je ressentirai à la revivre, Dieu me fera la grâce de la muer en pitié.

Depuis plus de trente ans, je vis cloîtrée, simple laïque, et j'assiste aux prières de la communauté sans avoir prononcé mes vœux ; sauf les deux visites annuelles que Felicita Palomares me fait en se rendant ou en revenant de Soria, deux événements merveilleux dans mon existence, je ne vois, je ne parle à personne. Cela me laisse tout mon temps pour réfléchir, évoquer le passé, prier pour mes morts que j'espère bientôt rejoindre, veuille Dieu m'accorder cette grâce.

Atteinte à la naissance d'une grave maladie osseuse, je suis, depuis l'âge de douze ans, impotente. J'ai par ailleurs d'autres malformations, légères, qui rendent évidentes les raisons pour lesquelles je n'ai jamais été fiancée. Quel homme aurait voulu d'une infirme ne possédant aucune fortune ?

Je vous dis cela afin que vous sachiez qui je suis, à quoi je ressemble, sans cependant solliciter votre pitié. Dieu suffit à me soutenir, si j'ai besoin de soutien.

Mon état physique vous explique la passion que j'ai eue, toute petite, pour mes frères, notamment le puîné, Manuel, que nous appelions Nolito. Passion assurément coupable, et dont je me repens avec un zèle d'autant plus vif que mon remords ne s'étend pas jusqu'aux jours de bonheur. C'est mal, me répète mon confesseur ; je l'admets. Comment pourtant empêcher mon esprit d'exulter en évoquant ces matins de notre enfance, quand je buvais dès le lever du soleil les rires des deux jumeaux (Nolito et Juan, son cadet), admirais leur force et leur adresse ? Pour la petite infirme dans son fauteuil, une épaule plus haute que l'autre, ces deux jeunes mâles étaient des dieux (mon confesseur lira cette lettre, il m'imposera la pénitence qu'il jugera bonne, mais j'ai promis d'être absolument véridique, au risque de vous scandaliser), des dieux, oui ; je les révérais, je les vénérais ; leurs moindres caprices étaient des commandements. Comment ne les aurais-je pas admirés quand ils accomplissaient avec facilité tout ce que je serais à jamais incapable de faire, sauter, monter à cheval, courir, tirer à la carabine, se battre avec sauvagerie, se rouler dans la poussière, se lancer des défis insensés... Misérable ver de terre, je contemplais, éblouie, ces créatures olympiennes dotées d'une liberté souveraine. Ma vénération atteignait l'extase parce que, loin de m'ignorer, ils se courbaient vers moi avec tendresse, me souriaient, me parlaient. Ils me vouaient une affection protectrice, très chevaleresque.

Vous connaissez nos familles, telles du moins qu'elles étaient avant que l'argent ne vienne les corrompre et les dissoudre. S'il ne remontait pas aux origines de notre royaume de Castille, notre nom datait de trois siècles, c'était assez pour nous rengorger. Nous n'étions même pas conscients du ridicule qu'il y avait à plastronner à cause d'un patronyme qu'un incident futile avait tiré de l'obscurité : un de nos rois faillit tomber en mettant son pied à l'étrier, un jeune page réussit à le rattraper ; nous nous sommes pavanés trois cents ans parce qu'un lointain ancêtre avait évité une chute, avouez que c'est comique. Nous ne nous sommes pas contentés de toiser les autres, nous les avons écrasés et volés, et il m'arrive de penser que nous payons pour tant de fautes plus imbéciles encore que cruelles.

Au temps de mon enfance, cet orgueil dément était déjà tout ce qu'il nous restait. Si mon père continuait de se lever à midi, de se laver et de se parfumer pour se rendre en grand attelage à son club — un aquarium où il passait le jour assis dans un fauteuil en rotin, sans autre occu-

202

pation que d'observer les passants —, s'il refusait avec hauteur d'accomplir le moindre travail, la grande maison (une ferme fortifiée, flanquée aux angles de quatre tours symboliques), les terres environnantes (un maquis cailouteux), rien ne nous appartenait plus. Même le pain frotté d'huile d'olive et de tomate que nous portions à notre bouche, nous le devions à la charité de l'intendant qui, depuis des années, rachetait le domaine, morceau après morceau. Nous étions des mendiants sous notre propre toit, réduits à l'indigence par une paresse fastueuse.

Comment des enfants sont éduqués dans cette folie des grandeurs, vous le savez, chère Elisa Toldo, vous qui avez décrit le sort de tant de venidos a menos, quand même l'expression, en ce qui nous concerne, me semble illusoire : partant de rien, on voit mal à quel moins nous serions arrivés.

Nous étions des sauvages, surtout mes deux frères — je ne parle pas de l'aîné, Alvaro, étudiant le droit à Madrid et habitant chez ma mère que notre pouillerie rendait malade et qui, ne supportant pas l'ivrognerie de notre père, avait abandonné notre campagne pour s'installer dans la capitale ; mes deux frères, donc, toujours crasseux, haillonneux, couverts de poussière, n'aimant que les jeux les plus violents, ne craignant rien ni personne, refusant même d'apprendre les rudiments de latin qu'un séminariste famélique était censé leur enseigner.

203

Ce petit jeune homme mince et pâle, Nolito se plaisait à le torturer, glissant des vipères et des scorpions dans son lit pour le plaisir de l'entendre hurler, lui montrant, pour le scandaliser, son instrument viril en état de marche. Ce fut pour ce jeune lévite un enfer et je suis sûre que, parmi les jours les plus heureux de son existence, il y a celui où il quitta le domaine pour retourner au séminaire.

Levés avec l'aube, mes frères ne rentraient pas avant la nuit, remplis de secrets, de plaies et de bosses. Faux jumeaux, il n'en existait pas moins, entre Juan et Nolito, une entente mystérieuse. Toute leur vie, jusqu'au jour de la mort de Juan, ils se suivront, deux ombres enlacées.

Dans ce pays de rocailles chauffé à blanc par le soleil, que pouvaient bien faire deux brigands livrés à eux-mêmes ? Pêcher, braconner, chaparder, se battre avec les petits villageois, fabriquer et poser des pièges, nager, grimper aux arbres, inspecter les grottes. Aucun horaire, pas même pour les repas, chacun mangeait quand et comme cela lui plaisait, le plus souvent debout, sans cesser de comploter.

Nous n'apercevions guère notre père, soûl dès son réveil. Se rappelait-il notre existence ? Aujourd'hui, les services sociaux de Caceres auraient dépêché chez nous une escouade d'assistantes et de psychologues, chargés de nous contraindre à jaspiner ; mais, en ce temps déjà lointain, on respectait le secret, le droit pour chacun de s'isoler dans sa folie. J'ignore si notre père avait des raisons de boire ; il buvait depuis sa jeunesse. Mes frères et moi ne trouvions rien à redire : c'était son droit et, même, sa dignité d'homme que de s'absenter dans l'alcool, si l'existence lui semblait trop laide ou trop pesante. Nous n'habitions pas chez Zola. Il n'y avait, chez nous, ni cris, ni coups, ni hallucinations, rien que l'indifférence. Chacun menait sa vie comme il l'entendait et nous étions d'accord que personne ne pouvait s'immiscer dans nos affaires.

Je m'étais réfugiée dans la seule aventure qui fût à la portée d'une infirme, la lecture ; attendant le retour de mes frères, je dévorais les romans de la bibliothèque. Dès qu'ils apparaissaient, hirsutes, les coudes et les genoux couronnés, je les interrogeais fiévreusement, voulant tout connaître de cette vie aventureuse et, pour moi, exaltante.

Ils étaient bons, je vous l'ai dit, Nolito surtout ; ils me plaignaient, non à cause de mon infirmité, sentiment qui leur coût paru dégradant, mais à cause de ce que je manquais et qu'ils se mirent chaque soir à me raconter, inventant sans doute des détails, enjolivant des épisodes, mais leurs inventions étaient peut-être ce qu'il y avait de plus beau car ils me livraient, à leur insu, leurs rêves. De mon côté, je pris l'habitude de leur relater les romans que je lisais et ils en retirèrent un plaisir extraordinaire. N'aurions-nous échangé que des aventures, nous ne serions pas allés bien loin, mais nous échangeâmes nos langages, moi les gavant d'expressions livresques, de locutions contournées, de métaphores flamboyantes, de mots surtout, inconnus et resplendissants, cependant qu'ils me payaient en termes d'argot viril, en jurons et en blasphèmes, en images d'une crudité superbe. Nous opérions ainsi une transfusion subtile, moi, la petite sœur infirme, enrichissant leur sang des illusions d'un amour que je ne connaîtrais pas, eux me stimulant avec une débauche joyeuse et débridée. Soudés par un pacte de chimères, nous n'eûmes bientôt plus aucun secret. Ce qu'ils pensaient, imaginaient, espéraient, je le connaissais ; ce que je regrettais, détestais ou méprisais, ils le savaient aussi. De tous les mystères, lequel, dans l'adolescence, est plus trouble que la sexualité ?

Je n'aurai pas peur de vous scandaliser, puisque je n'ai pas craint de commettre ce scandale. J'éprouve du remords, parce que mon confesseur me dit que je dois en avoir ; je n'ai aucun regret, car je fus heureuse.

J'ai rendu à mes deux frères, à Nolito avec plus de délice qu'à Juan, les services de l'amour, ceux du moins qui, à nos yeux, n'encouraient pas le reproche de l'inceste. J'étais leur « sœur putain » ainsi qu'ils me surnommaient, soumise à leur violence désordonnée et prête à chaque instant à soulager leur tension.

Ne vous offusquez pas, chère Elisa Toldo : que savez-vous de la vie secrète au fond des campagnes, là où tout paraît serein, bucolique ? que savez-vous de l'enfance rustique, de ses cruautés et de ses débauches ? Je ne vous raconte pas cela par provocation mais pour que vous compreniez à quel point j'ai aimé Nolito, à quel degré d'intimité nous étions parvenus.

Mes frères devaient avoir quatorze ans lorsque tante Felicita, se rendant à Grenade, fit étape chez nous. Mon père ne quittait presque plus sa chambre, ni son lit. Vous imaginez la stupeur de Felicita en découvrant ce tableau. Vous la connaissez : huit jours après, nous étions lavés, étrillés, habillés de neuf, dotés en matériel scolaire et parés pour le collège. Si Nolito venait encore me demander de lui rendre certain service, il prenait maintenant un air timide, me souriait avec gêne, baissait la tête. Je saisis sa main : « N'aie pas honte, Nolito. N'aie jamais honte devant moi. C'est toi qui me fais un cadeau. » Il se pencha, colla sa bouche contre la mienne, m'embrassa de la manière dont un homme embrasse une femme. Je n'ai jamais reçu un autre baiser et, que cela plaise ou non à mon confesseur, je veux l'emporter à l'instant de mourir, avec tout le péché, si c'en est un. Je me fais une trop haute idée de Dieu pour imaginer qu'il punira l'infirme du seul éclat de joie qui aura éclairé son existence.

Nous ne nous voyions désormais qu'aux vacances, quand nous retrouvions le domaine, racheté à l'intendant par Felicita. Nous avions beau tenter de ressusciter le temps de notre indépendance et de notre fierté, nous étions, pour reprendre le mot de Nolito, dressés, de la manière dont on dresse un chien ; on pourra choisir un autre terme, civilisés ou éduqués ; propres, mis avec correction, gênés surtout, habités d'une vague honte. Ce qui nous causait cette culpabilité, je ne saurais le dire. Était-ce d'ailleurs de la culpabilité ? N'était-ce pas plutôt la nostalgie d'un paradis, non pas édénique, mais primitif et violent ? Dans le regard bleu de mes frères, un bleu opalescent, qui vous frappait à cause du contraste avec leur teint hâlé, dans leur regard on lisait une tristesse désabusée, celle des guerriers qu'on oblige à se couler dans un monde paisible et routinier. Je ne crois pas, chère Elisa Toldo, que l'homme soit fait pour le foyer, ni pour la fidélité, ni pour aucune de nos vertus féminines. Dans ses rêves, il entend encore la clameur des batailles ; respire l'odeur de la poudre et du sang, explore des forêts vierges, navigue sur des fleuves inconnus, franchit des montagnes vertigineuses. Là où la femme veut conserver et engranger, l'homme dépense et dilapide. Contraindre un homme à l'immobilité, c'est le châtrer, et d'une certaine manière tante Felicita avait châtré Juan et Nolito. Ils acceptaient leur sort, se soumettaient à la loi, éprouvaient de la gratitude et de l'admiration pour celle qui nous avait tirés de la déchéance… Mais, pourquoi le cacher, nous portions le deuil de notre royaume d'abjection.

J'ai conscience que ce que je vous raconte pourrait être repris à l'envers, si l'on nous regarde, mes frères et moi, de l'extérieur. Chaque mot se retourne et l'amour que j'exprime devient alors de la haine. Nous-mêmes dédaignions l'animosité de la société, tout en admettant son point de vue. Les gens avaient raison de nous haïr, puisque nous ne faisions rien pour paraître aimables. Nous bravions les lois, nous ne les contestions pas.

Bien des conduites et des réactions de mes frères ne s'expliquent pas, mais se comprennent à partir de cette enfance barbare, de ce goût d'une liberté sauvage qu'ils gardèrent toujours derrière leurs mines civilisées.

Señoritos — on ajoute andalous, ce qui est un pléonasme —, señoritos ils furent, avec toutes les nuances de la morgue, de la paresse, de l'ivrognerie, de la prodigalité, de la misogynie de caserne ou de corps de garde, un sens dévoyé de la *juerga*, la fête démente, prolongée plusieurs jours et plusieurs nuits de suite... Mais le portrait tournerait à la caricature si vous n'ajoutiez pas la drôlerie, le sens de la repartie, le charme, une séduction virile et chevaleresque, la bravoure enfin. Je ne les défends pas, je tente seulement de les éclairer. Mes frères n'étaient pas des enfants de chœur ; c'étaient des voyous, mais de haute tradition. Je vénère en eux leurs défauts qui étaient l'envers de leurs qualités. Je n'ai pas aimé des saints.

Ce qu'ils firent de leur jeunesse ? L'user au bordel, la prodiguer en joie frénétique de vivre, en exubérance bruyante. Ils parcouraient le pays, semant des dettes, peut-être aussi des bâtards, invités chez des parents et des amis pour animer des fêtes gitanes ou assister à des *tientas*, partout et toujours ensemble, complices, foutant les mêmes femmes, s'abattant, rompus, sur la même couche. La camaraderie virile est peut-être l'une des figures du bonheur des mâles, comme l'amitié amoureuse l'est des femmes.

Je suis sans doute réactionnaire, si c'est réagir que de crier non. Je ne crois pas à la complicité des sexes, expression à la mode pour la castration. Je suis née, j'ai poussé dans la plus aride, la plus dure des terres d'Espagne où le plus misérable paysan sait que la guerre oppose les hommes aux femmes et que, dans ce combat, ce sont les femmes qui finissent par l'emporter, usant et corrodant l'énergie des mâles. Quel imbécile a inventé la métaphore « prendre une femme », quand ce sont les femmes qui prennent, absorbent, boivent, et les hommes qui se vident ?

À Madrid où nous avions rejoint notre mère, Juan et Nolito, inscrits à la faculté de droit, ce dépotoir pour jeunes gens de bonne famille, faisaient ce qu'ils avaient fait depuis l'âge de quinze, seize ans. Ils vivaient avec largesse de

210

leurs dettes, un peu des femmes, pas mal de la générosité de leurs parents et de leurs amis. Noceurs et bagarreurs, ils n'avaient pas changé.

Ce fut une décennie, 1920-1930, où les dimensions de la capitale avaient atteint cette taille idéale qui permet de l'aimer sans s'y perdre, un gros village avec l'avantage de l'anonymat, une ville gaie, légère, jouissant d'une liberté aujourd'hui inimaginable, sous une monarchie pompeuse et débonnaire. Depuis des siècles, Madrid n'avait pas connu pareille éclosion de talents, d'Alberti à Neruda, de Machado à Lorca, d'Unamuno à Ortega y Gasset. N'allez pas rétorquer que c'est une illusion rétrospective ; mes frères étaient conscients de ce prodige, un moment de grâce. Dans les salons, des sociétés disparates se côtoyaient ; des femmes intelligentes et cultivées y étaient fêtées. J'ai moi-même respiré cet air de noce, aussi gai, aussi stimulant que les refrains de la *zarzuela*.

Juan et Nolito suivaient, en été, le mouvement de la Cour, à Santander d'abord, à Saint-Sébastien ensuite, avec son manège de réceptions et de bals.

La rencontre se produisit à Saint-Sébastien, dans la nuit du 17 au 18 août, au cours d'un bal. Clara n'avait pas dix-huit ans, Nolito vingt et un. Il était grand, large d'épaules, des hanches étroites et dures, une crinière fauve ébouriffée, un visage buriné, de bronze ancien, où les yeux se détachaient, d'une pâleur irisée ; elle, très petite, très mince, des mains et des pieds minuscules, une ample chevelure noire, le regard hardi, un rire surtout, resplendissant. Minute par minute, je pourrais vous décrire la scène dans ses moindres détails, car mes frères me l'ont dix, trente fois rapportée, mimant chaque geste, répétant chaque propos. Vous penserez qu'ils inventaient pour me faire plaisir. Vous n'auriez rien compris à la nature de nos liens. Si, en guise de plaisanterie, nous nous surnommions la Sainte-Trinité, c'est à cause de l'indissoluble unité de nos pensées. Rien de ce qui leur arrivait ne s'incorporait à leur vie tant qu'ils ne l'avaient pas partagé avec moi. Expression de leurs expériences, j'étais aussi leur mémoire.

L'orchestre jouait un slow douceâtre ; derrière de hautes fenêtres ouvertes, on distinguait la baie, ses lumières, la mer au loin, jusqu'à l'horizon. C'était une nuit chaude et, debout devant l'un des buffets, mes deux frères plaisantaient et riaient quand...

Ils étaient d'accord sur ce point : c'est Juan qui, le premier, avait éprouvé sur sa peau la brûlure de ce regard d'une violence insupportable. Il se retourna, la vit debout dans un fourreau noir, tarda une minute à comprendre qu'elle fixait Nolito. Se penchant, il glissa à l'oreille de son frère : « Tourne-toi », et le regard de Nolito se heurta à celui de Clara.

Le coup de foudre, l'expression faisait rire mes frères. Aucune pute, se récriaient-ils, ne les avait évalués avec un tel cynisme, « à faire peur », opinait Nolito. « Pas les yeux, ni le sourire, ni le profil, aucune de ces métaphores poétiques, crachait Juan. La bite, les couilles, à vous en rendre malade. »

Clara ne bougeait pas, ne cillait pas.

« J'hésitais entre partir en courant ou lui flanquer une paire de baffes », commentait l'aîné. « C'était insupportable. Elle me foutait à poil, là, devant deux mille personnes. Elle m'arrachait la chemise, baissait mon pantalon, prenait mes couilles dans sa bouche... Je devenais fou, littéralement fou. Je la voulais, pas dans une heure, pas dans un lit, mais là, tout de suite... n'importe où, n'importe comment, sur la moquette, par terre, sous une table. J'avais déjà bandé pour des femmes, jamais comme ça, je te le jure, à en hurler de douleur.

J'ai foncé vers elle.

— Tu es seule ? lui ai-je demandé.

— J'ai un mari.

— Ici ?

— Quelque part par là, oui. Tu as peur des maris ?

— Je n'ai peur de personne. Viens.

Nous avons traversé la foule, escortés de Juan. Elle l'a regardé sans le moindre commentaire.

— Mon frère te gêne ?

213

— Quand je me donne à un homme, je n'attends pas qu'il me demande mon avis. Il fait ce qui lui plaît, comme il lui plaît.

— Tais-toi, je vais te massacrer.

— Ne te gêne pas. L'essentiel est que tu jouisses.

J'ai vu un panneau « salons privés », j'ai poussé une porte, nous nous sommes précipités tous les trois. J'ai fermé à clé derrière moi. Un croissant de lune éclairait la pièce. J'ai pris Clara par les cheveux, ensuite tout se mélange et se confond... Clara était si menue, si frêle, si souple, que nos mains, nos bras, à Juan et à moi, se touchaient sans cesse ; que nos visages se caressaient ; que nos lèvres se rencontraient. Nous la soulevions, l'écrasions, la piétinions, la plaquions, par terre, sur une table, contre la paroi ; dans toutes les positions, son regard me défiait, ironique, méprisant. J'ai compris qu'on pouvait tuer par désir. J'ai vraiment failli l'étrangler pour être débarrassé de son regard. Mais soudain, un voile de mélancolie a assombri ses yeux, j'y ai lu une expression de gratitude et de soulagement. Je l'ai serrée contre moi pour la broyer.

Plus tard, elle a allumé une cigarette, tiré une bouffée avec ce geste que je reconnaîtrais, qui me rendrait fou, un mouvement brusque pour rejeter la tête en expirant la fumée. Nous avancions dans le hall quand le mari, je l'ai aussitôt reconnu, une tête de mari, digne, souriant, s'est avancé :

214

— Nous partons ? a-t-il demandé.

— Moi, je pars, a-t-elle répondu d'un ton tranquille.

— Tu rentres directement ?

— Je ne rentre pas, je pars pour de bon.

Elle ne m'avait pas consulté, elle ignorait tout de moi. J'étais médusé et…, ma Lou, plus heureux que je n'avais jamais imaginé qu'un homme pût l'être.

— Où allons-nous ? ai-je demandé.

— J'ai une maison à Biarritz.

— Tu as une voiture ?

Elle me tendit les clés avec un mouvement du menton, Je me suis assis au volant, une Delahaye blanche. J'ai hésité.

— Je ne sais pas conduire.

— Tu apprendras.

Lou, ma Lou chérie, cette femme me faisait perdre la tête. J'avais beau me dire : elle me provoque, c'est un jeu, je n'aurais pour rien au monde lâché la partie.

— Tu n'emmènes pas ton frère ?

— J'aime mieux pas, à moins que tu veuilles…

— C'est toi que j'ai regardé, c'est donc toi que ça regarde. »

Clara avait non seulement un mari, mais aussi un fils de dix-huit mois. En un instant, sans la moindre hésitation, sans le plus petit remords, elle venait de tout plaquer pour s'enfuir avec Nolito. Cet événement inouï n'avait pas eu lieu dans une banlieue perdue, chez les gitans, mais dans notre monde. Imaginez-vous, chère Elisa Toldo, la commotion ? Vous avez dû en percevoir des échos autour de vous. Aucun terme ne paraissait assez fort pour fustiger la conduite de cette femme, de cette mère surtout. Dans les salons, les douairières s'étouffaient. Dans toute la ville, il n'était question que de ce scandale, impensable, inimaginable.

Rentré à Madrid, Juan est aussitôt venu me rejoindre, parlant, parlant. Il avait l'air ébloui, fou d'enthousiasme, aussi heureux que si cette Clara continuait de faire l'amour avec lui. Il ne se lassait pas de me décrire chaque détail, l'éclat de sa denture, la grâce ironique du regard, le son velouté de la voix, la noirceur de la chevelure, la minceur du squelette ; il ne me cachait pas le trouble où l'avait jeté sa bizarre intimité avec son aîné, leurs caresses équivoques, leurs regards et leurs sourires, la joie perverse de Clara qui s'amusait à les réunir.

Il me disait la stupeur du mari, l'aplomb de Clara. « Personne n'aurait pu l'arrêter, personne », répétait-il avec des accents de ferveur.

Les années ont passé ; le souvenir reste aussi vivace que si c'était hier. J'entends la voix de Juan, ce tremblement d'incrédulité. Révélation serait le terme que je choisirais pour vous décrire son état d'esprit. La foudre s'était abattue devant lui. Il n'y avait plus ni devoir, ni morale, rien que ce regard buvant furieusement leur sexe. Ce n'était pas non plus de la pornographie, parce que tout se jouait dans la tête. Clara se jetait dans l'amour et les y précipitait avec elle dans une sorte de frénésie de dévastation. Non pas aimer ou mourir, mais aimer et mourir. En répétant ces mots : « Rien n'aurait pu l'arrêter, rien... », Juan parlait de Clara, certes, mais plus encore de la force terrible cachée dans son regard.

J'observais Juan que je croyais connaître intimement ; je voyais un homme nouveau. Nulle ombre dans son regard clair : il exultait du bonheur de son aîné, il aimait Clara de l'amour qu'elle donnait à son jumeau. Loin de se sentir exclu, il restait accroché au couple qu'ils formaient, sangsue aspirant leur jouissance.

Je ne sais quand ni comment cette pensée se fit jour en moi : chez Nolito, Clara del Monte avait deviné la sauvagerie de l'enfance. Elle avait non seulement flairé, mais ressuscité cette liberté primitive. C'était ça, la révélation de Juan : en une seconde, Clara leur avait rendu un passé de férocité. En rejetant leurs vêtements, mes frères avaient retrouvé leur nudité crasseuse. Ne me demandez pas comment j'ai su ou compris certaines choses : une infirme vit au-delà de la réalité, dans les coulisses de la scène. Sur l'amour, sur ses délicatesses ou ses cruautés, j'en connais sans doute davantage que bien des épouses. Je me demande d'ailleurs si les seules qui sachent vraiment ce qu'est l'amour ne sont pas les vierges et les putains.

Je rencontrai Clara del Monte à la fin de l'automne, dans des circonstances elles aussi inoubliables. Jusqu'alors, j'avais eu de leurs nouvelles par Nolito qui me téléphonait régulièrement de Biarritz, de Paris, de Cannes, de Londres, de partout où leur course folle les menait ; en tout lieu, je suivais le flamboiement de leur passion. De mon côté, je jubilais en décrivant à mon frère les réactions à leur fuite. Loin de s'atténuer, le scandale enflait, atteignait des proportions fantastiques. Les familles se déchiraient ; les générations s'opposaient avec virulence, les jeunes défendant la liberté de la femme, l'égalité des sexes, le droit pour chacun d'aimer à sa guise ; les plus âgés plaidant pour la stabilité de la famille, pour le respect de l'institution, pour la sauvegarde des enfants. On évoquait le dépôt d'une plainte par le mari, puisque, vous ne l'avez sûrement pas oublié, l'adultère était un délit, passible d'une peine de prison. La loi accordait à l'époux le droit d'exiger le retour de l'infidèle au foyer. En cas de refus, il pouvait la faire interner, soit dans un couvent, soit dans une clinique psychiatrique, arguant d'un trouble mental. Quelle femme saine d'esprit eût, en une seconde, abandonné son enfant ? Car c'est bien la mère que l'opinion blâmait ; c'est à ce fils que nous aurions dû, mes frères et moi, songer, puisque nous nous disions chrétiens. Or je vous dois cet aveu dont je rougis : je crois que nous n'eûmes pour lui qu'une pensée fugace et distraite. Sa grand-mère, apprîmes-nous, l'avait recueilli chez elle, rue Goya ; l'affaire était réglée. Des sentiments, des pensées, des réactions de ce gosse, je ne me souciai pas, tout à ce méchant roman de fureur et de défi.

Aujourd'hui, je me demande comment j'ai pu, moi, une infirme, négliger la douleur du plus faible ? Comment avons-nous pu, mes frères et moi, alors même que notre fond était droit, refuser de voir que c'est bien la société que nous bafouions, non dans ses lois, mais dans ses fondements spirituels ?

Il y avait dans l'air une soif de liberté, une impatience et une effervescence, et nous respirions cette atmosphère à notre insu. Ce qui restait pour nous théorique, Clara le vivait avec une brutalité stupéfiante. Des dissertations sur la liberté de la femme, elle tirait des conclusions définitives. Sa grandeur, noire sans doute, découlait de ce refus des limites. Elle ira jusqu'au bout, sans se soucier des conséquences.

Je comprends, chère Elisa Toldo, votre fascination pour cette femme. Je partage votre perplexité. Clara del Monte est notre conscience morale égarée. C'est le triomphe de la vie, si l'on veut, mais de la vie à n'importe quel prix.

Depuis plus d'un demi-siècle que je ressasse cette histoire, je me dis que Clara n'aurait pas pu exister sans notre complicité à tous. Nous étions déjà trop usés pour nous opposer à sa violence.

Je n'aurais jamais imaginé que, dans ce cyclone, Clara del Monte aurait le toupet de se montrer. C'était mal la connaître. Lorsque Nolito m'apprit qu'ils débarquaient à Madrid, j'eus peur, convaincue que la police allait aussitôt appréhender le couple.

Le matin, Clara devait rencontrer son mari avant de nous rejoindre pour déjeuner dans un restaurant de la rue d'Alcala. J'étais sûre qu'elle n'arriverait pas, empêchée par don Cristobal qui avait sans doute déposé une plainte. De l'attitude du mari, le sort de Clara et celui de Nolito dépendaient. Je tremblais pour mon frère, et Juan, sans le dire, partageait mes craintes.

Comment aurions-nous imaginé que le mari s'inclinerait ? À l'époque, une pareille réaction ne se concevait tout simplement pas. J'avais aperçu don Cristobal une fois ou deux ; l'homme dégageait une impression de vigueur et d'équilibre. Mais, là aussi, je sous-estimais Clara, sa force de persuasion, son énergie.

Vers trois heures et demie, alors que l'impatience nous gagnait, que la conversation languissait, que l'inquiétude nous rendait fébriles, Nolito soudain se souleva de son siège, le sourire aux lèvres ; son visage s'éclaira.

Je la reconnus aussitôt et, dès qu'elle eut franchi la porte, descendu les trois marches donnant accès à la salle…, tout alla trop vite : ses paroles, son rire, ses plaisanteries, ses gestes. Tout en elle s'imposait : le maquillage excessif, le parfum trop lourd, la fumée des cigarettes. Je me sentis enlevée, transportée.

Je devinai rapidement qu'elle mentait sans que ses inventions me causent la moindre gêne. C'était vivant, drôle, percutant, qu'aurait ajouté la vérité ? On baignait dans le sentiment, lequel était juste. La scène où elle condensait sa discussion avec son mari, il sautait aux yeux qu'elle n'avait pas eu lieu, pas du moins comme elle la rapportait, et il semblait en même temps indubitable qu'elle reflétait, sinon la vérité, du moins son éclair. Don Cristobal lui aurait intimé l'ordre de regagner son foyer. Clara, dos à la fenêtre, lui aurait lancé : « Si tu me touches, je me jette dans le vide. » Cela se passait sur la Gran Via, au douzième étage d'un immeuble moderne ; la menace n'était ni sérieuse ni vraisemblable. Pour persuader son mari de lui rendre sa liberté, elle avait dû user d'arguments plus convaincants ; lesquels, nous ne nous le demandions pas. N'est-ce pas étrange ? Nous avons négligé de nous poser la plus simple, la plus évidente des questions. Il devait y avoir un motif à l'effacement du mari, un motif décisif, et, au lieu de le fournir, Clara nous servait une scène pathétique. C'était plus qu'un mensonge : une cachotterie. Mais que dissimulait-elle de manière si grossière ? Nous ne prêtions pas attention aux paroles, à peine aux attitudes. Nous ne retenions que sa liberté recouvrée, sans nous inquiéter du prix dont elle l'avait payée.

Pourquoi me serais-je tracassée alors que le bonheur illuminait le regard de Nolito, que j'entendais le rire joyeux de mes deux frères ?

Accepte-t-on d'ériger le bonheur individuel en règle, on ouvre la voie au crime et à la félonie. Par nos rires, par l'étalage de notre joie, nous consentions à l'infamie.

Don Cristobal cédait, nous ne regardions pas au-delà. Il faisait plus qu'accepter : il rendait à sa femme son indépendance financière en signant devant notaire des actes d'émancipation légale. Son attitude en imposait à Nolito, qui aimait les beaux gestes. Clara avait beau tenter de persuader mes frères que ce mariage avait été une forfaiture, tramée par sa mère et son beau-père, un viol même ; elle avait beau, pour rendre plus crédibles ses accusations, menacer de consulter des avocats afin d'en obtenir l'annulation devant le tribunal de la Rotta, Nolito n'en admirait pas moins la conduite de don Cristobal qui, avec beaucoup de dignité, procédait aux démarches nécessaires à l'émancipation de Clara — en fait des procurations pour la gestion des biens de la communauté —, ainsi qu'aux préparatifs de son départ, car il avait décidé de mettre l'océan entre lui et la femme qu'il aimait.

Il regagnait Porto Rico où il avait vécu et où demeurait une partie de sa famille.

Les périls n'étaient pas écartés avec sa renonciation et son départ d'Espagne. Doña Mercedes et son mari, l'avocat, ameutaient l'opinion, menaçaient de porter plainte, au moins d'obtenir une mise sous tutelle de Clara, reconnue insane. Or, devant les tribunaux comme devant le public, l'enfant abandonné pèserait plus lourd que tous les discours sur la liberté de la femme.

Mes trois frères, Alvaro se joignant aux deux autres, décidèrent d'agir, séparément mais dans une étroite concertation.

Guettant l'avocat alors qu'il sortait de l'immeuble de la rue Goya, Juan l'entraîna sous une porte cochère, le plaqua contre un mur, appuyant avec son avant-bras sur son cou, de toutes ses forces.

« Tu me connais, crapule ? »

Livide, à demi étouffé, l'avocat secoua la tête.

« Eh bien, regarde-moi, grave mes traits dans ta mémoire parce que, si tu devais me revoir, tu serais un homme mort, je le jure devant Dieu. Mon nom est Juan Moran. S'il arrive le moindre, je dis bien, le moindre ennui à ta belle-fille, je

223

saurai te retrouver et je tordrai ton cou de pou-
let. C'est clair ? »

L'avocat eut à peine le temps de se remettre
de sa peur ; deux jours plus tard, alors qu'il
quittait son club, près de la Puerta del Sol, Nolito caressait sa pomme d'Adam avec une *navaja*
et lui tenait le même discours ou presque.

Enfin, Alvaro parut, froid, élégant.

« Je suis, lui déclara-t-il, le frère aîné de vos
deux précédents visiteurs. Nous n'allons plus
vous lâcher. Vous répondrez désormais de Clara.
Je vous conseille de veiller à ce qu'aucun embarras ne lui soit fait. Nous sommes une grande famille ; outre mes deux frères, il y a encore une
trentaine de cousins. L'un d'entre nous finirait
par avoir votre peau. »

L'avocat jura. Mais les torts que ni lui ni Mercedes ne faisaient à Clara, celle-ci se chargea de
se les causer toute seule.

Lorsque nous sûmes qu'elle attendait un bébé,
nous laissâmes éclater notre joie, sans réfléchir
aux conséquences. Don Cristobal avait quitté
Madrid et voguait vers Porto Rico, mais Clara
restait mariée avec lui, elle ne pourrait donc
reconnaître son enfant. L'existence, rue Goya,
du petit Ramon, élevé par sa grand-mère, la stig-
matisait, tant devant la justice que devant l'opinion. Clara vivait désormais dans l'illégalité, ce
qui lui interdisait d'élever la moindre réclama-
tion contre son beau-père.

En abandonnant son mari et son fils, elle avait remis son sort entre les mains de doña Mercedes, maîtresse désormais de son destin.

Emportés dans ce tourbillon, nous ne réfléchissions pas à la situation. Moi-même je ne voyais que la joie de Juan et de Nolito. Nous étions, non dans la vie, mais au théâtre, transportés, exaltés. Nous jouions aux gendarmes et aux voleurs. Persuadés que la police recherchait les amants, nous tissâmes une chaîne de complicités ; à travers toute l'Espagne, les parents et les amis offrirent l'hospitalité. Nous nous amusions à semer les poursuivants, à nous moquer d'une police qui, guère dupe, ne montrait pas un zèle excessif. Combien, avec le recul, l'époque semble débonnaire !

Clara accoucha dans notre domaine, près de Caceres, et, tout le temps de la délivrance et des relevailles, nous demeurâmes auprès d'elle. Ce furent des mois paisibles et je ne puis les évoquer sans un sentiment de douceur. Puisqu'il était impossible à la mère de reconnaître son petit — on lui avait donné les prénoms de son père et de son oncle, Manuel Alvaro, mais on l'appelait Manolo —, l'enfant fut déclaré au nom de l'un de nos domestiques, Perez ; à son baptême, Nolito inscrivit son patronyme, manière de reconnaître ce fils devant Dieu, puisqu'il n'avait pas pu le faire devant la loi civile. Ce geste vous fera peut-être sourire ; pour moi qui connais mon frère, j'en mesure la gravité. La

225

paternité l'engageait et, Clara l'eût-elle voulu, Nolito aurait consenti à élever l'enfant.

C'était, je m'en souviens, au printemps, saison chez nous brève, d'une exubérance folle. À perte de vue, les amandiers s'étendaient, nuages évanescents, d'un blanc impalpable. Avec un orgueil timide, Nolito montrait à Clara cette terre qui avait été son royaume d'enfance. C'est un pays sans grâce et qui ne se prête pas aux descriptions lyriques. Il n'émeut que ceux qui ont appris à l'aimer, malgré sa pauvreté. Terre dure, habitée par des hommes guère enclins à la pitié. Terre de *conquistadores*, c'est-à-dire de brigands hallucinés. Un pays d'orgueil et de sauvagerie.

Ensemble, Clara et Nolito faisaient de grandes promenades, rendaient visite à des voisins, partaient jusqu'à Séville pour participer à des juergas et à des concours poétiques. Courses de taureaux, musique et poésie, ce mélange de raffinement et de brutalité, de délicatesse et de férocité, comment ne nous aurait-il pas isolés ? Nous n'étions pas encore des Européens, c'est-à-dire des consommateurs : nous étions des barbares. Quand je regarde en arrière, c'est d'ailleurs ainsi que Clara et Nolito m'apparaissent, deux jeunes barbares, implacables et décadents.

Le soir, dans la salle, nous allumions des feux de sarments. De sa voix lente et grave, Clara récitait des poèmes de Lorca. Si vous aviez pu voir alors, chère Elisa Toldo, les regards de mes frères. Ils buvaient cette femme des yeux, ils aspiraient chacune de ses paroles. Ces voyous avaient la tête farcie de romances et d'épopées. Les vers de Lorca les transportaient comme les remuait l'histoire de Clara, telle qu'elle nous la racontait.

Nolito s'enflammait. Il rétablirait la justice, tuerait le félon. Tel que je le connais, il l'aurait fait. Ils auraient même été deux pour le faire car, partageant le même amour, ils ressentaient désormais la même haine. De mon côté, je soufflais sur les braises. Vous ne saurez jamais quelle volupté il y a, pour une infirme, à braver la tempête, et dans nos crânes c'était un ouragan. Cet avocat véreux, nous le découpions et dépecions ; cette mère indigne et criminelle, nous la rejetions avec dédain. Nous ne nous demandions pas si ce que Clara nous livrait était ou non vrai, ni jusqu'à quel point. Aujourd'hui, notre crédulité m'ébahit. Si l'amour excuse la cécité de mes frères, comment expliquer mon aveuglement ? Envoûtés, moins par Clara que par notre besoin de fantastique, nous tissions la toile où, jour après jour, nous nous engluions. Je ne me demande plus si elle mentait car, ses récits eussent-ils été véridiques, rien ne serait changé à cette désagrégation morale.

Jamais, en toute notre vie, nous n'avons absorbé pareille quantité d'abjections. Nous n'étions, ni mes frères ni moi, des anges, je ne vous l'ai pas caché. Je plaide que nous avions conservé un fond de droiture et que c'est ce fond qui fut corrompu, rongé par le poison.

Dans ma retraite, je passe et repasse les épisodes de cette histoire, examinant nos conduites, la mienne et celle de mes frères ; j'y mets une attention scrupuleuse, sans égard pour mon amour-propre. Je ne nous accable pas, je ne nous ménage pas davantage. Je pèse nos plus légères erreurs. Si je vous épargne la litanie de nos méfaits, c'est qu'il y a trop d'orgueil, et du plus subtil, dans la componction. Quand j'arrive à Clara... mon jugement se brouille. Un mot, l'amour, obscurcit ma conscience, peut-être parce que j'ai été privée, dans la vie, de ce qu'il exprime, et qu'il garde à mes yeux quelque chose de sacré. Car, entre elle et Nolito, ce ne fut pas, chère Elisa Toldo, une passade. Ce fut de l'amour, violent, sauvage, accolez-lui tous les adjectifs qu'il vous plaira, mais de l'amour. Comment juger six ans d'amour ?

Je ne me reproche pas de m'être rendue complice d'un adultère ; je rougis d'avoir prêté une oreille complaisante aux plaidoiries de Clara, à ses justifications suspectes.

Il existe un usage corrompu de la parole, et nous avons, mes frères et moi, consenti à ces épanchements nauséeux. Jamais mon frère n'a tenté de se délivrer de sa responsabilité, je lui rends cette justice. Il n'avait pas fréquenté l'école de la discussion, plus enclin à se battre qu'à

228

s'étudier. Clara, au contraire, se diluait dans ses discours, tentant d'y dissoudre ses fautes.

Il y avait Ramon, le fils aîné, chez sa mère à Madrid, il y avait Manolo, confié aux soins d'une nourrice, une paysanne d'un village voisin. Sous leurs regards presque, Clara plaidait pour son enfance à elle, s'apitoyait sur elle-même, nous entraînait sur cette pente de la tricherie sentimentale. Nous oubliions les deux innocents. Nous allions plus loin, pleurant sur cette mère infortunée qui se livrait devant nous à des effusions de tendresse, serrant le petit Manolo, l'embrassant, le cajolant. Elle se défaussait sur la société, sur mille injustices, de sa responsabilité première.

Je ne me fais aucune illusion sur l'enfance ; je ne lui prête aucune innocence édénique ; je lui concède seulement la pureté de l'amour, puisqu'il ne dépend pas des enfants d'être ou de n'être pas aimés. Le scandale dont parle Jésus, c'est le refus de l'amour. Depuis plus d'un demi-siècle, je tente d'expier ce scandale. Mes frères, moi, pour ne rien dire de Clara del Monte, nous avons livré l'enfance au malheur. Nous l'avons trahie et abandonnée.

L'avocat Toribio Martinez tenait sa parole : il n'entreprenait rien contre Clara, se contentant de ne rien faire pour elle, manière subtile de l'enfoncer.

Comme elle était mariée, son époux était en droit d'exiger les comptes de la tutelle et de poursuivre son beau-père en justice ; en abandonnant son mari, Clara se mettait dans l'incapacité juridique de défendre ses droits. Don Cristobal lui avait, devant notaire, consenti une procuration maritale, mais ce document ne faisait pas d'elle un sujet légal. En clair, elle dépendait, pour son argent, de sa mère et de son beau-père. Or c'est peu dire qu'elle dépensait à pleines mains ; elle mettait à dilapider la même fureur qu'elle mettait à aimer. L'argent lui brûlait les doigts et, de son côté, Nolito en ignorait la valeur, si bien qu'ils en furent bientôt réduits à user d'expédients, Clara surtout, empruntant sur sa succession à des taux usuraires, hypothéquant ses propriétés.

Incapable de lui venir en aide, Nolito se sentait humilié, bafoué dans son orgueil de mâle. Puisqu'il était inapte à construire, il lui restait à détruire, ce qu'il fit avec sauvagerie, se jetant dans l'ivrognerie, courant les filles, passant ses nuits dans les tripots. Dans cette fureur, je reconnus mon père, ses ruades d'impuissance.

Du temps de mon grand-père, les taureaux de notre élevage jouissaient d'une réputation flatteuse. Or, vous le savez, chère Elisa Toldo, un élevage, c'est la plus ruineuse des maîtresses. Quand son père mourut, notre père découvrit sa déroute. Il eût fallu... j'ignore ce qu'il eût fallu faire, je sais que mon père ne fit rien. Il but ensuite pour oublier son inertie, et il portait d'autant plus beau qu'il n'avait rien à porter.

Cette rage d'indolence, elle transportait maintenant Nolito qui se vengeait contre Clara de son inaction. Je revois le visage de Juan, abattu. Il assistait, désespéré, au naufrage d'un amour qui était aussi le sien. Depuis son adolescence, il avait toujours été plus réfléchi, plus grave et plus méditatif que Nolito. Or il prévoyait comment l'histoire finirait, rongée par le plus abject des maux, l'argent. Cette fin le rendait amer, il s'en voulait de son inanité. Il y avait du mystique en Juan, un mysticisme espagnol, dépouillé jusqu'à l'os, sévère et digne. Il aimait Clara avec une tristesse austère.

Il venait souvent me visiter dans l'appartement que j'occupais, au-dessous de celui de ma mère, rue Serrano. Il s'asseyait près de moi, me contait comment Clara passait des nuits entières dans la rue, attendant son frère qui festoyait avec des amis et des putains. Quand il sortait du bordel à l'aube, ivre mort, il trouvait Clara ; pris de rage, il l'insultait, la frappait, la renvoyait.

« Le plus affreux, Lou, c'est qu'il ne l'aime jamais autant qu'au moment où il l'humilie. Son visage prend alors une expression de souffrance... J'ai pitié d'eux, Lou. Ils vont tout saccager, ils détruisent mes plus beaux souvenirs.

— Pourquoi ne prends-tu pas Clara avec toi, Juan ? Elle t'a toujours aimé.

— Nolito ne supporterait pas qu'elle appartienne à un autre. Lui seul s'accorde le droit de la détruire. J'ai si mal, Lou, si mal. Je les aime tous deux, je les aime tous deux d'amour. »

Nous restions de longs moments silencieux, plongés dans nos pensées.

Victimes de leur époque et de leur milieu, Clara et Nolito faisaient partie d'un monde qui allait bientôt mourir, qui commençait d'agoniser sous nos yeux, dans les vociférations des anarchistes, dans les attentats et les révoltes, dans les grèves et les mutineries, dans la colère de l'armée et les anathèmes de l'Église. Leur impuissance avait quelque chose de symbolique : ils n'imaginaient même pas ce que travailler voulait dire ; ils enrageaient de ne pas disposer, chaque matin, de la somme que le destin leur avait allouée à leur naissance. Acquérant une conscience chaque jour plus claire de son incapacité, Nolito devenait de plus en plus brutal. S'il n'arrivait pas à faire vivre la femme qu'il aimait par-dessus tout, comment justifierait-il son existence ? De ce constat de faillite, il naîtra chez lui une haine dévastatrice, aussi démente que sa folle passion pour Clara.

Il y eut encore, chère Elisa Toldo, une trêve, lorsque Clara accoucha pour la deuxième fois, cette fois à Madrid, chez sa mère. Ce fut un autre garçon, Pepe. Le visage de Nolito retrouva une expression apaisée, presque douce. Il osait à nouveau montrer son amour à Clara et il paraissait naïvement heureux d'être lui-même. Ayant partagé l'intimité des deux frères depuis l'enfance,

232

je sais, chère Elisa Toldo, quel effort il en coûte aux garçons de devenir des hommes. Je ne suis pas certaine que le sexe faible soit celui qu'on pense. La vérité des hommes, c'est qu'ils ont peur des femmes, et cette peur les rend violents et tyranniques. Plus Nolito apprenait à connaître Clara, plus aussi il avait peur d'elle, ce qui le rendait enragé. En la voyant affaiblie par sa maternité, il baissait la garde, se découvrait tel qu'en lui-même, tendre et pudique, délicat. Bouleversé par l'intensité de l'amour de son aîné, Juan s'abandonnait, lui aussi, au bonheur. Incapables de garder pour eux un sentiment puissant, ils voulaient partager leur joie avec moi, ainsi qu'ils l'avaient fait pour leurs chagrins. Ils venaient chez moi à l'improviste et nous nous retrouvions, une fois de plus, assis autour de la table, le berceau entre Clara et moi. Juan contemplait le bébé avec un air d'affliction qui me bouleversait cependant que Nolito se penchait sur l'enfant avec des sourires émus ; puis, prenant la main de Clara entre les siennes, il la suppliait de lui pardonner, jurait de s'amender, de renoncer à la boisson.

Il était sûrement sincère, mais la sincérité n'a jamais fait les conduites.

Quant à Clara, elle câlinait et embrassait son fils avec une exagération suspecte. On aurait dit qu'elle cherchait à se convaincre de la véracité de ses sentiments. Mais le bébé nous considérait tous avec gravité comme s'il avait su quel sort nous lui réservions.

Ce regard me poursuit encore ; je me pose toujours la question : quelle part de conscience se cachait au fond de ses prunelles ? Sans être maladif, Pepe avait un teint pâle et souffreteux. Dans son visage émacié, les yeux paraissaient immenses et ils nous suivaient partout.

Je me rappelle encore ma prostration le jour où nous l'avons déposé chez la nourrice, auprès de son frère.

C'était à l'automne, un soleil tiède illuminait le paysage. Nous roulions sans mot dire dans cette campagne dont je reconnaissais chaque recoin.

Nous sommes arrivés au village. Devant sa petite maison, au bout d'une rue non pavée, boueuse, avec partout des tas d'ordures, des troupeaux de porcs noirs, des poules qui s'enfuyaient en caquetant, la nourrice nous attendait, le petit Manolo accroché à ses jupes. Il devait avoir un peu plus de trois ans mais il paraissait plus grand que son âge. Descendant de voiture, Clara se précipita vers lui, l'étreignant et l'embrassant. Tout en pleurant, elle passait sa main dans ses cheveux, balbutiant des propos confus. L'enfant se tenait raide, tétanisé, et il nous dévisageait avec inquiétude, l'air de se demander ce que nous lui voulions.

Quelqu'un qui n'aurait pas connu mon frère n'aurait pas remarqué sa réaction. Je perçus l'agacement de Nolito alors qu'il se baissait pour relever Clara. « Tout de même, semblait-il dire, ce n'est pas la peine d'en rajouter. » C'était aussi ce que je pensais.

Seul Juan, un peu à l'écart, avait l'air assommé avec, au coin des lèvres, de bizarres contractions. Je reçus un choc dans la poitrine en le voyant. J'eus soudain l'intuition qu'il paierait pour nous tous. Je ne saurais pas dire ce qui causait ce pressentiment. Cela me semblait inexorable.

Nous retournâmes au domaine et, tout au long du trajet, nous observions le silence. Clara gardait la tête baissée, ne la relevant que pour jeter un coup d'œil au paysage. Son visage paraissait décomposé. Je fus saisie par sa beauté, qui sautait aux yeux chaque fois qu'elle n'était qu'elle-même, sans ce masque derrière lequel elle se cachait. Le chagrin rendait à ses traits leur pureté. Elle semblait pitoyable, serrant son mouchoir dans sa main droite, une petite fille désemparée. Peut-être aime-t-elle ses fils ? me demandai-je. Elle éprouvait de la peine, c'est certain. Elle se sentait désorientée, perdue.

Tout allait trop vite. Elle n'aurait pas su s'arrêter pourtant, tant cette course se confondait avec sa personne. J'avais l'impression que pas un instant son cerveau n'était au repos, échafaudant sans cesse de nouvelles combinaisons. Il fallait qu'il se passe quelque chose, chaque jour, chaque heure presque, des événements si possible pathétiques, extraordinaires, dont elle était le centre. Un défilement incessant d'images et de tableaux magnifiques. Il lui arrivait sans doute de se sentir fatiguée, au bord de l'épuisement, et c'est cette impression qu'elle me donna cet après-midi-là, alors que la voiture traversait une campagne âpre, couleur de rouille, flamboyante dans l'un de ces crépuscules de gloire et de langueur.

C'étaient les fêtes de la Saint-Michel ; le temps était doux, lumineux et serein, avec des soirées déjà fraîches. Nous passâmes une semaine au domaine. Séjour paisible, alangui. On respirait le soulagement résigné qui suit les enterrements. Ne venions-nous pas d'enterrer Pepe comme, trois ans auparavant, nous avions enterré Manolo ? Bien entendu, la loi, qui ne reconnaissait que le mariage religieux, était responsable de cette situation. Quand bien même le divorce et le mariage civil eussent existé, ces deux enfants n'auraient pas trouvé leur place, j'en étais persuadée. Tôt ou tard, ils auraient été mis à l'écart, enfouis dans un placard, oubliés. Dans la vie de Clara, il n'y avait place que pour son désir. Quant à Nolito, sa seule pensée était de plaire à Clara, et rien ni personne n'existait en dehors de cette femme.

Seul Juan, aveuglé par l'amour, s'obstinait à innocenter Clara. L'inertie et l'impuissance de son aîné, sa propre veulerie expliquaient, selon lui, le désarroi de cette femme qu'il s'obstinait à voir faible, désemparée.

Vers cette époque, je remarquai chez les deux frères, non pas une distance, mais une imperceptible réserve. Sur Clara, Nolito donnait l'impression d'avoir compris quelque chose que le cadet refusait de voir. Mieux que quiconque, je savais la force du lien qui les attachait l'un à l'autre. Pour la première fois, ce lien se distendait. Leur éloignement ne provenait pas de la passion car Nolito, chacun de ses regards le montrait, désirait toujours Clara. Il avait toutefois acquis une connaissance triste, qu'il ne pouvait pas partager avec son cadet. Il souffrait de l'entêtement de Juan, qui fixait sur Clara un regard de honte et de remords ; qui semblait lui demander pardon de ne pas pouvoir la défendre et la protéger. Il éprouvait pour Clara un sentiment ample, généreux, compatissant.

La situation me plongeait dans la perplexité. Souvent, je m'interrogeais : qu'avait flairé Nolito pour être devenu taciturne, d'humeur sombre et morose ?

La nuit, des étoiles filantes traversaient le ciel en un ballet féerique et mystérieux. Après le dîner, nous nous installions dans la galerie, sous les arcades, d'où la vue s'étendait sur un paysage de collines plantées d'oliviers. Nous devisions parfois jusqu'à l'aube. Six portes-fenêtres donnaient accès au salon et elles restaient souvent ouvertes. Clara s'asseyait au piano. On a dû vous parler de son jeu, chère Elisa Toldo. Je veux seulement vous dire notre émotion en entendant cette musique, Albeniz et Falla surtout, qui, résonnant dans la vaste salle, s'attardait sous les arcades avant de se perdre dans la nuit. Dans notre petite enfance, ma mère touchait le piano, un répertoire romantique, Chopin, Schumann, qui nous émouvait et nous irritait à la fois. Peut-être ne réussissait-elle pas à l'enlever à une certaine fadeur ? Aucune mièvrerie chez Clara, dont le toucher était ferme, véhément, austère presque. Elle scandait les rythmes gitans de Falla avec une telle impétuosité, une telle rage qu'elle enlevait cette musique aux orientalismes pour l'installer dans une universalité anachronique. Grâce à elle, j'ai compris pourquoi les musiciens russes furent transportés par ces mélodies et ces cadences sauvages, les accrochant, selon la jolie phrase de Lorca, au sommet des coupoles de Moscou.

D'autres soirs, Clara récitait des poèmes du *Romancero gitano*, avec une simplicité troublante dans la diction et une ampleur poignante dans la scansion. Je n'entendrai sans doute plus « La mort d'Antoñito el Camborio » dite avec cette retenue terrible.

Ce fut sûrement l'époque la plus heureuse de notre vie à quatre, celle où nous ressentîmes la force du lien qui nous attachait. Clara semblait détendue, Nolito ne m'avait jamais paru plus épris, Juan baignait dans un climat de félicité et je ressentais, moi aussi, la chaleur de leur affection. Lorsque Clara et Nolito nous quittaient pour gagner leur chambre, je ne ressentais pas

la moindre déception chez le cadet, pas un soupçon de jalousie, mais une sorte de contentement
serein qui, pour dire vrai, m'intriguait. Je pensais parfois que, si le corps de Juan restait auprès
de moi, dans la galerie, son esprit se trouvait
dans la chambre, auprès de son frère. Clara me
donnait, elle aussi, l'impression de connaître ce
dédoublement et elle avait, en prenant congé
de lui, un regard appuyé pour Juan. Elle n'aurait
rien trouvé à redire, je le devinais, à ce qu'il les
rejoigne, et de son côté Nolito aurait été ravi.
Juan cependant gardait ses distances, par crainte
d'avilir son amour dans le seul plaisir. Cette
contention magnifiait sa beauté. Plus mince, plus
élancé, le teint pâle, mis avec une élégance stricte,
sa silhouette se spiritualisait. Même ses cheveux
se disciplinaient, juste deux ondulations et toujours cette nuance indécise, entre le cuivre et le
blé mûr. Plus fort, plus animal, le sourire car-
nassier et l'œil ironique, Nolito dégageait une
sensualité lourde. La beauté de Juan causait une
vague frayeur, tant elle paraissait immatérielle.

Quant à Clara del Monte, jamais elle ne parut
plus somptueusement belle qu'en cet automne,
d'une beauté si pure et si dure qu'on ressentait
un léger malaise.

Comment empêcher la conversation de dévier
vers la politique, sujet de toutes les discussions ?
De jour en jour, les opinions se tendaient ; les
affrontements devenaient de plus en plus aigres.
Plusieurs fois, j'avais été surprise de découvrir,

239

chez les gens les plus pacifiques, une dureté proche de la haine. Une modification subtile du climat alourdissait l'atmosphère. Brusquement, un coup de tonnerre retentissait ; c'était un assassinat politique, ou un attentat à la bombe. Puis le calme revenait, mais chacun se tenait sur le qui-vive. Le plus inquiétant est que l'esprit s'habituait à la présence de la mort ; après chaque attentat, on se sentait délivré d'un fardeau, ainsi que le premier coup de tonnerre, par temps d'orage, allège la tension, créant une sensation d'euphorie.

Dans les disputes entre les deux frères, Clara n'intervenait pas, ou alors par une remarque anodine, glissée en passant. À l'impatience de Nolito, au regard de noirceur qu'il posait sur Clara, je devinais pourtant que l'altercation risquait d'éclater. Mes frères étaient naturellement monarchistes, sans discussion possible, alors que Clara…

On n'aurait su dire ce qu'elle pensait. Les phrases coulaient trop vite de ses jolies lèvres, enfilant des arguments subtils, aussi convaincants que contradictoires. Je songeais souvent qu'elle aurait pu, avec la même aisance, renverser son argumentation ; qu'elle n'avait aucune idée précise, rien qu'une vague insatisfaction. Comment d'ailleurs eût-elle été satisfaite de sa vie bancale ? d'une situation juridique absurde ? Clara parlait à côté d'elle-même, mais avec une conviction impassible. Son échec, elle l'étendait à d'autres domaines de la réalité, évoquant l'affreuse misère des campagnes, la condition des ouvriers, notamment des mineurs asturiens, propos qui mettaient Nolito hors de lui, sans doute moins à cause de leur pertinence que de leur sentimentalité. Furieux, il ne se donnait même pas la peine de chercher des arguments, invoquant l'état naturel, principe que Clara accueillait avec l'ombre d'un sourire.

« Si je comprends bien, disait-elle avec une ironie suave, les pauvres sont naturellement pauvres, et pauvres ils resteront pour l'éternité.

— Toi, tu es une idéaliste, une tolstoïenne. Tu n'entends rien à la politique.

— Parce que, selon toi, souhaiter que les hommes mangent à leur faim, que les enfants reçoivent de l'instruction, ce désir relève d'une science appelée la politique ?

— Instruction ! se récriait Nolito. Tu t'imagines que les paysans seront plus heureux quand ils auront appris à lire ? Au lieu de travailler dans leurs champs, ils trimeront dans les usines. »

L'évolution politique contribuait à creuser la mésentente, elle ne la causait pas. On dit une « histoire d'amour », manière de signifier que le récit comporte un début et une fin. Or la brutalité du commencement laissait prévoir un dénouement également violent. Clara et Nolito n'arrivaient plus à soutenir le rythme. Dès le premier instant, ils avaient couru, couru ; ils paraissaient à bout de souffle. La règle du jeu avait été fixée par Clara au moment de leur rencontre. Maintenant, ils ne savaient ni l'un ni l'autre comment la modifier. Prisonniers de leurs routines, ils mimaient une violence qu'ils ne ressentaient plus. Ils se déchiraient sans conviction, tels deux enfants qui, faute de savoir parler, échangent des coups. N'était-ce pas ce sentiment d'impossibilité que le regard de Nolito exprimait ? Il aurait souhaité établir une trêve, mais il n'osait pas s'humilier devant Clara. Dès lors, il se durcissait, se raidissait, se montrait plus brutal encore.

Celui qui m'inspirait la pitié la plus intense, c'était pourtant Juan. Il y a, chez un homme qui souffre, une incapacité à dire proche de l'animalité. Ne sachant comment montrer, il exhibe un sourire crispé, la grimace du pendu. Juan regardait Clara avec cette expression d'impuissance hébétée.

Une nuit, Clara parla longuement de son fils aîné, Ramon, qu'elle revoyait souvent et qu'elle donnait l'impression de découvrir. Elle contait, sur l'enfant, de ces anecdotes insignifiantes et touchantes à la fois.

Nolito venait de prendre congé et, au bout d'un moment, Clara se leva à son tour pour le rejoindre.

Nous restâmes seuls, Juan et moi, contemplant le paysage. Soudain, il dit :

« Une femme qui retourne chez sa mère, c'est une femme perdue dans sa vie. Clara ne sait pas où aller.

— Peut-être cherche-t-elle du réconfort, répondis-je.

— C'est notre faute à nous si elle rebrousse chemin. Nous sommes incapables de lui offrir un foyer.

— Mais tu sais bien que, s'ils vivaient sous un même toit, Nolito et elle, la police viendrait les chercher.

— À quoi bon inventer des excuses ? Nous ne sommes pas des hommes, rien que des fantoches. Nous saurons peut-être mourir, nous ne savons pas vivre. »

Je le revois, assis sous les arcades, le visage tourné vers la campagne, avec toujours son air sombre.

Juan avait raison, bien sûr ; je ne croyais pas moi-même à mes propos. Clara et Nolito se montraient partout ensemble, au théâtre, au concert, au bal ; ils étaient reçus dans les salons les plus huppés, invités à toutes les fêtes et à toutes les réceptions. Pas une fois la police ne les avait importunés. Ils vivaient en marge et au cœur de la société madrilène, situation paradoxale.

Un monde qui n'ose pas défendre ses valeurs, n'est-ce pas le signe qu'il a cessé d'y croire ? La monarchie se délitait de l'intérieur, victime de sa

243

faiblesse ou de ce qu'on appelle l'évolution, l'esprit d'une époque.

J'ai sans doute présumé de mes forces, chère Elisa Toldo. Je vais devoir m'arrêter. Je vous mentirais si je vous disais que seul mon corps est épuisé. Une tristesse plus profonde s'insinue dans mon esprit. D'ailleurs que me reste-t-il à vous dire ?

Nous rentrâmes à Madrid et la vie reprit comme devant. Nolito ne dessoûlait pour ainsi dire plus ; il perdait au jeu des sommes faramineuses que Clara devait rembourser ; il l'humiliait, l'insultait, même en public. Il devenait dément.

Je devinais que Clara ne supporterait pas longtemps cette déchéance.

Lorsqu'elle m'annonça que la nourrice lui avait écrit pour lui signaler que Pepe était souffrant, qu'en accord avec sa mère elle avait décidé de conduire les deux garçons à Biarritz, de les laisser en pension chez des voisines, je compris que le dénouement approchait. Éloigner les deux petits du domaine, c'était les séparer de leur père ; c'était les enlever à l'Espagne, leur pays. Je ne pouvais pas élever la moindre objection, puisque leur père était en effet incapable de veiller sur eux, incapable même de régler le prix de la nourrice ; que je me savais moi-même pauvre et inutile, une infirme sans le sou ; que Juan n'était guère plus riche ; que l'aîné, Alvaro, avait déjà la charge de notre mère, presque impotente. Je ne me faisais aucune illusion sur notre famille.

Je ne m'en faisais pas non plus sur Clara. Arrivés en France, les marmots s'évanouiraient dans le brouillard. N'étaient-ils pas perdus depuis leur conception ? Ils étaient le fruit de l'indépendance et du bonheur à tout prix, la face cachée des déclamations.

Nous accompagnâmes Clara chez la nourrice, Juan et moi, et je n'ai pas oublié ma honte devant ces deux bambins de quatre et deux ans, maigres, égrotants, d'une pâleur cireuse, si graves surtout, bizarrement muets, le cadet ne lâchant pas la main de son aîné, s'y accrochant avec une sorte de désespoir. Alors que Clara les soûlait de câlineries, ils restaient figés, échangeant des regards affolés. Ils ne croyaient visiblement pas aux déclarations, ni aux promesses, ni même aux baisers. Ils se savaient trahis et ils étaient résignés à survivre dans la trahison.

Je me détournai pour pleurer. J'avais beau chercher des excuses et des justifications, je savais que nous étions responsables de cette ignominie et que jusqu'à la fin de mes jours je devrais expier pour ces deux innoncents.

Au retour, Juan ne souffla mot. Il serrait le volant dans ses mains et fixait la route avec un regard dur, écoutant les babillages de Clara racontant aux enfants qu'ils allaient découvrir la mer, qu'elle les reprendrait bientôt avec elle, dès qu'ils seraient plus forts...

Le soir même, Clara quittait Madrid, accompagnée d'une gouvernante et des deux enfants.

Aux environs de minuit, alors que nous venions, Juan et moi, de dîner, Nolito arriva, les vêtements en désordre, la chevelure ébouriffée, l'air égaré.

« Elle est partie, rugit-il. Elle est partie...

— Je sais, fit Juan d'une voix sombre. Nous l'avons mise dans le train avec les enfants.

— Non, reprit Nolito. Elle est partie pour de bon... Elle ne reviendra pas. Elle nous quitte. Elle me l'a écrit, gémit-il en fouillant dans ses poches. Tiens, lis. Lis à voix haute », cria-t-il en me tendant une feuille de papier.

J'interrogeai Juan du regard, toussai pour éclaircir ma voix.

Madrid, ce 29 mars 1928.

Mon amour,

Je dis, je crie mon amour parce que je ne t'ai peut-être jamais aimé plus fort, avec une telle rage et un tel désespoir qu'à cette heure où je te quitte, sans savoir si je te reverrai, ni quand, ni dans quelles circonstances.

Entre nous, il n'y a pas place pour les reproches. Il ne doit rien exister que la claire lumière de notre amour. Te souviens-tu de cette première nuit à Saint-Sébastien, ensuite à Biarritz, au pied de la falaise, dans le roulement des vagues ? Te rappelles-tu ce premier regard entre nous ? C'est tout cela que je veux emporter au moment de te quitter.

Peut-être suis-je lâche, peut-être suis-je trop faible pour lutter contre tous. Je ne peux pas continuer ainsi. Je ne te reproche rien et je ne veux pas non plus que tu t'adresses des reproches. On ne peut rien contre la *faria**.

Nous vivons dans un pays fou où, dès qu'un boulon lâche, la machine se détraque. Dans ma vie, tout a été de travers depuis le début. Quand j'ai voulu redresser la situation, je n'ai réussi qu'à la tordre un peu plus. Tu n'y es pour rien et tu m'as donné les plus belles choses que j'aie jamais eues. Je les emporte avec moi.

J'emporte l'odeur de ta peau, le goût de ta sueur, la puissance de tes mains autour de mes hanches, ta violence et ta douceur. J'emporte le parfum de tout ce qui sort de ton corps et que j'ai bu avec délices. J'emporte ton rire et j'emporte ta haute mélancolie, quand tu fixais le plafond après l'amour, la nuque sur tes mains croisées. J'emporte tous les lieux où tu m'as aimée. J'emporte le bruit de tes pas sur les pavés de Tolède, la nuit, et tes chuchotements obscènes, délicieusement obscènes, sous les oliviers, près de Baeza. J'emporte toute l'Espagne, qui est toi, avec tes fureurs et tes délicatesses. Je chante en moi-même : « *Tardará mucho en nacer, si es que nace,/un andaluz tan claro, tan rico de aventura. /*

---

* Mauvais sort en Andalousie.

Yo canto su elegancia con palabras que gimen / y recuerdo una brisa triste por los olivos[*]. »

Ne me cherche pas ; tu risquerais de me perdre définitivement. Je reviendrai, si je dois revenir, quand je me sentirai assez forte pour affronter ton regard. Je dois m'éloigner si je ne veux pas que notre histoire tourne au sordide, je dois m'éloigner pour nous sauver de nous-mêmes.

Te souviens-tu de ma réponse quand tu as menacé de me massacrer ? « L'essentiel est que tu jouisses. » Combien de fois, depuis des années, t'ai-je redit que ma vie t'appartenait ? Je ne plaisantais pas, tu le sais.

Aujourd'hui, le mal que nous nous faisons ne nous apporte plus aucun plaisir. Ce n'est plus qu'une routine et, s'il y a une chose que je ne supporte pas dans la vie, c'est l'habitude. Il vaut donc mieux arrêter ce jeu morose.

J'emmène les enfants parce qu'ils se trouvent en piteux état. Ma mère a réussi à dénicher une pension tenue par de saintes femmes, à Biarritz. Ils y vivront au grand air, bien soignés, et ils s'y referont une santé. Ma maison regarde celle où ils vont vivre, si bien que je pourrai les voir régulièrement. J'espère que tu voudras les

[*] « *Il tardera longtemps à naître, si jamais il doit naître,/un Andalou si clair, si riche d'aventures. / Je chante son élégance avec des mots qui gémissent/et je me rappelle une brise triste parmi les oliveraies.* » (Federico Garcia Lorca, *Llanto para Ignacio Sánchez Mejías.* Traduction de l'auteur.)

voir, toi aussi, puisqu'ils sont sortis de nous et que leurs visages portent l'empreinte de notre amour, celui de Manolo surtout, reproduction d'une monnaie que je serre contre mon cœur*, seul argent que je respecterai jamais.

Pour l'heure, je m'en vais au loin, le temps d'oublier, le temps de reprendre des forces, le temps de comprendre, si j'y arrive, ce que nous avons vécu. Je pense à Juan avec une infinie tendresse. Sans rien dire, sans prendre aucune attitude avantageuse, il a toujours été présent chaque fois que j'ai eu besoin de lui. C'est un chevalier.

Si je ne t'aimais pas de la façon dont je t'aime, c'est lui que j'aurais aimé, et, pour être tout à fait franche, je crois bien que je l'aime.

Je penserai à Lou, notre confidente, notre sœur à tous les trois. Je lui demande de me pardonner. Elle t'aime tant qu'elle m'en voudra de la peine que je te cause. Mais je souffre autant que toi, à hurler, et cela la rendra peut-être plus indulgente.

En réalité, je vous écris à tous, parce que nous avons, ensemble, vécu ces années, depuis le premier instant. Quand je regarde en arrière, ton visage et celui de Juan se confondent dans la pénombre de ce bureau, à Saint-Sébastien, et

* Allusion au vers de Lorca : « *Viva moneda que nunca/se volverá a repetir* », « *Monnaie vivante qui jamais/ne sera reproduite.* » (In *Romancero gitano*.)

249

ma bouche aspire vos baisers mélangés, mes mains empoignent vos deux sexes, également durs, mon corps veut s'ouvrir de tous les côtés pour les accueillir. Vous n'avez jamais été deux, mais un seul regard avec deux yeux.

Je ne me sépare pas de toi, Manolito ; rien ni personne ne m'éloignera de toi, jamais. Je ne te fuis pas. Je souhaite seulement nous accorder une meilleure chance en nous donnant le temps, non de réfléchir — nous en sommes bien incapables, toi comme moi —, mais de respirer.

Je ne puis que te redire, une et mille fois, je t'aime. Je désire t'appartenir à nouveau quand tu sauras de quelle manière tu veux reprendre possession de celle qui reste, tienne, oui,

tienne à jamais,
CLARA.

Plus d'un demi-siècle, chère Elisa Toldo, et j'entends encore le silence qui suivit la lecture de cette lettre. Non pas un silence de circonstance, l'absence de bruit, mais le silence essentiel, qui est le fracas du néant. Nous n'étions pas surpris, comment l'aurions-nous été ? Nous étions préparés, nous savions que cela se terminerait ainsi. Pas davantage assommés. Vidés. Nos vies nous paraissaient maintenant sans but. Partout où elle passait, Clara remplissait l'espace. Avec elle, l'existence semblait à chaque instant dense, frémissante. Les minutes scandaient un rythme haletant. On se sentait transporté. Une mystérieuse énergie vous emportait. Même moi, clouée dans mon fauteuil, j'avais l'impression d'assister à un spectacle magnifique, de jouer un rôle dans la pièce. Avez-vous rencontré un de ces êtres qui, alors même qu'ils se tiennent au repos, diffusent autour d'eux un courant stimulant ? Clara irradiait et, tout à coup, nous nous retrouvions devant des existences ternes. L'ombre de l'ennui se profilait devant nous. Comment, après ce tempo de vivacité joyeuse, supporterions-nous la monotonie des jours ?

Soudain, la voix rauque et cassée de Nolito s'éleva : « *No te conoce nadie. No. Pero yo te canto. / Yo canto para luego tu perfil y tu gracia. / La madurez insigne de tu conocimiento./Tu apetencia de muerte y el gusto de su boca./La tristeza que tuvo tu valiente alegría*[*]. »

Il marqua une longue pause avant de reprendre le dernier couplet, chuchotant presque le vers final : « *y recuerdo una brisa triste por los olivos.* »

Les mots, dans leur ordre implacable, mais surtout leur rythme, le souffle du vent dans le feuillage, ce froissement léger... Jamais Nolito n'avait récité de la poésie devant nous, j'igno-

---

[*] « *Personne ne te connaît plus. Non. Mais je te chante. / Je chante pour plus tard ton profil et ta grâce. La haute maturité de ton intelligence. / Ta faim de mort et le goût de sa bouche. / La tristesse qu'avait ton allègre vaillance.* » (Federico Garcia Lorca, *op. cit.* Traduction de l'auteur.)

rais qu'il connût Lorca par cœur. Ce chant venait de Clara, il avait scandé leurs nuits d'amour.

Je revois Nolito debout devant la fenêtre et, sur ma droite, le front entre ses paumes, Juan, assis dans un fauteuil, fixant le plancher.

Nolito se retourna soudain.

« Pourquoi ne dis-tu pas que tout est ma faute, puisque c'est ce que tu penses ? Pourquoi ne me cries-tu pas que je suis un veule, un incapable ? »

Juan ne bronchait pas, toujours dans la même position. Son frère marcha vers lui.

« Lève-toi, frappe. »

Juan se releva lentement, fixa son aîné dans les yeux.

« Tu as bu.

— C'est vrai, j'ai bu. Je suis un ivrogne. J'ai tout gâché. »

Il tenta de saisir Juan par le col de sa veste mais son frère se dégagea avec brusquerie.

« Lâche-moi, tu me fait honte. »

Alors, un cri étrange retentit, un glapissement plutôt, et je vis cette chose stupéfiante : un homme de ma famille glisser à genoux, fondre en larmes, la nuque courbée.

« Lève-toi, hurla Juan. Lève-toi, Manolo. C'est indécent. Tu me dégoûtes.

— Pas avant que tu me pardonnes… J'ai besoin de ton pardon. »

Je vis Juan tituber, je vis son regard s'emplir d'une expression d'horreur, d'écœurement, puis de panique. Il fit un pas de côté, partit en courant presque vers le vestibule. J'entendis le claquement de la porte.

Nolito était toujours à genoux, tête baissée.

« Lou, gémit-il d'une voix d'enfant. Ma Lou, que nous arrive-t-il ? »

J'approchai mon fauteuil de lui, touchai sa nuque. Il posa sa joue sur mes genoux, ainsi qu'il le faisait dans l'enfance, et peut-être est-ce à cela que servent les genoux des femmes, à accueillir la douleur des hommes.

« Cette femme, Lou, c'est...

— Je sais, Nolito, il y a longtemps que j'ai compris.

— Toi, tu as vu, mais Juan, lui, ne comprend pas. Si je lui disais ce que je sais, il me tuerait... Le plus étrange est que je ne peux pas m'empêcher de l'aimer. J'attendrai son retour, Lou. J'attendrai pour moi et pour Juan. Surtout pour Juan. »

Il tint parole et cessa même de boire. Je découvrais un homme nouveau et Juan le considérait, lui aussi, avec attention, se demandant sans doute ce que cachait cette métamorphose. Leur altercation était oubliée et jamais ils n'avaient été plus proches l'un de l'autre, comme si l'absence de Clara les soudait davantage.

Ce fut, quand j'y repense, une étrange époque. Comme dans une chambre d'hôpital, nous surveillions nos gestes, contrôlions nos paroles. N'étions-nous pas des convalescents ? Un geste

253

brusque nous faisait sursauter, un mot trop haut nous effarouchait. Nous tentions de passer inaperçus, avec peut-être l'espoir que, trompé par notre discrétion, le destin nous oublierait.

Presque chaque jour, mes frères venaient me voir, déjeunaient ou dînaient avec moi. À force d'agiter les mêmes pensées, de rencontrer les mêmes personnes, ils avaient fini par se ressembler d'une manière troublante, non seulement dans leurs traits, plus délicats chez Juan, plus mâles chez Nolito, mais dans leurs attitudes. Il n'était pas rare que l'un achève la phrase commencée par l'autre ou qu'ils se mettent à parler en même temps. Là où ce mimétisme me procurait une vague inquiétude, c'est dans le secret accord autour de Clara, dont aucun des deux ne mentionnait le nom, à croire qu'elle n'avait jamais existé. Je scrutais leurs visages, étudiais leurs regards : aucune trace de l'absente. Pourtant, je les connaissais trop bien pour être dupe : Clara les obsédait, mais ils opposaient à cette hallucination une stratégie de défense, enterrés dans leur tranchée.

Les hommes tiennent face à la mort, dans la boue et dans l'apocalypse des canonnades, dans les vociférations et les gémissements des blessés, dans les hurlements de la peur, ils tiennent par l'amitié. Plus que deux frères, Juan et Nolito étaient maintenant deux amis. Ils vivaient serrés l'un contre l'autre, partageant ce qu'ils avaient de plus intime.

S'ils ne mentionnaient jamais le nom de Clara, si, durant les repas que nous prenions ensemble chez moi, ils n'abordaient que des sujets insignifiants, les derniers potins de la Cour ou les événements artistiques, un nom trahissait, malgré eux, leur obsession, celui de Lorca.

Ils avaient rencontré le poète au domicile des Morla, rue Velazquez, à deux pas de mon appartement, et, quand ils parlaient de lui, leurs voix tremblaient légèrement, une sorte de palpitation que je reconnaissais. C'était le frémissement de Clara, une excitation sourde, une impatience fiévreuse. Ils évoquaient Lorca au piano, jouant de vieilles chansons harmonisées par lui ou récitant des poèmes, ou bien encore plaisantant, riant. Ils se moquaient de sa volubilité, de cette manière qu'il avait d'accaparer la parole, de capter et retenir l'attention. Ils me le décrivaient avec sa bande, une trentaine de jeunes artistes éblouis, pérorant dans les cafés, improvisant des saynètes, procédant à des imitations irrésistibles. Ils gouaillaient son cabotinage, son sens de la dérision, son goût de la formule théâtrale, comiquement grandiloquente. Ils me faisaient entendre son rire, son accent de Grenade, avec des voyelles très ouvertes et des consonnes escamotées. Ils le montraient grave soudain, immobile, la voix lente, un souffle de marée.

Natif de Grenade où il avait passé toute son enfance et son adolescence, il était arrivé à

Madrid pour étudier le droit, et il était logé à la Résidence universitaire, la Rési, monastère laïque fondé et dirigé par des républicains. Ainsi que tant d'autres provinciaux, Buñuel et même Dali, Lorca s'était épris de Madrid, de son atmosphère villageoise et populaire, d'une société ouverte et tolérante, de Tolède, Avila, les sierras, Alcala de Henares, des banlieues où il aimait traîner et où mes frères l'accompagnaient parfois. Sa famille était aisée et la majorité de ses amis appartenait à ce même milieu, sauf quelques exceptions, des garçons plus simples, qui étaient aussi les plus intimes. Lorca n'était pas attiré par les femmes, ce qui, jadis, eût provoqué le mépris de Juan et de Nolito. Or je constatai qu'ils s'amusaient à séduire le poète, flattés de l'intérêt qu'ils lui inspiraient, dissimulant à peine la tendresse mêlée d'admiration qu'ils éprouvaient pour lui. Ils lui pardonnaient même sa couardise qu'il ne cachait pas mais étalait, au contraire, hésitant à traverser les rues à cause de la circulation, poussant des cris ridicules chaque fois qu'une automobile le frôlait. S'il y a bien un défaut que mes frères haïssaient, c'était la peur ; chez un homme, ils y voyaient une abjection. La seule religion qu'ils aient jamais eue, la hombría, imposait un style d'orgueil et de bravoure, avec la courtoisie envers les femmes. Or Lorca bafouait doublement cette foi. Comment expliquer l'indulgence de mes frères, par ailleurs si durs, si cassants ?

En les écoutant parler, je devinai le motif de leur mansuétude : dans la poésie de Lorca, ils retrouvaient Clara. Elle se confondait avec les poèmes qu'elle leur récitait, avec ce chant qui résonnait dans leur mémoire. Ils l'attendaient blottis dans les mots, dans la mélodie souple et flexible. Lorca, c'était sa vraie maison où elle finirait par rentrer. Il suffisait d'attendre.

Je compris aussi pourquoi ils me parlaient tant du poète ; n'était-ce pas pour eux la seule façon de mentionner celle dont ils s'interdisaient de prononcer le nom ?

« Clara se trouve à Madrid. »

J'eus le souffle coupé ; je n'arrivais pas à respirer. Un sifflement aigu résonnait dans mes oreilles ; la tête me tournait. Je restai un instant abasourdie.

« Depuis quand ?

— Depuis trois jours.

— Elle habite rue Goya, chez sa mère ?

— Non, elle est à l'hôtel National en attendant d'aménager un appartement, rue Castelló, à deux pas de chez sa mère. Elle vit avec son amant, un Français. Ils ont une petite fille. »

J'étouffai le cri : elle osait revenir à Madrid avec un homme ! Elle exhibait de nouveau un enfant !

J'observai Juan qui gardait un air trop calme. Il se penchait au-dessus de la flamme de son briquet, tirait une bouffée, inspectait le bout de sa cigarette. À d'autres ! pensai-je. J'enrageais contre lui, contre Clara, contre la terre entière. Mille questions se bousculaient dans mon cerveau.

Mon frère se laissa choir dans un fauteuil, expira la fumée devant lui.

« Il y a longtemps que tu sais ?

— Quelques mois, oui. Un de mes amis l'avait croisée près du rond-point des Champs-Élysées, un dancing à la mode, dans les jardins. Elle y était avec Georges Francon.

— C'est le nom du Français ? »

Juan acquiesça de la tête.

« Nolito le sait ? finis-je par demander.

— Il le saura bientôt. Elle ne se cache pas.

— Mon Dieu, il risque de la…

— Il ne lui fera rien.

— Tu penses ?

— J'en suis sûr. »

Nous restâmes un moment silencieux, face à face. C'était toujours comme ça avec Clara, brusquement la situation explosait, sans qu'on comprenne pourquoi ni comment.

« Son Français, elle l'a rencontré…

— Peu de temps après son installation à Paris.

— Tout de suite après… ?

— Deux mois.

— Deux mois ! criai-je presque. Mais… »

Je me rappelais la lettre qu'elle avait envoyée à Nolito la veille de son départ ; des phrases

258

entières défilaient dans ma tête, la dernière surtout : « … celle qui reste tienne, oui, tienne à jamais. » Je ne suis pas née de la dernière pluie, chère Elisa Toldo ; je n'ajoute pas foi aux serments d'amour, ni aux rimes avec toujours. Clara était de la même étoffe que la majorité des femmes, mais… deux mois !

« Tu t'imaginais qu'elle resterait assise dans un coin, à faire de la broderie ?

— Ce Georges Francon, qui est-ce ? demandai-je.

— Un fils de famille, comme nous ; fauché, comme nous. Beau gosse, lui aussi, avec cet air suffisant des Français. Elle choisit chaque fois le même profil. Elle a besoin de payer.

— Elle l'aime ?

— Quelle question ! Évidemment, elle l'aime. À la folie. Clara ne sait pas aimer à moitié.

— Mais les enfants, Juan…

— Oui, je sais, les enfants… »

Il se leva, s'approcha de moi, ses doigts caressèrent mon épaule malade. Je couchai ma joue sur sa main.

« Ils envisagent vraiment de vivre sous le même toit ? Mais, Juan…

— Tu penses à la police, tout ça ? Rassure-toi, bientôt ils pourront se marier. La république va être instaurée, une loi sur le divorce sera votée…

— La république ! Mais, Juan, tu es devenu fou ? Jamais le roi, d'ailleurs ton frère assure…

— Nolito sait parfaitement à quoi s'en tenir. Le roi est fichu, personne n'en veut plus. Je peux donner ma vie pour lui, je ne peux pas lui offrir mon respect.

— Mon Dieu, Juan... qu'est-ce que nous allons devenir ? »

Juan haussa les épaules.

« Juan, dis-je timidement. Tu crois que Clara... est-ce qu'elle est heureuse ?

— Clara ne sera jamais heureuse, Lou, tu le sais bien. C'est une petite fille affolée...

— Ton frère..., fis-je.

— Oh, Nolito a fait ce qu'il a pu. Il se tuerait pour elle. Mais d'où tirerait-il le bonheur alors qu'il en ignore l'existence ?

— Tu savais tout ça et tu ne m'as jamais rien dit...

— À quoi bon te dire ce que tu sais ? Car tu sais tant de choses, Lou, tant de choses... »

Il plongea ses yeux clairs dans les miens.

« Nous arrivons au bout, ma Lou, chuchota-t-il.

— Au bout de quoi, Juanito ?

— De la course. Nous sommes essoufflés, exténués. Il faut que cela s'arrête, d'une manière ou d'une autre.

— Tu l'aimes toujours, n'est-ce pas ?

— Je suis l'homme d'un seul amour, petite sœur. J'attendrai qu'elle ait besoin de nous.

— Tu penses qu'elle reviendra ?

— Bien entendu, elle reviendra.

— Pourquoi ?

— Parce que ce Georges est français, sage, raisonnable, et qu'elle est de chez nous, véhémente, impulsive. En se retrouvant par terre, elle nous appellera. Nous l'aiderons à se relever. N'est-ce pas, petite sœur, que tu lui tendras la main, toi aussi ?

— Juan, mon Juanito, tu es si beau, si clair.

— Allons, allons, ma petite sœur chérie, pas d'alanguissements. Ce qui te paraît clair en moi ne provient pas de moi. *"Tu apetencia de muerte y el gusto de su boca./La tristeza que tuvo tu valiente alegría."* »

Il avait récité ces vers avec une tendresse délicate. Je le regardai.

« Lorca, toujours.

— Sa poésie, c'est l'Espagne. C'est Clara. Et quand nous serons tous morts, il restera ce chant. »

Je suis certaine, chère Elisa Toldo, de n'avoir pas altéré le sens de nos paroles. Je n'ai cessé de passer et repasser ce dialogue dans ma tête, pendant des années, répétant chaque réplique. Je me rappelle mon ébahissement, j'éprouve encore ma colère et ma rage. Je détestais Clara del Monte, je haïssais son détachement. Plus qu'à Nolito, je pensais à Juan. Il feignait l'indifférence, prenait un air distant. Mais je sentais en moi-même sa souffrance. Je l'écoutais gémir. Il l'aimait trop pour la condamner ; jusqu'au bout, il tentera de la justifier. Je flairais pareillement son mensonge :

261

il y a longtemps qu'il savait que Clara allait revenir à Madrid, longtemps qu'il connaissait sa nouvelle vie.

Les idées se heurtaient dans ma tête. J'avais mal, chère Elisa Toldo, très mal, parce que je devinais, derrière ce retour, un défi morbide, une provocation absurde. Quelque chose m'avait échappé ; je me demandais : à quel moment Clara a-t-elle compris qu'elle était la plus forte ? À moins, me répondais-je, qu'elle l'ait toujours su. Peut-être est-ce cela que Nolito avait fini par deviner : chez Clara, il n'y avait pas de vérité ; tout était représentation, mime et théâtre. Elle interprétait ses rôles avec la même puissance qu'elle jouait du piano. On était envoûté, subjugué, fasciné, puis, une fois qu'on avait compris, horrifié.

J'avais l'impression que nous étions tous pris dans un tourbillon, entraînés chaque jour plus loin, de plus en plus vite, sans rien à quoi nous raccrocher.

Mes frères quittèrent Madrid, allèrent se réfugier en Andalousie où, chaque été, j'allais les retrouver. Nous n'évoquions pas Clara, ne citions même pas son nom. J'avais su qu'elle avait perdu sa petite fille, qu'elle avait accouché d'un autre garçon, Javier. Elle ne se cachait pas, se montrait partout avec la même intrépidité. On aurait dit qu'elle défaisait la ville, le monde entier.

Elle finira par appeler à l'aide pourtant, ainsi que Juan l'avait prévu. Je vous conterai cela une autre fois. Je m'étais fixé pour règle de ne pas hausser le ton, de ne point juger Clara. Je ne sais pas si j'ai tenu mon engagement. Je ne la hais pas, chère Elisa Toldo, je ne la hais plus. Elle m'a seulement brisée. Mon corps était déjà cassé, elle n'a fait qu'achever la besogne. Depuis que nos routes se sont croisées, *Yo ya no soy yo*, chère Elisa Toldo, mais l'ai-je jamais été ?

Votre servante,
LOU MORAN.

Dans les cahiers de tante Elisa, pas la moindre allusion au long récit de Lou Moran ; pas l'ombre d'une réaction, ni le plus petit commentaire. Que pensait-elle de ce roman fou ? Quel jugement portait-elle sur les jumeaux qu'elle devait d'autant mieux saisir que les Moran appartenaient à son monde et, par Felicita Palomares, à sa famille ? Quels sentiments lui inspirait la narratrice, partagée entre l'amour ouvertement incestueux pour ses frères et une dévotion ascétique ? Quel jugement sur Clara enfin, impulsive et rusée, calculatrice et véhémente ?

Ayant passé toutes mes jeunes années à l'étranger, les personnages me semblaient aussi extravagants que ceux des romans russes que je lisais à Paris, tous affublés de noms imprononçables qui ajoutaient à ma confusion. Je retrouvai mon angoisse quand j'écoutais, enfant, les récits de ma parente dans le jardin d'Estepona, et j'aurais soupçonné Lou Moran d'exagération si mes recherches sur Lorca ne me faisaient à chaque pas rencontrer des caractères plus frénétiques encore. Je ne pouvais pas me décharger de cette brutalité sur le tempérament espagnol, car la dureté de l'Espagne paraissait bénigne, comparée à l'inhumanité froide et technicienne de l'Europe dite civilisée. Ce qui changeait, c'était le style, plus décisif et plus âpre.

Je n'étais pas surprise que le cadavre et le sépulcre hantent la poésie de Lorca. Je percevais cette allégresse funèbre chez Clara, la reconnaissais chez les deux jumeaux dans la tristesse de leur « allègre vaillance ». Partout, il y avait de la joie, mais désespérée, de la grâce, celle du petit Federico parlant aux libellules ou se relevant dans la nuit pour causer avec ses marionnettes, si seules et si froides dans leur inertie.

« Au moment d'entreprendre un voyage, en souhaitant "bonne nuit" à un être cher, toi, moi, et nous tous pensons à la mort qui nous assiège. Sans cette obsession fixe, terrible, effrayante, l'existence serait différente[*], confie Lorca à son ami Carlos.

Le récit de Lou avait cette même trépidation funèbre, une danse macabre.

Je regrette d'autant plus la réserve de tante Elisa que j'ai appris à estimer sa rigueur. Est-ce

* Propos de Garcia Lorca, cités in Carlos Morla Lynch, *op. cit.*

sa droiture qui la rend circonspecte ? Ces enfants qu'on dépose ici et là, qu'on embrasse et cajole pour mieux les écarter, comment ma parente, si consciente de sa responsabilité, ne serait-elle pas choquée par une telle inconscience ? Sortant d'une liaison agitée, ni facile ni grave, à l'image de l'époque, j'aurais aimé me confier à tante Elisa. À cause probablement d'un oubli, j'ai dû avorter alors que j'étais enceinte de huit semaines. Je me rappelle mon abattement en quittant la clinique. Je doute qu'il y ait des femmes pour qui avorter soit un acte facile. Je me sentais à la fois vide et coupable ; coupable d'avoir suspendu le mouvement d'une vie, vide parce que cette vie faisait partie de moi-même.

En lisant le récit de Lou, comment n'aurais-je pas ressenti ma propre responsabilité ? J'ai toujours détesté les hommes qui se sentent autorisés à juger et condamner les femmes alors qu'ils ignorent ce qu'elles éprouvent. Je me sens également éloignée des femmes qui déclarent d'un ton péremptoire : « Nous sommes maîtresses de nos corps. » Est-on libre de disposer de ce qui, en nous, nous dépasse ? Cette préférence forcenée de soi, elle exprime l'esprit de l'époque, et c'est sans doute pourquoi je me sens étrangère à mon temps.

Ma grossesse résultait d'un incident technique. Qu'aurait inspiré à tante Elisa ce raisonnement purement mécanique ? Je ne doute pas que, pensant au sort de l'enfant, elle aurait, sinon approuvé, du moins compris ma décision ; en aucun cas elle n'aurait admis que je veuille m'innocenter.

Tout au long de mon aventure avec Domingo, j'ai songé à Clara ; chaque fois que j'avalais ma pilule, je me posais la question : cette liberté l'aurait-elle sauvée ? J'en doute. Il existe bien un mystère, un point noir, et plus je fore avec ma tante dans la vie de Clara, plus l'abîme se creuse.

Tonia se trouvait maintenant aux premières loges et son témoignage permettait à tante Elisa d'y voir clair dans ce qui, au premier chef, la préoccupait : pourquoi, comment Clara del Monte avait-elle quitté Nolito et l'Espagne, emmenant les deux enfants ? Questions naïves pour Tonia.

Depuis le jour où elle avait plaqué son mari pour s'enfuir avec Manolito — jamais Tonia ne disait Nolito, diminutif qu'elle jugeait ridicule —, depuis cet instant ç'avait été, entre sa mère et elle, la guerre ouverte. Doña Mercedes ne pardonnait pas ce scandale dont la honte, gémissait-elle, l'éclaboussait. Moins encore se sentait-elle prête à excuser l'abandon de Ramon qu'elle avait recueilli, le confiant aux soins d'une gouvernante suisse, et dont la vue lui rappelait, à chaque heure, l'inconduite et surtout l'irresponsabilité de Clara. Du matin au soir, elle se lamentait, s'emportait, passant des gémissements aux menaces. Le moindre des reproches n'était pas l'accusation de démence, héritage de son

267

père, verdict que Tonia acceptait avec sa bonne humeur habituelle. Pour la servante, il paraissait évident que Clara était folle à lier, ce qui d'ailleurs coupait court aux investigations psychologiques. Qu'y avait-il à expliquer dans l'insanité ?

Assommé — « sonné », disait Tonia —, le mari donnait l'impression de ne rien entendre à ce qui lui était arrivé. Il visitait chaque jour sa belle-mère, s'asseyait dans le grand salon, gardait un silence d'hébétude. Épris de sa femme, il ne comprenait pas par quelle aberration elle avait pu, en une minute...

Ils avaient quitté Madrid ensemble, ressassait-il, d'excellente humeur l'un et l'autre, ils s'étaient arrêtés à Burgos pour déjeuner, arrivant à Saint-Sébastien autour de dix heures du soir, à temps pour dîner sur la terrasse après avoir inspecté la maison qu'ils avaient louée, sur les pentes de l'Igueldo, dominant la baie et le golfe de Gascogne. Ils avaient embrassé le bébé dans son berceau. Venu la veille par le train avec la nourrice, il n'avait pas, selon cette dernière, souffert du voyage, ajoutant que l'air de la mer l'avait laissé groggy.

Les vacances s'annonçaient paisibles, le mois d'août à Saint-Sébastien, septembre à Biarritz. Don Cristobal s'était inscrit au concours de tir au pigeon et envisageait de reprendre des leçons de tennis ; Clara parlait de se remettre au cheval. Ils avaient trouvé, en débarquant, des dizaines de cartons d'invitation pour des bals et des fêtes, car ils étaient un couple à la mode.

Rien, absolument rien ne laissait prévoir...

Même lorsque Clara avait prononcé ces mots : « Je pars pour de bon », Cristobal n'avait pas vraiment compris. Les jours suivants, il avait attendu son retour, persuadé qu'il s'agissait d'un malentendu. Impossible, se disait-il, qu'elle ne revienne pas, ne serait-ce qu'à cause du petit ; on n'abandonne pas son enfant sans... Mais les heures, les jours passaient. Des amis habitant du côté français lui avaient téléphoné : Clara se montrait à Biarritz avec Manuel Moran, affichant leur liaison d'une manière ostentatoire. Cristobal écoutait, répondait distraitement, puis raccrochait. Il entendait, bien sûr, ce qu'on lui disait ; il n'assimilait pas, toujours cette impression bizarre que quelque chose lui échappait. Les femmes de chambre, la cuisinière prenaient, pour s'adresser à lui, un ton ouaté, lui faisaient des sourires compatissants. Il devinait leurs commérages dans l'office ou la cuisine.

Pendant quelques jours, il vécut une existence d'automate, accomplissant des gestes, tenant des propos, mais sans habiter sa vie, une pure routine. Enfin, il sentit le ridicule de sa situation, seul avec son bébé et les domestiques dans cette grande maison, et, au bout d'une semaine, décida de rentrer à Madrid. Il faudra bien, se raisonnait-il, qu'elle revienne un jour ou l'autre, ne fût-ce que pour prendre ses affaires. Alors, elle s'expliquera. Car il s'obstinait toujours à vouloir comprendre, persuadé qu'il y avait une explication.

C'est à ce moment-là que la rumeur l'atteignit : Clara, lui apprit-on, racontait partout que sa mère et son beau-père l'avaient contrainte à épouser le docteur après que ce dernier l'eut violée. Il pensa d'abord que c'étaient des inventions, dues à la malveillance. Comment Clara eût-elle pu lancer des accusations si démentes ? Quand des personnes dignes de foi eurent confirmé l'exactitude des propos, il tomba des nues. « Je n'ai jamais violé Clara. Je suis incapable d'une pareille infamie », répétait don Cristobal avec, selon Tonia, un air ébaubi. De la même manière qu'il avait refusé de croire qu'elle ait pu le plaquer sur un coup de tête, sans fournir le moindre prétexte, il ne pouvait imaginer qu'elle fût capable de le calomnier.

Tonia, qui ne cachait pas son affection pour lui, le décrivait comme un homme loyal ; un travailleur acharné, un type consciencieux, ainsi que ses amis le définissaient. Grand, robuste, mis avec une sobre élégance, on lui reconnaissait un caractère affable. Ce n'était pas un génie, disait l'un de ses confrères, ce n'était pas non plus un imbécile. Or, dans le salon de la rue Goya, la nuque inclinée, les yeux vides, le visage défait, il avait, disait Tonia, un air misérable, répétant :

« Je ne l'ai pas violée », protestation qui ravissait la servante. « Pour sûr que non, il ne l'avait pas violée. C'est plutôt elle qui l'aurait violé. » Et son rire la secouait tout entière, tant les frasques et les mensonges de Clara avaient l'air de la divertir.

Doña Mercedes s'efforçait en vain de lui remonter le moral, il l'écoutait à peine. Pas davantage ne prêtait-il l'oreille aux exhortations, notamment de déposer une plainte pour abandon du domicile conjugal, aggravé d'un abandon d'enfant. C'était son droit, certes, mais il refusait de l'exercer, arguant que son orgueil lui interdisait de contraindre une femme à partager sa vie contre son gré. Il s'inquiétait seulement de l'avenir de son fils, dont il refusait de confier l'éducation à sa femme. Il fut donc convenu que doña Mercedes veillerait sur lui jusqu'à ce que le père décidât de le reprendre.

Doña Mercedes semblait déçue par l'attitude de son gendre, qu'elle accusait, en son absence, de mollesse et de veulerie. Elle aurait souhaité qu'il fasse preuve d'autorité, qu'il défende ses droits avec énergie, et comme Toribio, son époux, ne montrait pas non plus un grand enthousiasme à l'idée de poursuivre Clara en justice, elle en concluait que tous les hommes étaient des lavettes.

C'est vers cette époque qu'elle adopta un genre de vie hypocondriaque, passant ses nuits à dévorer des romans que Tonia allait lui chercher à

271

la bibliothèque, dormant jusqu'à midi, traînant ensuite jusqu'à cinq heures avant d'appeler le chauffeur pour une promenade dans la campagne, le plus souvent vers l'Escurial. Elle ne cessait de se plaindre et de récriminer, consultant des médecins, se découvrant sans cesse de nouvelles maladies.

Pour Tonia, les folies de Clara l'avaient rendue malade ; pour tante Elisa, sa maladie s'appelait peut-être la honte. Ayant perdu la face, doña Mercedes n'osait pas se montrer.

Depuis des années, Mercedes tentait de se forger une armure de moralité. Cet effort de respectabilité, Clara venait, une fois de plus, de le ruiner. À beaucoup qui commençaient à oublier les rumeurs et les soupçons, la sortie fracassante de Clara rafraîchissait la mémoire ; impossible pour Mercedes de jouer le rôle de la mère ulcérée par les frasques de sa fille. Ces craintes, tante Elisa les comprenait d'autant mieux, glisse-t-elle du bout de la plume, que, dans sa propre famille, on se scandalisait de l'inconduite de Clara et on se rappelait du même coup les bruits sur le testament et la mort suspecte du père. Confondant les deux événements, on lâchait avec une grimace que, dans cette famille, décidément, rien n'était bien ragoûtant.

Mercedes soupçonnait sa fille de provoquer exprès des scandales dans le but de ternir sa réputation. Depuis son adolescence à Biarritz, puis au pensionnat de Bayonne, avec son mari ensuite, avec ce Manuel Moran, chaque fois le même scénario se répétait, soupçons que tante Elisa confirme avec une calme assurance : « Évidemment, oui, Clara vise sa mère », écrit-elle. J'avoue ma surprise : il est rare que ma parente se montre si péremptoire.

Elle ne marquait pas non plus la moindre hésitation en déclarant que, si Toribio rechignait à engager une procédure contre Clara, sa mansuétude s'expliquait par le calcul.

Jamais l'avocat n'aurait imaginé que sa belle-fille le seconderait dans ses projets en se mettant d'elle-même hors la loi. Qu'apporterait un procès, sauf le risque de changer la situation juridique de Clara ? Pour Toribio Martinez, il était mille fois préférable qu'elle conservât son statut de mineur légale, sans compter les avantages qu'il retirait de sa patience et de sa discrétion. Dans son cercle, devant ses amis, partout il prenait un air de dignité offensée, glissant avec un sourire modeste que sa belle-fille se plaignait d'avoir été violée et contrainte au mariage, accusation qui, au vu des circonstances, semblait en effet ironique. Rien, dans la conduite de Clara, ne paraissait indiquer qu'il fût si simple de la violer.

Absorbé par ses spéculations financières, l'avocat se souciait en réalité de Clara comme d'une guigne, maintenant qu'elle était dans l'incapacité de nuire. D'une élégance tapageuse, plus séducteur sicilien que jamais, la moustache frisée et parfumée, l'avocat se donnait des airs importants, vendant des immeubles et des terres, d'un rendement, selon lui, ridicule, pour acheter des actions, principalement américaines, Wall Street battant tous les records de hausse. Il se prenait pour un génie de la finance, un J. P. Morgan, et, ouvrant chaque matin son journal, il s'admirait de se découvrir plus riche que la veille au soir, prodige qu'il attribuait à son intelligence. Seul regret, sa femme se montrait moins confiante dans l'avenir et, partant, moins admirative.

Mercedes approchait la cinquantaine ; c'était l'une de ces femmes dont les hommes disent d'un ton admiratif : « Ç'a dû être une femme superbe ! » manière de suggérer que sa beauté appartient au passé mais que le présent n'est pas pour autant négligeable, un automne superbe. Elle s'habillait exclusivement à Paris, avec un goût très sûr ; son allure restait imposante. Quelque chose dans son regard avait pourtant changé ; la dureté s'était diluée dans une tristesse mêlée d'amertume. Petit à petit, elle se retirait de la vie, se confinait dans sa chambre, dans son lit, ne faisant que de rares sorties pour se rendre au théâtre, à l'opéra surtout. Dans sa manière de penser, de subtiles modifications avaient également lieu ; depuis que Clara s'était

274

enfuie avec Manuel Moran, ses convictions monarchiques vacillaient. Elle haïssait les jumeaux qu'elle accusait de reluquer la fortune de sa fille, leur reprochant leur paresse, leur morgue stupide. Mercedes étendait ses griefs à l'ensemble de la noblesse, jusqu'au Palais. Ce monde de prétention et d'inanité, elle se mettait à le haïr avec fureur, et Tonia évoquait avec quelle joie féroce sa maîtresse fredonnait, après une représentation de *Rigoletto* à l'opéra, « *Courtisans, vile race...* », couplet vengeur qu'elle entonnera de plus en plus souvent.

À cet endroit, ma parente remarque que cette hostilité gagnait de larges couches de la population, notamment dans les villes.

Sans peut-être s'en rendre compte, Mercedes rejoignait les sentiments de son premier mari, républicain fervent, admirateur de la France, adorateur de la Révolution. Or cette francophilie traçait une frontière entre républicains et monarchistes, les derniers, le roi en tête, étant des partisans de l'Allemagne et de l'empereur Guillaume, quand les premiers organisaient, en pleine guerre mondiale, des banquets en l'honneur des ministres français, avec force libations et discours enflammés. La défaite de la Prusse, le démantèlement de l'Empire austro-hongrois avaient porté un rude coup au prestige du monarque et la maladroite dictature du général Primo de Rivera avait achevé de ruiner son influence. Depuis les défaites de la guerre du

Maroc, le roi, qui n'avait jamais été aimé ni respecté, s'enlisait dans une indifférence dédaigneuse.

Le plus inattendu pour moi fut de m'apercevoir que, loin de s'offusquer de la réaction de Mercedes, tante Elisa avait l'air de la partager, écrivant dans la marge, après le nom de Manuel Moran : « Des voyous et des fainéants. Bien sûr, ils reluquent la fortune de Clara. Ils ne savent rien faire d'autre que chasser la dot », sévérité qui m'étonne d'autant plus qu'elle s'exerce contre les siens.

Tonia s'amusait follement du choc entre la mère et la fille. Après le retour de Clara et de Nolito à Madrid, ce n'étaient, s'esclaffait-elle, que cris, injures à faire dresser les cheveux sur la tête. Dans ces disputes, la fille, d'une alacrité plus cruelle, frappant plus vite et portant des coups plus ajustés, prenait le dessus ; Mercedes sortait rompue de ces joutes. Elle devait ensuite garder le lit, passant ses nuits à pleurer. Si elle perdait les batailles, elle gagnait cependant la guerre, serrant ou desserrant les cordons de la bourse avec un sens très sûr de la stratégie ; grâce aussi à son abattement qui éveillait chez Clara une pitié sincère, et même une curieuse tendresse. Après chaque orage, les deux femmes bavardaient des jours et des nuits, la fille assise au bord du lit de la mère. « Ces deux-là,

ricanait Tonia, c'est à n'y rien comprendre !
Un jour à s'entre-tuer, le lendemain à se faire
des mamours. »

Le mari fit, rue Goya, une apparition spectaculaire, arrivant de nuit, les vêtements froissés,
les cheveux en désordre, la mine hagarde. Le matin, il avait eu une longue discussion avec Clara
dont il était sorti abasourdi. Elle avait maintenu
ses accusations, soutenant qu'il avait versé des
hypnotiques dans sa boisson avant d'abuser d'elle
et qu'il avait agi en connivence avec sa mère et
son beau-père. Ahuri par son aplomb, se demandant si elle avait toute sa raison, il essaya de la
convaincre. Mais elle ne démordait pas de ses
allégations et, tout en proférant ses mensonges,
gardait ses yeux plantés dans les siens. Ce cynisme l'avait glacé. De quoi une telle femme ne
serait-elle pas capable ? Il avait l'impression de
tomber de plus en plus profond, se demandant
comment il avait pu vivre avec Clara sans se
douter un instant... Qui donc était cette créature qu'il ne reconnaissait pas ?

Interrompant le récit de Tonia, tante Elisa
remarque que don Cristobal ne sera pas le dernier à découvrir avec stupeur cette étrangère et
que, tout au long de sa vie, Clara del Monte por-
tera des accusations calomnieuses avec un sang-
froid imperturbable. « C'est chez elle, observe-
t-elle, un véritable système et, chaque fois qu'elle
accuse quelqu'un d'un crime, on peut être sûr
qu'elle est la véritable coupable. »

Rendu furieux, don Cristobal menaça sa femme de déposer plainte et il put observer à ce moment que la peur la rendait non seulement docile, mais douce et confuse. Il comprit qu'elle n'était venue que pour engager une négociation dont son fils était l'enjeu. Une somme d'argent et une certaine indépendance contre Ramon, tels étaient les termes du marché auquel, homme de conscience, Cristobal souscrivit, sous deux conditions : tout serait fait devant notaire et, dans l'acte, Clara reconnaîtrait avoir abandonné son mari et son fils, s'interdisant ainsi de jamais solliciter la garde de Ramon. Elle accepta de bonne grâce.

En débarquant rue Goya aux environs de minuit, don Cristobal ne se rappelait plus ce qu'il avait fait depuis le début de l'après-midi, marchant au hasard dans les rues. Tonia lui servit un encas car il avait oublié de dîner. Il soupa dans la petite salle à manger, face à doña Mercedes qui tentait en vain de le réconforter. Il n'avait plus qu'une hâte, quitter Madrid, regagner Porto Rico où il pensait rester quelque temps. Plus ahuri que furieux, il ne savait que répéter : « Elle me regardait droit dans les yeux. »

« Celle-là, Jésus-Christ lui-même, elle l'aurait fixé dans les yeux en l'accusant de lui avoir mis la main où je pense… », concluait Tonia.

Luciano Contrera
Avocat
Formalités administratives
BP 23
PORTO RICO

Madame Elisa Toldo
MADRID (Espagne)

Porto Rico, le 11 novembre 1989.

Très distinguée Madame,
Volontiers je vous communique les renseignements que j'ai pu obtenir.

Cristobal Santaver, docteur en médecine et chirurgien, demeurait en effet dans notre ville depuis près de six ans. Il était arrivé ici après la mort de son père, survenue à Murcie, Espagne. Il a vécu chez son oncle paternel, avocat dans notre cité et honorablement connu de tous.

À l'époque dont vous me parlez, la rumeur publique prêtait au neveu l'intention de s'installer

279

chez nous et même de s'y marier, puisqu'il était officiellement fiancé à une dénommée Julia Soriano, demoiselle très distinguée appartenant à une excellente famille de planteurs, dont il a eu un fils, déclaré à l'état civil et reconnu le 6 mars 1921, Emilio Santaver Soriano.

Don Cristobal serait retourné dans la métropole afin de rassembler les documents nécessaires à l'établissement du dossier prénuptial. Mais vous devez connaître la suite mieux que je ne la connais.

Ici, le choc fut terrible. On sut par ailleurs que la demoiselle Clara del Monte était tout à fait ravissante et, surtout, immensément riche, argument qui avait dû peser dans l'esprit de don Cristobal, dont l'ambition était connue de tous. Si le charme ne suffisait pas, l'importance de la dot l'a sans doute ébloui. On apprit qu'il avait ouvert une clinique tout à fait moderne, dans le quartier le plus huppé de Madrid.

Vous ne me devez pas un sou, très distinguée Madame, car rien n'a été plus simple que de récolter ces renseignements auprès de mes prédécesseurs. Ou plutôt si, vous me devez un de vos livres orné d'une dédicace, si vous avez la gentillesse de me l'adresser.

Avec mes sentiments très respectueux, je suis, chère Elisa Toldo, votre serviteur,

LUCIANO CONTRERA, AVOCAT.

J'imaginais sans peine la stupéfaction de tante Elisa en lisant cette lettre car j'étais moi-même ébahie de découvrir que don Cristobal avait eu un fils quelques mois avant son mariage avec Clara ; qu'il avait reconnu l'enfant et que, de toute évidence, il était décidé à épouser la mère. Je me rappelais mon ahurissement en trouvant, dans le dossier, la photo du mariage. Si elle partageait ma stupeur, ma parente n'en montrait pourtant rien. Son écriture courait, paisible et régulière ; il fallait une attention extrême pour remarquer que la plume appuyait à certains endroits sur le papier avec une sorte de rage. Quelques termes frappaient par leur violence, notamment *abjection* et *infamie*, chacun souligné avec force. Pour avoir écrit à Porto Rico, elle devait sans doute avoir conçu des soupçons sur cette union, qui m'avait moi-même intriguée. Si elle ne s'emporte pas, cela s'explique d'abord par son tempérament, hostile aux manifestations ; cela signifie aussi que, dès qu'il est question de

281

Clara del Monte, rien, absolument rien ne l'étonne.

Ce n'est pas Clara qui embarrasse tante Elisa, c'est Cristobal : connaissait-il l'avocat Toribio ? Si oui, quel genre de conciliabule ont-ils eu ensemble ? Ont-ils conclu un accord ?

L'intrigue est claire : Toribio Martinez a invité son jeune compatriote avec l'espoir que, mise en présence d'un solide gaillard, plutôt bien de sa personne, Clara... Tout se déroula comme prévu. Dès que sa belle-fille fut enceinte, la question se posa de la réparation et de la dot, discussion des plus simples puisque le fiancé se sentait deux fois coupable, vis-à-vis de sa fiancée lointaine, et vis-à-vis de Clarita, une jeune adolescente. Il ne pouvait dès lors qu'accepter les conditions de l'avocat qui, magnanime, offrit un capital suffisant pour installer la clinique, le rêve du Dr Santaver. Il n'y eut ni viol ni complot, mais Clara ne fabulait pas en accusant sa mère et son beau-père de marchandages sordides. Les fabulateurs mentiraient-ils tout le temps et à tout propos, ils causeraient moins de dommages autour d'eux, mais ils s'appuient souvent sur un fond de vérité qui rend leurs propos incertains, d'où un brouillage. Le viol était une accusation calomnieuse, mais l'intrigue existait bel et bien.

Depuis sa petite enfance, l'argent décidait du destin de Clara. Elle n'était qu'un jouet entre les mains des adultes, attirés et fascinés par sa fortune. Même son mariage se révélait être une imposture. En le cassant, hasardait tante Elisa, Clara tentait peut-être d'échapper au piège, protestant contre le sort qu'on lui imposait. Que se serait-il passé, poursuit ma parente, si Nolito avait été un homme responsable, capable de la soutenir ? Lucide, elle pose cependant une autre question : s'il n'avait pas été cet asocial, Clara s'y serait-elle intéressée ?

Cristobal Santaver, lui, qu'avait-il flairé de ce traquenard ? Il n'avait pu résister aux cajoleries et aux avances d'une toute jeune fille, de surcroît richissime. Il l'a aimée, on en a des témoignages et des preuves, car toute sa vie il se montrera envers elle d'une élégance parfaite ; il s'est persuadé qu'elle partageait cet amour et, dindon de cette farce sinistre, il est tombé des nues quand elle l'a plaqué avec fracas, blessé qu'elle ait pu de surcroît l'accuser de l'avoir violée. Au moment de la séparation, il se montrera, malgré ces calomnies, digne et chevaleresque, rendant à Clara son indépendance. Il retournera ensuite à Porto Rico, renouera avec sa fiancée et passera sa vie avec elle, gardant le sentiment d'avoir vécu un mauvais rêve.

Preuve, pour ma tante, qu'il n'était pour rien dans cette intrigue abjecte, il regagnera l'Espagne avec Julia Soriano à la veille de la guerre civile afin de veiller sur son fils. Ils élèveront ensemble les deux garçons.

Est-ce dire qu'il ne se douta de rien ? Aurait-il accepté si aisément la rupture et la séparation, sans rien tenter pour retenir son épouse, s'il n'y avait aussi trouvé son intérêt ? On connaît la prodigalité et l'insouciance de Clara, abandonner sa dot était assez dans sa manière et, pour conserver sa clinique, le docteur était sans doute prêt à bien des concessions.

Pour Clara, comment trancher ? Savait-elle ? A-t-elle deviné quelque chose ? Tante Elisa pose les questions sans y répondre.

S'il fallait à Mercedes un prétexte supplémentaire pour détester les jumeaux, ils le lui fournirent en menaçant Toribio, ce qui revenait à la menacer, elle. « Du chantage ! » hurla-t-elle avant d'ajouter : « Pas ça, pas un sou ! » faisant claquer l'ongle de son pouce entre ses dents. Elle ferma toutes les vannes, et Clara en fut réduite à faire des emprunts ; de son côté, Nolito, humilié, but de plus en plus, courut les bordels, fréquenta les tripots, frasques qui, contait Tonia, emplissaient sa maîtresse d'une joie mauvaise. La crise approchait d'autant plus vite que Clara, disait la nourrice, « aurait tué Jésus et sa Mère » pour de l'argent, son seul et véritable amour, affirmation que ma parente tempère. « Elle aime peut-être l'argent, mais pour le dilapider et le distribuer, attachement pour le moins étrange. »

Cependant, tout chez Clara n'est-il pas bizarre et contradictoire ?

Prise à la gorge, Clara revint rue Goya, d'abord discrètement et sous prétexte de voir Ramon avec qui elle se montrait soudain tendre, attentive, lui racontant des histoires, s'asseyant au piano pour lui jouer de vieux airs espagnols. « Une vraie maman », ricanait Tonia.

Au fil des mois, les visites se firent plus longues ; Clara restait déjeuner ou dîner avec sa mère, laquelle feignait de ne rien déceler de bizarre à une métamorphose si subite. « Elles jouaient au chat et à la souris, applaudissait Tonia, sauf que, vieille chatte, ma maîtresse était plus maligne et qu'à ce jeu de la patience elle se montrait la plus rusée. »

Clara venait d'acheter une voiture américaine et prenait plaisir à courir les routes autour de la capitale, vers Ségovie, Alcala de Henares, le parador de la sierra de Gredos, et surtout l'Escurial, où l'air, à en croire les Madrilènes, était plus sain. Souvent elle emmenait son fils, enchanté de ces escapades.

Bientôt, Clara resta coucher chez sa mère et, le matin, un matin madrilène, c'est-à-dire midi, les deux femmes prenaient leur petit déjeuner ensemble dans le mirador, en regardant défiler la foule. Elles devisaient paisiblement, Clara exprimant enfin son découragement et se plaignant de sa situation, sa mère lui répétant que rien ne pourrait s'arranger tant qu'elle n'aurait pas mis de l'ordre dans sa vie, étouffant le scandale. Le simple fait que sa fille eût engagé les pourparlers était pour Mercedes la preuve qu'elle était prête à couper avec ces voyous, mais elle connaissait assez Clara pour éviter de lui montrer sa satisfaction, si bien qu'elle avançait avec circonspection, sans oublier de jouer de sa lassitude et de sa mauvaise santé.

Sa fatigue était-elle feinte ? Pas tout à fait à en croire Tonia, qui décrivait ses insomnies, ses crises de larmes, ses plaintes. Elle devinait que son mari la trompait et, outre la jalousie, éprouvait l'amertume de sa condition. Au-delà de quarante ans, une femme, surtout en Espagne, était considérée comme vieille : Mercedes prenait tristement congé de l'amour.

Sa vie avait passé et elle commençait d'établir un bilan, guère réjouissant, surtout à cause de sa fille dont elle avait peur. Quelque chose chez Clara l'épouvantait ; ne se sentant pas tout à fait innocente, Mercedes s'accusait d'avoir « engendré un monstre », son expression, à en croire Tonia. Quand bien même sa fille romprait avec Manolo, accepterait d'aller vivre à l'étranger pour se faire oublier, elle finirait bien, chuchotait Mercedes en secouant la tête, « par inventer quelque chose », suggérant qu'elle était mue par une force qui la poussait à franchir les limites, toujours plus loin.

Enfin, l'heure arriva des propositions : Mercedes lui suggéra de placer les deux bâtards en pension, à Biarritz, de s'installer à Paris pendant un temps, d'où elle pourrait aisément rendre visite à ses enfants, d'attendre enfin que le tumulte s'apaise. En contrepartie, Clara jouirait d'une entière indépendance financière.

La décision était prise depuis longtemps dans sa tête, Clara n'attendait qu'un prétexte, si possible noble et généreux. Quel motif plus émouvant que la santé de ses enfants ? Elle quitta Madrid le cœur déchiré, forcée par sa mère et son beau-père de se séparer de ses fils, contrainte de s'éloigner du seul homme qu'elle eût jamais aimé. Dans l'après-midi, elle écrivit une très belle lettre à son amant ; ensuite, elle pleura beaucoup dans le train, chagrin qui enthousiasmait Tonia, qui se tapait sur les cuisses : « Celle-là quand même, quelle comédienne ! »

Sur les trois années que Clara vécut à Paris, tante Elisa se montre aussi discrète que sur ses années de pensionnat à Bayonne, pensant peut-être qu'il n'y a rien à en dire, ou des banalités. Ainsi se contente-t-elle d'indiquer les différentes adresses de Clara, rue Daubigny d'abord, dans le dix-septième arrondissement, où son père avait acheté un immeuble de rapport ; rue du Docteur-Blanche ensuite, dans le quartier quelque peu excentré d'Auteuil, une maison, ceinte d'un assez beau jardin, où, dans sa jeunesse, don Francisco del Monte aimait à séjourner. Elle donne ensuite une liste de cabarets et de dancings, sans oublier les grands couturiers, une modiste de la rue du Cirque, le coiffeur du rond-point des Champs-Élysées. Une vie, en somme, superficielle et futile, bien remplie cependant, faite pour distraire une mère éplorée, une amoureuse meurtrie.

Georges Francon apparut au bon moment pour chasser le cafard, la seule erreur de Juan

Moran étant la date de la rencontre, non pas deux mois après l'arrivée à Paris, mais vingt-trois jours, différence sans grande importance, ajoute ma parente avec une ironie froide, teintée de mépris. Elle brosse du nouvel amant un court portrait, beau gosse, très imbu de sa personne, d'une élégance affectée, fier de ses bonnes manières, issu d'une excellente famille. Naturellement sans métier ni diplôme, comptant sur ses relations pour se frayer un chemin dans l'existence, et comptant tout autant sur les femmes pour le soutenir et le pousser. Clara, qui dépensait à tout va, faisant la « bamboula » avec une bande de copains (je me demande où ma parente a pêché ce terme bizarre), Clara tombait à pic ; les noms de villes n'étaient que les scènes de cette java effrénée : Deauville, Le Crotoy, Cannes, Monte-Carlo, Biarritz.

S'il s'agissait d'une passade ou d'une liaison sérieuse, tante Elisa se gardait de décider, ayant renoncé à employer le mot « amour » à propos de Clara del Monte. Ce fut une passion pourtant, aussi véhémente que celle qu'elle avait éprouvée pour Nolito, aussi enflammée et aussi loquace, remplie de déclamations et de poèmes.

Français, Georges, bien que flatté, se méfiait de cette agitation. Tout en s'abandonnant au mouvement frénétique qui emportait sa génération, il gardait les pieds sur terre. Son enfance n'avait pas été des plus heureuses, avec un père austère et une mère avare d'affection. Il rêvait d'un foyer et songeait à fonder une famille, peut-être avec Clara, si elle consentait à se calmer. Elle approchait des vingt-six ans, âge qui n'était plus tout à fait la jeunesse.

Clara subit alors une métamorphose, la jeune excentrique des années 1925 s'effaçant devant la belle jeune femme des années 1930, plus grave, presque sévère, cultivée et réfléchie. Elle voulut reprendre ses études et s'inscrire à l'université de Madrid, en sectioin lettres (plus tard, elle s'octroiera généreusement trois doctorats et de nombreuses mentions alors qu'on ne possède aucune preuve qu'elle se soit inscrite) ; elle se remit à l'étude du piano, notamment les *Partitas* de J.-S. Bach, qui devinrent son morceau de bravoure. Elle écrivit des poèmes « influencés » par Federico Garcia Lorca, des nouvelles, une pièce de théâtre inspirée du mythe de Don Juan. Son personnage tendra alors à se fixer dans une image évoquée par tous les hommes qui l'ont aimée : assise dans le lit, les cheveux (superbes) défaits, un châle sur les épaules, écrivant rageusement, des dizaines de feuillets éparpillés autour d'elle.

De son côté, Georges envisageait de s'installer en Espagne, l'un de ses parents lui ayant proposé un poste au Crédit Lyonnais de Madrid. Clara décida donc de discuter avec Mercedes des conditions de son retour en Espagne, puisque sa mère n'avait pas montré les dents en apprenant sa nouvelle liaison.

Elle partit seule en voiture, s'arrêta plusieurs jours à Biarritz pour embrasser ses fils. Elle leur avait écrit de Paris, leur promettant des cadeaux, évidemment magnifiques, qu'elle avait oublié d'envoyer ; elle leur jura de les reprendre bientôt, quand elle pourrait épouser leur père ; ils vivraient alors tous quatre ensemble, heureux. Elle leur consacra plusieurs journées trépidantes, et ils en furent éblouis. L'effet que ces apparitions fascinantes et ces promesses mirifiques pouvaient avoir sur leur esprit, pourquoi s'en serait-elle inquiétée ? Si elle-même ajoutait ou non foi à ses promesses, tante Elisa ne se le demandait plus, non qu'elle tînt Clara del Monte pour irresponsable, mais parce que les critères moraux ne s'appliquaient de toute évidence pas au personnage. Elle avait, disait ma parente, des « sincérités successives », chaque fois assez lucide pour ne rien oublier des romans qu'elle débitait aux uns et aux autres. Ainsi Georges Francon ignorait-il l'existence de ces deux garçons et celle de leur père, ne connaissant que le mariage à seize ans, suite au viol.

À peine débarquée à Madrid, Clara appela Nolito car elle se méfiait de son caractère imprévisible. S'il allait s'aviser de menacer Georges ou, pis, de le frapper ? Elle lui fixa un rendez-vous dans un salon de thé, près de la Gran Vía, en lui faisant jurer de garder le secret, même vis-à-vis de Juan.

Cet entretien, tante Elisa n'a pu en avoir eu vent que par Felicita Palomares, qu'elle voyait alors régulièrement, ce dont témoignent ses notes.

Nolito fut ponctuel au rendez-vous et Clara le revit avec émotion. Il avait mûri, semblait plus calme, plus sûr de lui, d'une virilité tranquille. Il s'assit face à elle et ils restèrent un long moment à se contempler. Enfin, Nolito dit qu'il endossait sa responsabilité dans l'échec de leur amour. Il attendrait patiemment, ajouta-t-il, tout le temps qu'il faudrait, car il n'aimerait jamais une autre femme. Il avait arrêté la boisson et le jeu.

Émue par sa fidélité, troublée par sa prestance, rassurée sur ses intentions, Clara sentit ses yeux se remplir de larmes. D'une voix émue, elle lui décrivit sa solitude à Paris ; son désespoir en se retrouvant seule, séparée de ses enfants et de lui, qu'elle n'avait jamais cessé d'aimer ; elle lui raconta sa rencontre avec Georges, combien il s'était montré délicat envers elle, lui offrant son épaule — l'épaule, solide ou robuste, était, note ma parente, une image récurrente chez Clara, qui en amour affectionnait les lieux communs.

« Je ne te reproche rien, dit-il. J'ai tout fait pour que nous soyons séparés. Je n'ai pas le droit de récriminer ni de me plaindre. Ce que je saisis mal, c'est pourquoi tu me mens.

— Te mentir à toi ?

— Tu mens tout le temps et à tout le monde, Clarita. C'est plus fort que toi. Tu n'as jamais été seule ni désespérée. Tu as rencontré ton Français trois semaines après avoir débarqué à Paris où, soit dit en passant, tu menais joyeuse vie.

— Nolito... Tu penses vraiment... ?

— Écoute-moi bien, Clara. Je ne me fais aucune illusion sur ton caractère. Quand nous nous sommes rencontrés, je ne t'ai pas prise pour la supérieure des carmes déchaussés. Je sais comment s'appelle l'épaule que tu apprécies chez un homme. Si je suis venu, c'est que je t'aime et t'aimerai tant que je vivrai. Ne me raconte pas d'histoires. Nous valons mieux que ça, toi comme moi. Tu es fidèle à ton Français ?

— Pas avec toi, jamais.

— J'ai loué une chambre dans un hôtel voisin, le Florida, au nom de Perez. Monte, fous-toi à poil, attends-moi nue dans la pénombre. Je ne veux pas de lumière, ni de roman-photo. Cette fois, c'est moi qui fixe les règles : je te laisserai tranquille avec ton Français, tu n'as rien à craindre, puisque c'est ce qui t'inquiétait.

— Je ferai ce que tu voudras. »

Il alluma une cigarette, la regarda s'éloigner. Il avait toujours su qu'elle reviendrait vers lui.

Dans la chambre, Clara attendait, tournant le dos à la porte et regardant la rue. En entendant le bruit de la poignée, elle se retourna. C'était Juan, et il mit son doigt sur ses lèvres, commandant le silence. Clara ne fut pas surprise par son apparition. Elle avait toujours su qu'il finirait par prendre la place qui lui revenait.

Quand tout fut fini, la nuit tombait. Juan la regarda s'habiller :

« Tu es à nous, dit-il. Tu l'as toujours été. Nous sommes à toi également. Chaque fois que tu auras besoin de nous, nous serons à tes côtés. Je le jure. Tu sais que je ne mens pas.

— Je suis heureuse, Juan...

— Chut, ne dis rien. Je t'ai toujours aimée. »

Il quitta la chambre le premier, suivi quelques minutes après de Clara, qui se perdit dans la nuit.

Selon Tonia, sa maîtresse se montrait plus ironique que fâchée de la nouvelle idylle de sa fille, répétant que ça devait se terminer ainsi. Éprouvant une sympathie médiocre pour les Français qu'elle jugeait infatués d'eux-mêmes, elle ne s'étonnait pas non plus de la maigre situation de l'amant. Peut-être sa fille avait-elle besoin de se sentir en tout la plus forte, à moins qu'elle ne fût pas assez sûre d'elle-même ?

De plus, Mercedes avait des préoccupations plus urgentes. Le génie boursier de l'avocat montrait ses limites ; avec l'effondrement de Wall Street, c'est toute sa fortune ou presque qui risquait d'être engloutie dans ce désastre. Affolée, elle avait eu recours à un expert financier qui rendit son verdict : Toribio Martinez avait non seulement fait des placements hasardeux mais il s'était rendu coupable de manœuvres frauduleuses et de détournement des fonds de la tutelle.

Il y avait longtemps que Mercedes préparait sa revanche ; elle déposa, au nom de sa fille, une plainte en suspicion légitime. Dans cette guerre, elle avait besoin de Clara, si bien que Georges passa au second plan. Folle de joie de reconquérir sa mère, ivre de fureur et de haine contre l'avocat, la fille signa la plainte avant de filer à toute vitesse vers Paris, où elle resta encore un mois.

Pour la quatrième fois, elle se trouvait enceinte, et elle souhaita accoucher à Madrid, près de sa mère, qui lui écrivait des lettres de plus en plus tendres et confiantes. Rien ne réunit comme la haine, et les deux femmes se retrouvaient dans leur volonté d'écraser l'avocat qui avait dû quitter piteusement la rue Goya.

Toutes les ruses et toutes les félonies de sa vie avaient fait le vide autour de Mercedes. Pas une amie. La nuit, elle appelait Tonia, la faisait asseoir au pied de son lit, lui parlait du passé, sans être certaine que la servante comprenait ses propos.

Tante Elisa fait une digression sur les réactions, à première vue déconcertantes, de Tonia, qui résultent moins, selon ma parente, d'une appréhension différente de la réalité que d'un mode de narration purement séquentiel, les événements s'emboîtant par des adverbes temporels — alors, puis, ensuite, plus tard, avant, etc. Aucun lien logique, nulle trace de causalité. Tonia archive des scènes qui se suivent sans s'engendrer, ce qui lui donne une mémoire plane, sans profondeur ni relief. Rien n'explique rien, chaque fait implique un autre fait. Elle écoute sa maîtresse de la manière dont elle regarde un film, amusée ou bouleversée par chaque épisode. Si le comportement de Clara la réjouit, c'est que, d'une séquence à l'autre, elle ne retrouve pas le même personnage, bizarrerie que seule la folie permet de comprendre. Dès que Clara apparaît, Tonia se demande : que va-t-elle encore inventer ? et cette attente la met d'avance en joie.

Le désir d'accoucher à Madrid, près de sa mère, Tonia le juge raisonnable, et son départ précipité de Paris, une conduite en accord avec ce désir ; mais, prise de douleurs en arrivant à Biarritz, le travail de délivrance débute aussitôt, sans qu'il soit possible, un dimanche soir, de trouver un médecin, si bien qu'elle met au monde une ravissante fille, Isabel, aidée d'une sage-femme et de Georges, lequel assiste pour la première fois à un accouchement. Ces circonstances appartiennent déjà à l'univers de Clara, fait d'accidents stupéfiants. N'est-il pas loufoque d'accoucher juste en face de la villa où ses deux fils se trouvent « en pension » ? de passer là deux semaines avec son nouvel amant, sans se soucier de ce que les demoiselles qui gardent ses enfants peuvent penser ? sans non plus craindre que Georges n'apprenne l'existence des deux marmots ? Ces inconséquences ravissent Tonia.

Elle riait toujours, avec une nuance d'amertume et de dédain, en racontant comment, plus tard, dans un hôtel de Saint-Sébastien, Clara avait laissé la petite seule dans son berceau, devant une fenêtre ouverte, pour entraîner Georges à une corrida. La petite avait pris froid et, en arrivant à Madrid, une pneumonie s'était déclarée.

Quand la fillette mourut, Clara, désespérée, fit imprimer des faire-part de deuil, l'image d'un ange avec ses ailes déployées, les yeux levés vers le ciel, et elle les envoya à ses amis, émue de recevoir leurs condoléances. Elle écrivit à Nolito une si belle lettre que Lou et ses frères pleurèrent en la lisant.

Son chagrin ne résista pas à l'envie de faire à Georges les honneurs de son pays ; elle se mit à courir les routes au volant de sa voiture, n'hésitant pas à foncer de nuit vers Tolède où elle réveillait le gardien pour visiter, à minuit passé, la maison du Greco. Il y avait son charme, son affabilité, il y avait surtout son pourboire, trois mois de salaire pour le malheureux, qui se confondait en courbettes et en remerciements. Quant à Georges Francon, il découvrait, ébloui, un pays qui donnait l'impression d'appartenir à un autre siècle. Ce mélange de misère et d'orgueil, de drôlerie et de cruauté, de brutalité et de poésie, le fascinait. C'était un autre monde, hors de l'Europe ; Madrid, sans industrie ou presque, le subjuguait par son indolence, par son élégance rustique. On y respirait une bizarre douceur de vivre, telle que dans une ville coloniale.

En attendant que leur appartement de la rue Castelló, à deux pas du domicile de Mercedes, fût prêt, ils logeaient à l'hôtel National et, le soir, Clara jetait sur ses épaules un châle de Manille ; ils partaient, bras dessus bras dessous, danser dans les bals populaires, notamment à La Bombilla, un Moulin de la Galette madrilène, à la limite de la campagne, fréquenté principalement par des employées de maison. On les voyait aussi à toutes les corridas, festoyant avec Cagancho et Curro, deux toreros gitans ; au théâtre, à l'opéra, aux premières des pièces de Garcia Lorca. Clara l'emmenait en Andalousie, à Grenade, à Santander, sur la côte cantabrique, en Castille, notamment à Salamanque. Comment n'aurait-il pas été épris d'un pays qui s'offrait à lui avec une telle générosité ?

Il apprenait l'espagnol, qu'il finirait par parler couramment, avec juste une pointe d'accent. Il se montrait assidu dans son travail au Crédit Lyonnais, au point que ses supérieurs lui proposèrent la direction de la succursale de Séville, promotion flatteuse qu'il déclina pour rester auprès de Clara. Il ne touchait pas un salaire faramineux mais il gagnait assez bien sa vie, participant aux frais du ménage. Contrairement à Nolito, il n'aurait jamais accepté de vivre entièrement aux dépens d'une femme.

III

« Puisqu'on est toujours seul à posséder
un souvenir, tout souvenir est un secret. »

SÖREN KIERKEGAARD,
Étapes sur le chemin de la vie.

Si l'existence semblait, dans la capitale, légère, l'atmosphère, dans l'ensemble du pays, devenait de plus en plus tendue ; « effervescence », note Carlos Morla, excellent observateur de la situation politique. Il n'hésite pas à écrire que la monarchie est menacée, malgré les dénégations des fonctionnaires de la Cour dont l'un lui fait cette déclaration magnifique : « Ils (les républicains) sont perdus parce que le roi est immortel », analyse dont la subtilité laisse pantois. Plus sérieusement, les monarchistes se disent sûrs de remporter les élections municipales dont les adversaires d'Alphonse XIII entendent faire un plébiscite ; les campagnes, encadrées par les curés et les caciques, voteront « bien » ; quand même les villes accorderaient une majorité aux républicains, pourquoi le roi devrait-il s'avouer vaincu ?

Dans la description de ce dimanche d'avril, clair et ensoleillé, je devinai le témoignage personnel de ma tante, alors âgée de onze ans. Elle

303

dépeint la nervosité régnant dans les rues avec partout des attroupements, des échauffourées ; elle montre, acclamés par la foule, les taxis arborant les couleurs républicaines ; des policiers et des gardes en uniforme à tous les carrefours, et surtout, dans l'atmosphère, une électricité qui met les nerfs à vif, avec les accents de l'hymne républicain s'échappant des fenêtres.

En début de soirée, les résultats qui arrivent au ministère de l'Intérieur confirment les prévisions : dans les provinces, les monarchistes l'emportent largement, grâce aux votes des campagnes. Venu aux nouvelles, Carlos Morla repart chez lui : le roi garde la majorité. Cependant que Bébé se prépare, il revêt son uniforme de gala pour se rendre à un dîner organisé de longue date au Ritz par l'ambassade d'Allemagne. Décoration somptueuse, toilettes ravissantes, bijoux scintillants, mais atmosphère lugubre, observe-t-il.

Derrière les rideaux, des vociférations, des détonations, des courses et des cavalcades : les gardes chargent à cheval. Bruits de sabots sur les pavés, qui marquent la fin d'une époque. Des siècles s'abîment dans ce tumulte étouffé, ceux d'une monarchie séculaire, ceux d'une civilisation rurale où les bêtes trouvent encore leur place dans les villes.

Vers dix heures, quelqu'un apporte une nouvelle stupéfiante : ce n'est pas, pour les républicains, un succès, c'est un triomphe : dans les grandes villes, dont Madrid, un véritable raz de

304

marée balaie les candidats gouvernementaux.
Autour des tables, les figures s'allongent, le
silence s'alourdit ; le repas se traîne, languis-
sant. Vers minuit, la rumeur tout à coup circule :
le roi a démissionné ! Il quitte le Palais dans
l'heure qui suit ! Les convives se lèvent, pâles,
la mine défaite ; les femmes sortent leurs mou-
choirs. Démissionner ? Le mot rend un son obs-
cène. Comment un roi pourrait-il démissionner ?
Pour ne pas abdiquer, explique un familier de
la Cour, c'est-à-dire pour sauvegarder les droits
de la couronne. Car la république, ce régime tri-
vial, ne saurait durer ; Alphonse XIII reviendra
bientôt. Sur ce, l'assemblée se disperse. Une
débandade, un sauve-qui-peut... « un tremblement de terre », glisse Carlos Morla.

Ses conséquences se feront longtemps sentir.

Toute la nuit, Clara et Georges ont parcouru
la ville en voiture, un drapeau républicain sur
leur capot, au milieu d'une marée humaine qui
hurle sa joie.

Ils se dirigent vers le Palais, théâtre d'une scène
telle qu'on n'en voit qu'en Espagne. Face à la
foule qui ne cesse de grossir, de pousser, de crier,
un mince cordon d'adolescents, en bleu de travail, espadrilles aux pieds, avec un bandeau républicain autour du bras. Se tenant par la main,
formant une chaîne, ils crient : « On ne passe

pas ! On ne passe pas ! La reine est seule avec les infants ! »

Le roi a quitté Madrid le premier en direction de Carthagène, le port militaire, après une déclaration brève et digne. Les résultats des élections l'autorisent à se maintenir, mais il refuse, dit-il, de verser le sang des Espagnols. Accompagnée des infantes, du jeune infant, hémophile et, ce jour-là, malade, la reine se prépare à rejoindre son époux par le train. Cette poignée d'adolescents misérables monte la garde sous les fenêtres éclairées d'un appartement où une mère et son fils malade bouclent leurs valises et, quand les grilles du Palais s'ouvrent, quand les voitures sortent, l'une après l'autre, la foule retient son souffle ; on entend un léger murmure ; l'infant, murmure-t-on, pleure et refuse de quitter Madrid : « Le pauvre petit ! Il n'a rien fait, lui », soupire une femme, phrase rapportée par plusieurs témoins.

Tante Elisa s'attache, elle, aux détails du protocole. Sur le quai de Carthagène, écrit-elle, un détachement de la marine rend les honneurs ; l'orchestre joue la *Marche royale* ; en foulant le pont du croiseur *Príncipe Alfonso*, le souverain agite son chapeau : « Vive l'Espagne ! » crie-t-il très fort, et, sur le quai, des officiers éclatent en sanglots.

Noms de personnalités, de lieux, de villes ; des chiffres, par catégories sociales — prêtres, évêques, religieux, propriétaires fonciers, bourgeois, commerçants — et par mode d'exécution — fusillés, assassinés, victimes d'attentats —, on devine quel tableau tante Elisa entendait brosser de l'agonie de la république, condamnée, dès sa naissance, tant par les forces conservatrices que par les gauches. Après des journées euphoriques, une liesse bon enfant avec partout des foules enthousiastes et pacifiques, l'atmosphère très vite se dégrade. Incendies d'églises et de couvents, assassinats de prêtres et d'évêques, expulsion de religieuses et occupation des couvents, les ministres républicains rechignent à imposer l'ordre ; Miguel Maura, ministre de l'Intérieur, citera ce mot d'un de ses collègues : « Il faut laisser le bon peuple républicain se défouler. » Dans les campagnes, les paysans sans terre se précipitent sur les grandes propriétés qu'ils occupent, assassinant et mutilant les caciques. Les victimes se comptent par milliers et ma parente tient à préciser qu'elle ne retient que les chiffres des services républicains.

Ce qui ressort de ces notations pointillistes, c'est l'explosion des haines, résumées en une formule qui fit alors fureur dans les rangs des gauches : « Tout, et tout de suite », mot d'ordre signant l'arrêt de mort de la légalité républicaine. Les gauches étaient divisées : un courant anarchiste, hostile à toute autorité, s'opposait à la minorité communiste, froide et disciplinée ; et, au milieu, se trouvait un parti socialiste lui-même scindé en deux tendances, l'une réformiste autour de Prieto, l'autre révolutionnaire avec Largo Caballero. Les divergences font dégénérer l'agitation en un chaos qui se traduit par d'incessantes provocations qui exaspèrent les haines des droites. Une prise du pouvoir eût non pas justifié mais légitimé la phraséologie et la violence révolutionnaire ; laissé à l'abandon, ignoré de tous, bafoué par la rue, le gouvernement légal s'enfonce. Seul le crime s'impose, sauvage, souvent bestial, chaque faction disposant de ses milices et de ses prisons. Les enlèvements, les assassinats deviennent une routine sanglante, les droites, phalangistes en tête, ripostant et abattant leurs adversaires à coups de pistolet. Jour après jour, un mois après l'autre, le pays glisse dans la violence.

Cette peinture d'une agonie, l'écriture tremblante et déformée de tante Elisa montre assez pour quelle raison elle ne la fit pas. Pour elle aussi, la mort approchait.

Tonia, qu'elle voyait souvent, qui logeait chez elle lors de ses visites à Madrid, lui contait le déclin de sa maîtresse qui vieillissait à vue d'œil dans son immense appartement, ne sortant de son lit que pour aller jusqu'au mirador où, assise devant sa coiffeuse, elle contemplait le mouvement de la rue, notamment les défilés, de plus en plus fréquents ; le poing fermé, la foule passait sous ses fenêtres en chantant l'hymne de Riego dont elle trouvait les paroles ineptes : « *Si les moines et les curés savaient/la taloche qu'ils vont recevoir, / ils grimperaient au chœur en chantant : Liberté, liberté, liberté !* » Elle haussait les épaules, excédée : peut-on écrire un hymne national d'une telle stupidité ? Plusieurs fois, des miliciens en bleu de travail s'étaient présentés chez elle en armes et ils avaient « réquisitionné » une partie de l'argenterie, raflé des bijoux et de l'argent liquide, cependant que leurs compagnes, la cigarette aux lèvres, inspectaient les salons en ricanant. Doña Mercedes n'avait pas protesté, se contentant de leur dire : « Je vous en prie, messieurs, servez-vous », bénignité qui avait indigné Clara.

« C'est du vol, maman. Ils n'ont pas le droit.

— Le droit, où vois-tu le droit, ma fille ?

— S'ils reviennent, insistait Clara, téléphone-moi. Je leur dirai deux mots, moi !

— Pour qu'ils te logent une balle dans la tête ? Ils entrent en armes dans les meilleurs hôtels et dans les restaurants, ils menacent le propriétaire ou le maître d'hôtel ; les miliciennes se servent dans les boutiques, sans que personne n'ose appeler la police. Une réquisition révolutionnaire, affirment-ils. Non, ma petite, non, il ne sert à rien de discuter. Nous savons très bien comment tout cela se réglera, toi et moi. »

Dans son *Journal*, Carlos Morla, toujours aussi fin observateur, ne dit pas autre chose : « L'Espagne évoque un volcan dont l'éruption peut se produire d'un jour à l'autre. »

Un mot, cerclé de rouge par tante Elisa, résume le sentiment général : angoisse. Non la peur d'un danger, laquelle submergera bientôt le pays, mais une peur sans objet, vague et d'autant plus effrayante. Tante Elisa, qui approchait alors de l'adolescence, m'a souvent décrit l'atmosphère de la capitale, telle d'ailleurs que la restituent les mémoires des contemporains, oppressante, lourde, avec partout la présence des gardes et des policiers. La nuit, les rues restaient vides ; les rares passants se hâtaient, rasant les façades.

Pour Georges et pour Clara, il devenait clair qu'une explosion allait se produire et que la déflagration risquait d'être terrible. Ils convin-

310

rent de rentrer en France, lui partant le premier afin de préparer leur installation cependant qu'elle attendrait avec leur fils — Clara avait accouché de Javier en 1933 — qu'il eût déniché un emploi. Il quitta Madrid en 1935 et Clara se retrouva seule avec l'enfant dans l'appartement de la rue Castelló, au dernier étage, dont la vaste terrasse dominait la ville, jusqu'aux bois de la Casa del Campo. Chaque jour, elle écrivait à Georges (le divorce ayant été voté, ils attendaient les papiers de Porto Rico pour se marier) de longues lettres qu'il lisait avec émotion et que Garcia Lorca eût certainement appréciées car elles contenaient des poèmes qui, sans être des plagiats, étaient des adaptations très fidèles.

Le soir, Clara passait rue Goya, où elle restait une heure ou deux avec sa mère, de plus en plus morose et atrabilaire ; cédant aux prières de son fils, elle s'asseyait ensuite au piano et jouait pour le petit Javier qui, blotti sous l'instrument, écoutait avec une ferveur inquiétante. Sa mère l'avait surnommé Tchoun-tchoun parce que, fou de musique, il imitait l'orchestre en arpentant le couloir et en jouant des cymbales : tchoun-tchoun-tchoun.

En partant, Clara le confiait à Tonia, devenue sa gouvernante. C'était, contait Tonia, une petite créature à l'aspect maladif, avec de grands yeux bruns et des cheveux ondulés. Il n'aurait pas dû survivre tant, à sa naissance, il était chétif et malingre, vomissant le lait de la nourrice, encore une Galicienne. Son sommeil était agité, entrecoupé de cauchemars, et il se réveillait à moitié étouffé, brûlant de fièvre, en proie à des crises d'angoisse qui se terminaient dans les convulsions. En le regardant, Mercedes hochait la tête et murmurait : « Avec un père français et une mère pareille, le mieux serait pour lui de mourir vite, car il n'aura pas un destin bien fameux.

— Voulez-vous vous taire, méchante femme ? » se récriait Tonia en serrant l'enfant contre son flanc.

Javier, qui sentait que sa grand-mère ne l'aimait pas, évitait de rentrer dans sa chambre et ne quittait pas sa gouvernante, collé à elle, son visage enfoui dans ses jupes, couchant avec elle et s'endormant les bras autour de sa taille. Au plus profond de son sommeil pourtant, il continuait d'attendre sa mère et de guetter son retour, avec une attention frémissante qui faisait hocher la tête à Tonia. C'était de l'amour, certes, et, si l'on veut, anormal, mais c'était plus que de l'amour, une passion sombre et fanatique. En entendant le bruit de la clé dans la serrure, il se précipitait dans le long couloir, courant et hoquetant, les bras ouverts, et quand Clara le repoussait : « Tu vas me décoiffer, voyons ! » il restait planté devant elle, les bras ballants, les yeux remplis de larmes, dans un état de sidération. Du reste, il faisait preuve d'une identique sensibilité envers des inconnus, les bêtes même.

312

Tous les jours, Tonia le conduisait au Retiro. Sur le chemin, Tchoun-tchoun découvrit un après-midi un marmot de son âge, trois ans peut-être, haillonneux, l'air affamé, qui, recroquevillé sous le porche d'un immeuble, fixait avec une expression de voracité son goûter, qu'il tenait dans la main. Foudroyé, Tchoun-tchoun resta immobile, puis tendit son goûter avant de fondre en sanglots.

« Ce n'étaient pas des pleurs comme en versent les enfants, quand un spectacle inconnu les inquiète. Non, c'étaient des larmes venues du plus profond, elles durèrent plusieurs jours. Voyez-vous, ce gosse, il n'était pas fait pour vivre parmi nous. Il s'attachait pareillement aux animaux du zoo et, devant les singes, me demandait : ils ont faim, eux aussi ? Si je l'ai aimé, c'est qu'il ne ressemblait pas aux autres. Il avait l'air perdu parmi nous. Si je le grondais, je n'obtenais rien de lui, mais il suffisait que je lui dise sur un certain ton : tu m'as fait de la peine, Javier, et il fixait sur moi un regard humide : pardon, Tonia, je ne le ferai plus. »

Clara n'était pas, selon Tonia, si seule que ça et, si elle lui confiait l'enfant pour la nuit, c'est que les frères Moran étaient de retour ; tout en écrivant de grandes lettres à Georges Francon, Clara, effrayée par la dégradation de la situation, avait appelé les jumeaux au secours et ils avaient accouru, fous de bonheur. Elle passait la nuit avec eux, rassurée par leur présence car elle hésitait sur la conduite à suivre : quitter tout de suite Madrid pour gagner la France avec son fils ? attendre que Georges lui fasse signe ?

Au fond de la peur, m'avait confié plusieurs fois tante Elisa, il y avait une absurde confiance qui empêchait de raisonner sainement. Sans doute, pensaient les gens, un coup d'État aura lieu, mais tout sera réglé en quelques jours, dans un sens ou dans l'autre. Du reste, rien ne pouvait être pire que cette lente décomposition de l'État, les services publics se diluant l'un après l'autre et le désordre s'installant partout.

Nolito et Juan avaient rejoint la Phalange peu après sa fondation et ils écumaient de rage, l'aîné plus furieux, plus brutal, le cadet plus froid, plus impassible. Ils ne supportaient plus les vexations et les humiliations des miliciens, ni la peur dans laquelle leur famille vivait. Ils détestaient ces politiciens, incapables de faire respecter l'ordre public. Ils haïssaient à l'espagnole, avec une détermination farouche, impatients de se venger. Fascinés par Hitler et le nazisme, ils rêvaient d'une révolution nationale, ce serpent de mer de toutes les bourgeoisies européennes. Confiscation et nationalisation des terres, des banques, des assurances, obligation de travailler (*sic*), dictature impitoyable... savaient-ils bien ce qu'ils disaient ?

Tous deux veillaient sur Clara, la protégeaient :

« N'aie pas peur, ma jolie. Si quelque chose arrive, tout sera fini en quelques jours. À Madrid, la population est à nos côtés, elle vomit ces députés maçons qui ont plongé le pays dans l'abîme. »

Clara les écoutait, se serrait contre eux, souriait, mais... les croyait-elle ? Son enfance ne l'avait pas préparée à faire confiance. Certes, elle « aimait » Nolito, plus mûr, plus fort, plus tranquille aussi ; elle éprouvait une tendresse anxieuse pour Juan qu'elle regardait souvent avec une intensité troublante. Elle suivait les deux frères qui vivaient entourés d'une bande de copains, tous phalangistes véhéments, tous remplis d'une haine meurtrière contre la populace, haine que les miliciens, passant en groupes devant les terrasses des cafés où les frères s'attablaient, leur rendaient. Clara s'affichait partout avec eux ; comment les gens de gauche ne l'auraient-ils pas considérée comme une fasciste ? Riche et oisive, elle vivait entourée de phalangistes ; qui aurait ajouté foi à ses protestations libérales ?

Le petit Tchoun-tchoun adorait Nolito qui le prenait dans ses bras, le soulevait en l'air : « Alors, petit bonhomme, tu veux faire l'avion ? » mais c'est surtout Juan qui témoignait d'une bizarre affection pour l'enfant, le contemplant souvent avec une expression de mélancolie, de désespoir presque, lui adressant des sourires tendres. Devinant cet attachement singulier, Tchoun-tchoun courait vers lui, l'appelant *tío*

Juan, se blottissant dans ses bras et s'endormant parfois, sa tête sous le menton de l'oncle.

« Ma parole, se moquait Nolito, tu es une vraie mère.

— Qui sait si, un jour, il n'aura pas besoin d'amour ? Il se souviendra peut-être alors d'avoir été aimé. »

Entre deux sommeils, dans la pâleur de l'aube, Clara entendait le bruit de la clé dans la serrure, les pas dans le couloir, la porte de la chambre ; elle apercevait une nuque, des épaules, un dos d'homme, et ce creux des reins qui la bouleversait ; elle respirait une odeur de sueur et une autre odeur, plus violente. Ce qu'elle aimait par-dessus tout dans cette attente indécise et langoureuse, c'était l'indétermination. Auquel des deux frères ce dos à peine entrevu appartenait-il ? Elle hésitait parfois sur l'identité du visiteur, reconnaissant l'aîné à l'épaisseur de sa verge alors que celle du cadet, plus longue, effilée, évoquait un poignard. Nolito se montrait plus brutal, alors que Juan faisait preuve d'une lenteur insupportable, d'une cruelle délicatesse, mesurant chaque caresse, retenant ses élans. Plus maîtrisée, sa fureur semblait plus dangereuse à Clara, dont les yeux rencontraient parfois ceux de Juan qui la fixaient avec une attention sévère : « Quand je te fais l'amour, chuchotait-il, je veux que tu me regardes, moi, non ton désir, qui m'appartient. » Ce n'était pas un ordre et Juan ne s'adonnait pas à un jeu de domination ; c'était un constat, dressé avec une sèche précision. Clara devinait que Juan l'aimait avec une ardeur mystique et qu'il ne supportait pas qu'elle tentât de s'échapper dans ses fantaisies. Il la voulait présente, absolument, sans arrière-pensée, et cette exigence l'effrayait. Elle sentait que cet homme n'hésiterait pas à la tuer si elle s'avisait de trahir son esprit. Il s'y prenait avec tant d'habileté et de tranquillité, à lui arracher sa jouissance, qu'elle baissait ses paupières, murmurait : « Merci. » Alors, il souriait, passait le bout de ses doigts sur son front. Sa voix murmurait : « Petite fille. »

Parfois, un second corps se glissait dans le lit ; une main plus large et plus puissante la relevait, la retournait ; une verge s'offrait à ses lèvres cependant qu'une autre labourait lentement son corps. Clara léchait la sueur d'un ventre, aspirait une langue. Tout se déroulait dans le silence, entre veille et sommeil, mais elle savait qu'elle couchait chaque matin avec la mort et que les mains qui la caressaient ou l'écrasaient gardaient encore les traces du sang. Car elle connaissait désormais le secret de cette odeur forte et entêtante, qui était celle de la poudre.

« Date fatidique », écrit Carlos Morla dans son *Journal*, la date étant celle du dimanche 13 juillet 1936, mots qu'on entend d'un bout à l'autre du pays.

À l'aube, Jose Calvo Sotelo, chef de *Renovación española*, parti de la droite la plus extrême, a été enlevé à son domicile, 89, rue Velazquez, à deux pas des rues Goya et Castelló, par des gardes d'assaut en uniforme, en présence de sa femme et de ses enfants. Plusieurs heures, on reste sans nouvelles de lui, jusqu'à ce qu'on retrouve, en fin d'après-midi, la camionnette des ravisseurs, maculée de sang, puis, trois heures plus tard, dans la nuit, son cadavre, déposé à la morgue du cimetière de l'Est, une balle dans la nuque.

Dans tous les foyers, les radios diffusent la nouvelle et, parce que la radio parle à chacun au cœur de sa solitude, s'adresse à l'imagination, ces voix profondes portent partout l'annonce de la tragédie. Depuis l'avènement de la république, il y a eu des milliers d'assassinats, mais cette fois les tueurs sont des fonctionnaires de l'État, agissant en uniforme, et leur victime un député parmi les plus respectés. Calvo Sotelo, c'est le mort en trop.

« Sensation, écrit encore Morla à la même date, que le monde s'écroule en Espagne. »

Pour Clara, pour Federico, tous deux voisins, c'est la même stupeur, une identique angoisse, sauf que le poète, incapable de bouger et même de réfléchir, se terre dans sa chambre, se cache au fond de son lit, volets et rideaux tirés, écoutant ce silence de panique qui s'installe sur la ville ; Clara, elle, se précipite chez sa mère qui, assise dans son lit, un poste de radio au-dessus de sa tête, écoute ces voix redoutables. La fille s'assied sur le rebord du matelas et parle, parle, tentant de rassurer Mercedes et de se convaincre elle-même. Nolito ou Juan a passé la nuit avec elle, rue Castelló, et il est parti tôt le matin, l'air décidé, armé d'un pistolet. Pour eux aussi, le compte à rebours a commencé.

Deux jours s'écoulent, interminables, dans une tension qui rend les articulations douloureuses. La canicule pèse sur la ville. Dans les rues vides, on entend les radios derrière les stores de sparterie, parfois une voix de femme qui appelle ses enfants ; des voitures réquisitionnées dévalent en trombe, remplies de miliciens en armes.

L'appartement du 103, rue d'Alcala paraît terriblement vide à Federico depuis que ses parents sont partis pour Grenade, le laissant seul avec la bonne à qui il interdit même de sortir pour acheter du pain. La nuit, il se glisse sous l'édredon mais, confondant les battements de son cœur avec des bruits venus du dehors, il s'affole, panique dans l'obscurité. Dans sa petite enfance, les orages lui inspiraient la même terreur et, dans les roulements du tonnerre, il croyait entendre une voix qui l'appelait par son nom : Fe-de-ri-co. Il a toujours été trouillard.

Voilà une semaine que ses parents ont quitté Madrid. Federico les a accompagnés à la gare, les a conduits vers leur wagon, aidant à hisser les bagages dans le filet. Il chatouille sa mère, l'embrasse à la chinoise, nez contre nez. Voyons, sois sérieux, *niño*, que vont dire les gens ? Les pédérastes sont très proches de leur mère, n'est-il pas vrai ? Pourtant, l'amour que Federico Garcia, le père, ressent pour son fils possède une intensité bouleversante. Amour d'admiration, presque de respect, de protection et de crainte aussi. Ils ont beau, avec sa femme, ne pas évoquer le sujet, tous deux savent à quoi s'en tenir. Ils entendent ce qui se murmure, surprennent des rires, saisissent des allusions. Doña Vicenta, la mère, ne se fait pas d'illusions. Institutrice de la vieille école, elle se tient droite, drapée dans ses diplômes qui disent l'orgueil des lumières et du progrès, le devoir, le patriotisme. Elle aime passionnément son fils, l'attachement n'empêchant pas la lucidité, au contraire. C'est peut-être le prix à payer, songe-t-elle parfois. Senti-rait-il les choses qui sont derrière les choses s'il n'était ambigu, incertain ? À quatre ans, il adap-tait au piano tous les airs que la tante Isabel lui fredonnait, harmonisait les *coplas* entendus autour de la fontaine, les mélodies saisies au vol dans la campagne. Maintenant, à moins de trente-huit ans, la gloire, les ovations à Buenos Aires et à La Havane, le public debout, scandant son nom, et lui dans la coulisse, avec sa voix d'enfant : « Tu es bien sûre qu'ils ont aimé, maman ? » Mais la médisance, le fiel des allusions, les regards entendus, le mépris surtout, et la haine qui enfle, grossit.

Sur le quai, Federico se déchaîne ; les voya-geurs s'attroupent, s'esclaffent. Il a toujours aimé faire le pitre. Que peut-il bien arriver à cet éter-nel enfant ?

Quand le train s'ébranle, le voile pourtant retombe, le regard s'éteint. Mon Dieu, que va-t-il se passer ?

Toute la semaine, jusqu'au dimanche 12, il tient le coup. Il fait des projets, finit de corriger sa pièce, *La Maison de Bernarda Alba*, qu'il a lue le mois dernier chez Carlos et Bébé. Il tra-vaillera tout l'été à Grenade, partira ensuite pour l'Argentine et le Mexique.

Tous ces projets semblent raisonnables ; mais la question revient, obsédante : que va-t-il se passer ?

321

S'il se produit une révolution en Espagne, a plaisanté Jorge Guillen, il n'y aura qu'un survivant, Federico. Tout le monde a ri. Pourquoi cette angoisse, alors ? Pourquoi, au fond de lui-même, cette certitude : la mort le guette, il ne lui échappera pas, quoi qu'il fasse.

Et, tout à coup, ce meurtre fou, insensé, abominable.

Le printemps a été humide, froid, il a même neigé à Madrid au mois d'avril. Maintenant, la chaleur devient de plus en plus torride ; on suffoque, on étouffe. Les garçons de café sont en grève, et les maçons, et les garçons d'ascenseur, les vendeurs de journaux... qui donc ne fait pas grève ? De rares voitures sur la chaussée ; un silence d'hébétude.

Federico n'a rien de l'Espagnol héroïque, du mâle qui défie la mort. Il cherche désespérément un abri : chez Carlos et Bébé, les amis les plus intimes, ici, à Madrid ? Mais ils sont sans doute à Alicante, en route pour Ibiza. Ambassadeur du Chili, Carlos dispose de renseignements sûrs :

« Ne bouge pas, lui a-t-il conseillé il y a huit jours. Ici, à Madrid, tu ne risques rien ; la ville est grande ; ta notoriété te protège. Si tu te trouvais en danger, je te donnerais asile dans mon ambassade. Grenade, tu le sais, c'est la pire province, rance et fielleuse. Ne bouge pas, Federico. Des événements graves vont se produire. C'est une question de jours. »

Federico acquiesce, saute au cou de Bébé :

« Non, je ne quitterai pas Madrid, je te le jure, ma Bébé chérie. Je reste dans l'appartement, rue d'Alcala ; je vais finir ma pièce. »

Il dit oui à tout le monde. Il n'a jamais su refuser. On le croit apaisé, ferme dans ses résolutions : quelques minutes après, l'angoisse pourtant revient.

Alors que Federico se terre, Clara est elle aussi en proie à la panique, mais ses nerfs ne flanchent pas. Ce n'est pas elle qui demanderait : « Que va-t-il se passer ? » Elle ne le sait que trop, ce qui arrive, le déferlement de la haine, la marée des vengeances, les débordements du crime et de la délation. La république est condamnée.

Il y a trois jours, elle a accompagné Ramon à la gare du Nord afin qu'il passe ses vacances à Santander auprès de son père, débarqué de Porto Rico pour l'été. Sur le quai, elle a embrassé son fils puis est rentrée seule. Combien de Madrilènes ont dit au revoir à leurs femmes, à leurs enfants, avec ce même sourire désinvolte ? Quand elle téléphone à son aîné, son premier mari lui demande si elle ne ferait pas mieux de… Non, *hombre*, non. Il ne se passera rien. Le gouvernement tient la situation bien en main. Il y a partout de la police, des soldats. La république est gardée et bien gardée. Elle entend le rire de Cristobal à l'autre bout du fil.

Pourquoi ne part-elle pas ? Pourquoi des dizaines de milliers de Madrilènes retardent-ils leurs vacances ? Nolito lui répète qu'en huit jours tout sera fini, la république balayée, les rouges écrasés, et qu'on pourra vivre comme avant. Clara l'écoute sans vraiment le croire.

Elle cherche une issue ainsi que, dans son enfance, elle cherchait le moyen d'échapper au piège. Pourquoi ne fuit-elle pas en France alors qu'il est encore temps ? Elle possède une maison à Biarritz. Le salut est là, à une nuit de train ou de voiture. Pourtant, elle ne bouge pas, écoutant ce silence, sursautant dès qu'une auto dévale la rue Goya. Pour Tonia, la cause de sa conduite est claire : jamais Clara n'aurait consenti à abandonner sa mère.

Tout à coup, elle prend une décision, s'assied à son bureau, écrit. Elle couvre près de dix feuillets de sa grande écriture de couventine, ronde et bien moulée. Pathétique, elle y crie sa douleur et sa révolte.

Tante Elisa précise qu'elle a eu copie de cette lettre par un cousin de Jose Calvo Sotelo. Clara l'aurait écrite dans la nuit du 16 au 17 juillet 1936, chez elle, au 29, rue Castelló.

Comment dire son horreur et son dégoût devant l'abjection et la lâcheté de ce crime ? s'indigne-t-elle. Comment exprimer sa révolte devant pareille ignominie, qui déshonore une république à laquelle, elle, Clara, a cru, parce qu'elle pensait naïvement que, la république, c'était la justice et la fraternité, et qu'en tant que femme elle ne supportait plus le spectacle de la misère et de l'ignorance. Maintenant, confrontée à cette atrocité (est-il vrai, est-il possible que ta belle-sœur se soit débattue, qu'elle ait hurlé, que les enfants aient supplié ?), confrontée à cette infamie, je rougis de ma candeur, j'éprouve un poids de culpabilité devant ce crime. Tu me connais, tu sais que je suis idéaliste, « tolstoïenne », dit Nolito ; je rêve d'un monde juste, harmonieux, mais là, en voyant ce sang pur, innocent, je souhaite à cette république criminelle d'étouffer dans sa honte.

Sincère ? s'interroge, une fois de plus, tante Elisa. Comment savoir ? À cette heure, on peut tenir pour certain que le régime s'écroulera sans la moindre résistance. Dans ce cas, cette lettre l'absout ; on ne saurait toutefois exclure que Clara soit vraiment bouleversée.

Émotion intéressée dont elle espère toucher les dividendes ? Mouvement spontané ?

Une chose est sûre, calcul ou émotion, Clara vient de choisir le camp de ceux qui paraissent les plus forts.

Rafael Martinez Nadal, le mouton blond, avec son visage de faune, ses binocles ronds d'intellectuel, est un des plus anciens et des plus fidèles amis de Federico. Ils doivent déjeuner chez lui, avec sa mère, et il est passé prendre son ami, incapable de la moindre ponctualité.

Quand Rafael sonne à la porte, Federico, nu dans son peignoir de bain, prend congé d'un solliciteur et, cependant qu'il s'habille, il montre à son ami un impact de balle au-dessus du linteau de la porte.

« J'aurais pu être tué, déclame-t-il.

— Tu étais dans la pièce ?

— Non. Mais si j'y avais été, tu penses à ce qui serait arrivé ? » Et il éclate de rire, enchaînant : « Cette cravate-ci ou la bleue ? J'ai compris, tu t'en fiches. Personne ne m'aime. Si tu m'aimais, tu te ferais tailler en pièces à cause de la couleur de ma cravate. »

Rafael l'a toujours connu ainsi, parlant pendant des heures avec ce débit fou, puis, tout à coup, l'ombre dans les grands yeux bruns, le sourire qui s'éteint. « Tu entends le silence, Rafa ? »

Après le déjeuner, ils errent dans la ville plongée dans un silence hébété. La mère de Rafael, bouleversée par l'aspect de Federico, lui a offert l'hospitalité ; il a refusé mais il s'interroge maintenant et il demande à son ami :

« Tu crois que je pourrais rester chez toi, avec ta mère ?

— Évidemment, répond l'ami ; tu fais comme tu veux. »

Justement, Federico ne veut rien ; il souhaiterait qu'une main forte pèse sur son épaule, qu'un esprit viril veuille à sa place, lui dise : « Suis-moi. »

Ironie du destin, le fidèle Rafael Martinez n'est pas le *bon* Rafael ; le *vrai* est parti retrouver la *novia*. Et la mélancolie de Federico provient aussi de cette absence. C'est l'ironie de son destin, à Federico, de ne désirer que des jeunes hommes virils, qui nécessairement se partagent, n'imaginent pas de vivre hors de la normalité. Ils voudraient lui faire plaisir, l'apaiser alors qu'ils ne réussissent, avec chaque caresse accordée, qu'à exaspérer sa rage. Ils le regardent souffrir, navrés, désolés de soulever de telles tempêtes. Ils hochent la tête, ébauchent un sourire. *No te pongas así, chico, que no hay para tanto.* Ne te mets pas dans un état pareil, ça n'en vaut pas la peine. Que savent-ils de ce qui, pour lui, vaut ou non la peine ? C'est le mot qui revient le plus souvent sous sa plume, *pena*.

Pena y sangre, les deux mêlés en ce 16 juillet 1936. Peine de l'absent, du creux de l'épaule, de cette tiédeur sous le cou, de cette chaleur du ventre contre sa joue. Il n'est pas ce qu'il paraît alors que les autres paraissent ce qu'ils deviennent.

Federico poursuit sa marche hagarde, incapable de réfléchir, de se concentrer. Rafael[*]

---

[*] Le soir même de ce jour, le dernier que Federico passe à Madrid, Rafael Martinez Nadal écrit dans son journal le récit de la journée, document extraordinaire que son auteur publiera et dont je me suis inspiré.

remarque qu'il n'a jamais vu son ami aussi mélancolique et abattu depuis la parution du *Romancero gitano*, quand la gloire l'a saisi brutalement, l'enlevant à sa joyeuse insouciance d'enfant. Le succès, la mort, les extrêmes produiraient-ils les mêmes effets, déposséder un homme de soi ?

À la terrasse de leur café habituel, Puerta de Hierro, la campagne ou presque, Federico fixe le paysage : « Bientôt, ces champs se couvriront de cadavres », dit-il d'un ton paisible en jetant son mégot. Et quelques instants plus tard, il décide de partir pour Grenade, réserve son billet dans une agence de la rue d'Alcala.

Rafael l'accompagne à son domicile pendant qu'il prépare sa valise, puis jusqu'à la gare. En arrivant devant le wagon-lit, Federico aperçoit Ruiz Alonso, « l'ouvrier dressé », le typographe bigot ; il grimace, fait le geste de la conjuration, deux doigts en avant, *lagarto, lagarto !* le lézard étant censé combattre le serpent.

« Ne reste pas, *chico*, rentre chez toi. Je ne veux pas qu'il me voie. Je vais vite m'enfermer à clé et me coucher.

— Qui est-ce ?

— Un imbécile. »

Toute la nuit, la victime et son bourreau dormiront dans deux compartiments voisins, courant au rendez-vous de la fatalité ; toute la nuit, Clara pense à cette lettre qui peut la conduire à la mort.

À l'heure du destin, chacun réagit selon son tempérament, une morale de résignation stoïque pour le poète, une stratégie de la ruse pour Clara. L'un mourra de sa vérité ; elle survivra dans l'imposture.

Des semaines qui suivirent l'annonce du soulèvement militaire, Tonia gardait des souvenirs à la fois précis et confus. Elle se rappelait avec netteté les sons — haut-parleurs dans les rues, hymnes et marches révolutionnaires diffusés partout, à toute heure, mots d'ordre héroïques, diatribes contre les fascistes et autres contre-révolutionnaires ; les radios s'échappant des fenêtres, tantôt murmure confidentiel, tantôt rhétorique grandiloquente scandée par des voix tonitruantes ; les voitures réquisitionnées sillonnant à toute vitesse les rues, chargées de miliciens brandissant leurs armes et saluant le poing fermé ; des détonations isolées, des explosions lointaines, le bruit assourdi des batailles autour des casernes ; les pleurs et les gémissements de sa maîtresse, recluse dans sa chambre, au fond de son lit ; les chuchotements de Clara, suspendue au téléphone ou assise près de sa mère. Tonia se rappelait le silence des nuits où chaque voiture s'entendait venir de loin, où les voix résonnaient bizarrement, ainsi que les pas sur les trottoirs ; elle se rappelait le regard immense de Tchoun-tchoun, assis dans la cuisine, la fixant avec une stupéfaction douloureuse. Elle se rappelait les rumeurs, les bobards propagés de bouche à oreille. Le gouvernement tient la situation bien en main, martelait la radio, les ministres sont à leur poste, ils travaillent ; la population doit garder son calme. Mais le danger ne venait pas du gouvernement, ni des ministres, il se trouvait dans la rūe où, dans un déferlement de colère et de haine, les milices se jetaient sur les nobles, les bourgeois, les riches, tous fascistes et complices des rebelles. Par milliers les arrestations, les exécutions sommaires, les vengeances, chaque parti et chaque syndicat ayant, de longue date, établi ses listes, organisé ses équipes, installé ses prisons. À la peur s'ajoutait l'angoisse : qui donc avait procédé à l'arrestation ? vers quelle prison le détenu avait-il été envoyé ? Dans des milliers de maisons et d'appartements, le téléphone sonnait sans répit ; on échangeait des nouvelles ; on tentait de se réconforter. Le spectacle des « réquisitions », des incendies, de miliciennes et de miliciens escortant des files de suspects, les bras levés, l'air résigné ; les queues devant les prisons et les lieux de détention, les files devant les boulangeries et les boutiques d'alimentation, ce désordre créait une atmosphère de panique. On finissait par comprendre — mais ce sont probablement les souvenirs des membres de sa famille restés à Madrid que tante Elisa relate — que le coup d'État militaire avait échoué dans la capitale et dans les principales villes du pays, Barcelone, Bilbao, Valence, mais que toute l'Andalousie ou presque avait basculé, ainsi que la Navarre, la Castille... Si, dans la capitale, la victoire remportée sur les factieux exaltait les esprits, beaucoup s'imaginant avoir maté la rébellion, les plus lucides voyaient, eux, se profiler la menace d'une guerre longue et cruelle. Parmi ces derniers, Clara, qui s'apercevait qu'elle avait fait le mauvais choix en écrivant et en envoyant sa lettre ; qu'elle avait multiplié les imprudences en se montrant partout avec Nolito et ses amis.

Elle ne bougeait pas de la rue Goya, l'oreille collée à la radio, décrivant à sa mère la situation, telle qu'on la devinait derrière les mensonges de la propagande. Tonia remarqua également un changement dans son comportement envers Tchoun-tchoun qu'elle serrait contre elle, cajolait et embrassait, couchait la nuit dans son lit. Chaque soir, elle jouait pour lui du piano — Albeniz, Falla et Bach, mais aussi un arrangement des *Yeux noirs*, ce dernier morceau toujours accompagné d'un commentaire pathétique sur le regard de Georges, magnifique de noirceur, sur l'amour qu'il portait à son fils. « Entre sa peur et elle, elle mettait son fils », disait Tonia avec mépris, car de cette époque date son animosité envers Clara.

En même temps qu'elle évoquait Georges, lui écrivant des lettres de plus en plus anxieuses, le suppliant de les tirer de là, son fils et elle,

Clara prenait ses distances envers les jumeaux qui appelaient en dissimulant leurs voix ; elle raccrochait avec un : « Vous faites erreur », sec mais ambigu, puisqu'il comportait peut-être un avertissement.

Avec la même minutie, Tonia évoquait le moteur de la voiture dans le silence de la nuit ; elle l'avait entendu venir de loin, du plus haut de la rue Goya, puis ralentir, s'arrêter devant l'immeuble ; les claquements des portières, le bruit des pas dans l'escalier, le timbre de la sonnette, les lourdes silhouettes des trois hommes, avec leurs vestes de cuir, leurs gros pistolets, leurs voix abruptes :

« Clara del Monte ?

— C'est moi, oui. »

Tonia, assise sur le lit de sa maîtresse quand la voiture s'était arrêtée devant l'immeuble, avait marché vers le vestibule, ouvert la porte, sans remarquer la présence de Clara, debout derrière elle, en robe de chambre, étonnamment calme.

« Suivez-nous.

— Vous permettez que je m'habille ? »

Se consultant du regard, ils acquiescèrent d'un hochement de tête ; deux d'entre eux suivirent

Clara jusqu'à la chambre où l'enfant dormait, recroquevillé dans le lit.

« Je vous demanderai de ne pas faire trop de bruit. Le gosse est malade. Tonia, tu resteras avec lui après mon départ, s'il te plaît. Ne lui raconte pas qu'on m'a embarquée, il comprend bien plus qu'on n'imagine. »

Tonia convenait que le sang-froid de Clara l'avait impressionnée et que les policiers (pour elle, il ne pouvait s'agir que de policiers) avaient, eux aussi, paru surpris, et même intimidés, peut-être à cause de la présence de l'enfant, sans doute par la beauté de Clara, épurée par le malheur.

« Puis-je enfiler ma robe ?... Je n'ai pas l'intention de me suicider, je vous rassure. »

Une fois encore, ils avaient hésité, avant de se retirer dans le couloir. Quand elle rouvrit la porte, elle était vêtue d'une robe bleue et tenait un manteau dans ses bras.

« C'est la prison ou le *paseo*[*] ?

— Quel paseo ? aboya l'un des deux hommes. Nous ne sommes pas des fascistes. Chez nous, on respecte la légalité.

— Parfait, dit-elle calmement. Dans ce cas, j'emporte le manteau. »

Tonia racontait la scène avec l'admiration que le courage inspire en Espagne. Plusieurs fois, en

[*] Le sens du mot, promenade, est maintenant connu : on emmenait les suspects pour une promenade en voiture et on leur logeait une balle dans la tête avant de jeter leur cadavre au bord de la route, pratique qui a eu cours dans les deux camps.

évoquant cette période, elle insistera sur l'assurance de Clara qui semble avoir produit sur la
gouvernante une impression d'autant plus forte
qu'elle tranchait avec sa frivolité habituelle.
Devant un danger réel, observe tante Elisa, Clara
se durcissait, se redressait, relevait le menton,
ainsi qu'elle le faisait à cinq ans dans les salons
du Palais. Ainsi partit-elle, cette nuit-là, très
droite, sans réveiller l'enfant.

Deux jours plus tard, alors que Tonia rentrait
chargée d'un panier, un groupe de miliciens en
salopette, foulard rouge autour du cou, espadrilles aux pieds, la dépassa, riant et plaisantant.
« Ne bouge pas. Fais celle qui ne nous connaît
pas », chuchota l'un d'eux, et avec stupeur elle
reconnut Nolito, un énorme fusil à l'épaule. « Dis
à doña Mercedes que Clara est dans un ancien
couvent, place du Comte-Toreno, et qu'elle a
besoin d'une couverture chaude, de vêtements
de laine, de nourriture surtout. Qu'elle ne s'inquiète pas, nous veillons sur elle.

— Comment va le gosse ? demanda Juan.

— Mal. Il n'arrête pas de pleurer. Il refuse de
manger et il fait des cauchemars. Il semble avoir
compris le sens du mot paseo. Il crie que sa
maman a été tuée.

— Emmenez-le jeudi après-midi à la prison,
entre quinze heures et dix-sept heures. Dites à
la milicienne de garde, une grosse rouquine, vous

335

ne risquez pas de vous tromper : *"Salud y felici-dad"*. Elle vous fera entrer. Allez, salut, cama-rade ! » cria-t-il en changeant de voix, avec des intonations populaires qui la choquèrent.

« Un homme si bien ! » commentait-elle.

Quand elle raconta la scène à sa maîtresse, Mercedes soupira :

« Je devinais qu'ils étaient dans les parages. Je ne sais pas comment, mais je le sentais. Je me demande ce qu'elle a, Clara, pour être aimée de la sorte. Ils réussiront à la sauver, j'en suis sûre. Je m'en veux de les avoir détestés. Ce sont des hommes courageux et fidèles. »

Suivant sa maîtresse et tenant Tchoun-tchoun par la main, Tonia se rendit à cet ancien couvent aménagé en prison pour femmes ; près d'un millier de détenues y croupissaient. Dames de la meilleure société, habituées au luxe, il avait suffi de quelques semaines de crasse, de priva-tions, de faim et, surtout, de terreur pour en faire des malheureuses tout à fait semblables aux pay-sannes ou aux ouvrières, sauf qu'elles ignoraient les recettes de la vie en prison. Ce que les déte-nues de droit commun savaient presque d'ins-tinct, par exemple qu'il faut, dans un parloir bondé, regarder les lèvres et articuler, ces dames l'ignoraient, criant à tue-tête, se bousculant, jouant des coudes pour approcher des grilles. Chaque nuit, des miliciens arrivaient avec des lis-

336

tes, emmenaient quelques dizaines d'entre elles pour l'une de ces promenades dont on ne revient pas. Elles vivaient dans la hantise de ces appels nocturnes, s'effrayant mutuellement avec des récits de viols et de tortures. La réputation des sinistres tchekas, ces geôles de la police politique dirigée par les communistes et contrôlée par les conseillers soviétiques dépêchés par Staline, cette réputation leur glaçait le sang.

Cela se passait au début de l'automne 1936 et, dans Madrid, l'atmosphère s'alourdissait avec l'approche des troupes de Mola, venues du nord, cependant que Franco fonçait par le sud et qu'une troisième armée arrivait par l'ouest, dans un large mouvement d'encerclement ; on entendait, au loin, le grondement de la bataille, de jour en jour plus proche ; pratiquement coupée du reste du pays, la capitale allait tomber. À l'euphorie des premières semaines succédait l'abattement. Le gouvernement avait émigré vers Valence. La faim s'installait, en attendant le froid, car le charbon manquerait bientôt.

Dans la ville, des équipes de *pistoleros* phalangistes abattaient des miliciens, des syndicalistes, des ouvriers ; circulant à bord de voitures maquillées, ces tueurs pratiquaient une chasse à courre sauvage, poursuivant leurs proies, les coinçant avant de les achever, et ils créaient une atmosphère d'alarme et de suspicion. Ce qui cependant exaspéra la rage et la colère des militants de la gauche ainsi que d'une partie de la population, ce furent les bombardements nocturnes, les avions allemands et italiens s'entraînant à démoraliser les civils. Il y eut alors une ruée sur les prisons, des massacres sauvages, une fureur de vengeance.

Place du Comte-Toreno, les détenues se crurent perdues. En entrant dans la ville, les troupes nationalistes ne trouveraient, pensaient-elles, que leurs cadavres. Déjà bas, leur moral s'effondra. C'est alors que l'une d'elles, sœur de l'un des généraux rebelles les plus connus, se leva :
« Écoutez, dit-elle à ses compagnes, ils ne peuvent nous tuer toutes sans provoquer un scandale dans l'opinion internationale, dont ils dépendent pour leur armement et pour leur propagande. Afin que leurs crimes passent inaperçus, ils doivent continuer de nous assassiner dans le silence, par petits groupes. Eh bien, refusons de jouer leur jeu ! Serrons les rangs ! Quand ils viendront avec leurs listes, nous nous lèverons toutes, nous nous tiendrons rassemblées, un bloc compact. Nous leur dirons : "Si vous voulez nous assassiner, il faudra nous tuer toutes. Nous refusons de nous séparer. Vous devrez nous massacrer devant les ambassadeurs, devant la presse internationale, devant toute l'opinion mondiale." »
Dans cette épreuve de force, Clara se distingua ; debout au premier rang des insoumises,

338

toisant les miliciens qui avaient, au fond d'une galerie, installé une mitrailleuse, elle fit preuve d'un courage tranquille.

Quand Mercedes pénétra dans le parloir, l'issue de cette épreuve de force restait indécise.

Dès que les portes s'ouvrirent, ce fut la bousculade. Immense et voûtée, la salle, une chapelle désaffectée, avait été séparée en deux par une grille et des barreaux, un étroit couloir circulant entre les deux ; les miliciennes, fusil à l'épaule, montaient la garde de part et d'autre ; se hissant sur la pointe des pieds, les détenues gesticulaient et vociféraient.

Minuscule, Tchoun-tchoun ne voyait rien ni personne, seulement des pieds, des jambes ; il n'entendait rien non plus, assourdi par la clameur ; Tonia, qui l'avait pris dans ses bras, n'était pas bien haute, mais elle savait se faire respecter, se frayant un chemin à coups de pied et de coude.

« C'est un enfant, voyons ! Vous n'avez pas honte ? »

Elle réussit ainsi à atteindre la grille et Tchoun-tchoun aperçut soudain sa mère qui, au deuxième rang, agitait la main. Est-ce la panique causée par cette foule hurlante ? par ces centaines de femmes sanglotant et gémissant ? Tchoun-tchoun poussa d'abord un cri strident, inhumain : « Maman, *mamita* ! » puis fondit en sanglots d'une intensité telle que les femmes s'écartèrent de chaque côté, laissant Clara et son fils face à face.

« Mon Dieu, dit l'une des détenues à la milicienne, vous n'avez donc pas de cœur ? Laissez ce gosse embrasser sa mère, puisqu'il ne la reverra peut-être jamais. »

Après une légère hésitation, la gardienne ouvrit la grille et laissa passer l'enfant qui se jeta dans les bras de sa mère, s'accrochant désespérément à son cou.

« Il n'y a plus d'appels pour le pasco, disait Clara à sa mère, mais ils peuvent nous massacrer toutes d'une heure à l'autre.

— N'aie pas peur, ma fille. Ils veillent sur toi. Ils te tireront d'ici.

— Tu les as vus ?

— Tonia les a rencontrés, oui. Ils lui ont dit que tu ne devais pas t'inquiéter, qu'ils te protégeaient.

— Si tu les vois, raconte-leur la situation, chuchota Clara. Dis-leur que tout peut dégénérer. Il y va de ma vie. Tu as compris ?

— Je crois qu'ils sont au courant de tout. Ils disposent d'alliés dans la place, même parmi les miliciennes. Du reste, les légionnaires ne sont plus qu'à quelques kilomètres. Les ministres ont déguerpi, les députés font leurs valises. Ils sont fichus, ma fille ; ils tremblent de peur.

— Dis à Juan que c'est peut-être une question d'heures. Ils sont enragés. Je t'en prie, maman, il faut que tu parles à Juan. »

Regardant son fils, Clara se baissa, lui tendit deux minuscules poupées de laine, l'une claire, noire la seconde, avec des yeux rouges, que tante Elisa décrit avec une précision troublante.

Au détour d'une phrase, j'ai fini par comprendre qu'elle les a vues, touchées, chez le pianiste Xavier Montel, à son domicile parisien, le musicien n'étant autre que Tchoun-tchoun, unique survivant de cette histoire. Refusant obstinément de parler de sa mère, il avait fini par recevoir ma parente qui cite cette phrase de lui : « Croyez-vous qu'il soit facile d'être le fils d'une putain et d'une criminelle ? » et, comme tante Elisa, protestait : « Appelez ça comme vous voulez. La réalité n'en est pas moins celle que je décris. Jusqu'à ce jour, je n'ai jamais pu dire qui elle était ni, surtout, ce qu'elle a fait. Maintenant qu'elle est morte, je me sens délivré de mon secret. »

Quand vint le moment du départ, Tchoun-tchoun eut une crise nerveuse et deux miliciennes durent, dans un murmure de désapprobation, intervenir pour le séparer de sa mère. Tenant l'enfant par les pieds, elles tiraient, cependant que Clara essayait, de son côté, de desserrer l'étreinte des maigres bras autour de son cou.

« Je ne comprends pas, murmurait Xavier Montel, comment j'ai réussi à conserver ce souvenir avec une telle netteté, jusqu'au son des voix, à la réverbération des cris sous les voûtes, aux odeurs, aux regards. Je n'avais pas quatre ans. Parfois, je pense que, pour survivre, j'ai très tôt développé une mémoire anormale qui m'a permis, plus tard, de retrouver mon chemin et d'échapper à la folie. »

À Madrid et dans toute la zone rouge, la répression était sauvage, chaotique ; dans la zone contrôlée par les rebelles, ce fut une épuration systématique dont la brutalité laissa la population assommée, ébahie, brisée.

La San Federico, fête du poète et de son père, avait été célébrée à la Huerta San Vicente, mais dans l'inquiétude et la tristesse ; le 20, les rebelles avaient déjà pris le contrôle de la ville ; l'ultime résistance, celle du quartier populaire de l'Albaïcin, la colline face à l'Alhambra, avait été brisée et les prisonniers jetés par centaines dans les prisons et les cachots du Gouvernement civil.

Federico ne bougeait pas de la maison, traînant en pyjama, l'air hagard. Il passait des heures assis face à la fenêtre, regardant le jardin et, fermant l'horizon, la sierra Nevada. Il n'avait jamais rencontré le malheur. Son enfance, son adolescence avaient été éblouissantes, remplies de l'amour de sa famille. L'unique angoisse qu'il éprouva, mais obsédante, terrible, provenait de la peur de mourir, de cesser d'exister. Tout à coup, cette tragédie qu'il portait en lui devenait la réalité du pays et les mots de Bernarda Alba claquaient avec chaque détonation : « Silence ! »

Le mari de sa sœur Concha, le maire socialiste de Grenade, avait bien entendu été démis de ses fonctions, arrêté, et son père était aussitôt parti là-bas dans l'espoir de réussir à savoir où son gendre avait été conduit.

Une première fois, deux inconnus se présentèrent en son absence devant la grille de la maison, inspectèrent le jardin, l'air de repérer les lieux ; Federico prit peur, s'imaginant qu'ils venaient pour lui ; la seconde fois, ils entrèrent, fouillèrent partout, interrogèrent le jardinier, voulant connaître l'endroit où son frère se cachait ; comme il disait l'ignorer, ils l'attachèrent à un arbre, le fouettèrent avec un ceinturon. Bouleversé, Federico tenta d'intervenir :

« Nous savons très bien qui tu es, Federico Garcia. Nous savons tout de toi », dit l'un des deux hommes en le fixant dans les yeux, et ils bousculèrent le poète, le giflèrent, le couvrirent des insultes les plus ordurières : pédé, enculé, saloperie de pédéraste, tapette, trou à gitans.

Le délit était ainsi clairement formulé : sa déviance et sa marginalité conduiront le poète à la mort plus sûrement que ses déclarations philanthropiques sur les pauvres. Il est à éliminer, puisque homosexuel, donc suspect, certainement rouge. Superstitieux, Federico se persuade que les visiteurs reviendront pour l'abattre ; la famille se réunit autour du père, revenu de Grenade avec la nouvelle de la mort de son gendre, avec le récit épouvanté, des massacres devant le mur du cimetière. Personne n'aurait imaginé… Enfin, Federico appelle l'un de ses amis, le poète Luis Rosales, phalangiste ainsi que ses trois frères ; il accourt aussitôt, convient que Federico est menacé. Plusieurs propositions sont étudiées : se réfugier chez don Manuel de Falla, qui jouit d'un immense prestige, même parmi les nationalistes, mais le compositeur, d'un catholicisme sévère, n'a pas apprécié que Federico lui dédie une œuvre d'une orthodoxie douteuse, du coup le poète s'imagine que don Manuel lui garde rancune, ce qui est faux ; passer les lignes et rejoindre le camp républicain, rien de plus facile pour Luis, qui l'a fait des dizaines de fois, d'ailleurs il n'y a pas de front, rien qu'un champ à traverser, à moins de dix kilomètres, un quart d'heure en voiture, cinq minutes à pied, sous les oliviers, mais la seule idée d'avancer à découvert, parmi des hommes armés, épouvante Federico ; malgré l'insistance de son père qui l'incite à passer la ligne, Federico choisit de se réfugier chez les Rosales. Que risque-t-il dans la maison de quatre phalangistes connus dans toute la ville ?

Luis le conduit chez sa mère, qui met à la disposition de Federico une chambre au second ;

345

elle y fait installer un piano pour qu'il puisse travailler.

Même les femmes se moquent du poète qui, chaque matin, quand un avion républicain, toujours le même, jette, faute de bombes, des grenades sur la ville, court affolé dans la maison, se cache sous le lit, pousse des hurlements comiques. À table, il demande aux frères Rosales, qui dissimulent avec peine le mépris que sa poltronnerie leur inspire, de ranger leurs armes dans le vestibule, car il ne supporte pas la vue des pistolets et des revolvers. Federico n'a rien d'un héros.

Six mois après le soulèvement, les autorités républicaines, communistes en tête, prirent conscience que l'issue de la guerre dépendait de l'opinion internationale, notamment de l'appui de la France. Écartelé entre sa solidarité avec le *Frente Popular*, qui lui réclame des armes, et l'alliance anglaise, Léon Blum hésite. Hostiles aux rouges, les Britanniques menacent de rompre le traité qui les lie aux Français, au cas où ces derniers s'engageraient aux côtés des républicains espagnols. Sous la pression de Londres, la politique de non-intervention finit par s'imposer. Cependant que Rome et Berlin continuent d'aider massivement Franco, le gouvernement légal est abandonné, victime de la trahison des socialistes français, victime aussi de la logorrhée révolutionnaire ainsi que des violences et des excès des premiers mois. Dans l'espoir d'échapper au désastre, le camp républicain doit coûte que coûte réparer son image. Ordre, discipline, légalité, tels sont les nouveaux mots d'ordre, imposés par les communistes qui, seuls, possèdent une stratégie globale face aux régimes totalitaires.

À Madrid, les tribunaux sont rétablis, les prisons se vident et, dans le flot des libérations, Clara est relâchée en février 1937. Emmenant Tchoun-tchoun, elle regagne la rue Castelló.

« Je ne me rendais pas compte, confie Xavier Montel à tante Elisa, qu'elle se servait de moi ainsi qu'elle se servait de tous. Je croyais qu'elle m'adorait et j'aurais donné ma vie pour elle. Je sais, ça sonne creux. C'est pourtant la vérité. Tenez, peu après sa sortie de prison, les bombardements s'intensifièrent ; les gens couraient se réfugier dans les caves ou le métro. Maintenant, on connaît. En Espagne, cela ne s'était jamais vu. C'était fantastique, un tableau de Bosch, des machines larguant des bombes du haut du ciel, tout ça chez un peuple de paysans vivant au rythme des ânes et des chevaux. Une apocalypse. Or, une nuit, quand les sirènes hurlèrent, Clara voulut que je descendisse avec Tonia dans la cave tandis qu'elle restait au septième, à jouer du piano, car elle ne supportait pas les souterrains. J'étais devant l'ascenseur, avec Tonia et les autres locataires. Je sanglotais, hurlais : « Je veux mourir avec toi !" Pitoyable, bien sûr, ridicule. Mais le plus triste est qu'elle riait,

347

s'amusait de ma grandiloquence. Elle riait d'un rire non pas clair, joyeux, amusé, mais sombre et cruel. Vous ne pouvez pas comprendre, aucun de nous ne peut comprendre. »

Xavier Montel avait alors dépassé la soixantaine. Il parlait d'une voix basse, étouffée, avec des inflexions d'une ironie désenchantée. Il avait dû être beau, pensait tante Elisa : il lui évoquait Francisco del Monte, son grand-père, tel qu'elle se l'imaginait d'après les descriptions de Felicita Palomares. Il avait derrière lui une carrière de soliste, ayant remporté de grands succès, notamment avec le répertoire romantique, Schubert et Schumann, dont il avait enregistré les œuvres intégrales. Il vivait seul dans une petite maison de la Butte :

« Je n'ai jamais été marié, ça vous étonne ? Je n'ai pas non plus d'enfants. Je vis seul, adossé à mes souvenirs. J'ai vécu dans la honte de ce qu'elle a été et dont je ne puis me défaire. Je ne me sens pas innocent. »

C'était le printemps, un mois d'avril pluvieux, froid pour la saison, et, revenant de Montmartre en taxi pour regagner son hôtel, rue des Saints-Pères, tante Elisa songeait à Montel ; elle s'allongea sur le lit, fixa le plafond, refoulant ses larmes. Et tante Elisa se pose la question que son frère lui a posée, Plaza Santa Ana, à Madrid : si toute l'horreur de Clara n'était faite que pour aboutir à ce vieux musicien courbé au-dessus de son instrument ?

Selon Tonia, sa détention a affecté Clara, qui s'est cru perdue. Lasse, émaciée, amaigrie, sa beauté ressort, impérieuse. Une épure. Un dessin de Clouet.

Clara voit les jumeaux en secret. Ils se cachent dans la ville, tantôt chez l'un, tantôt chez l'autre, tous deux combattants de la cinquième colonne, activement recherchés.

La situation militaire reste indécise, l'armée franquiste atteint la banlieue. On se bat dans la Cité universitaire, à moins de trois kilomètres du centre, avec une fureur enragée, d'étage à étage, maison par maison. Les combattants des Brigades internationales arrivent ; ce sont des communistes disciplinés et aguerris qui parviennent à endiguer l'offensive ; de son côté, Franco a ordonné l'arrêt de l'attaque sur la capitale pour voler au secours des cadets de l'Alcazar de Tolède assiégés depuis des mois, si bien que l'étreinte se desserre.

C'est un répit, vécu comme une victoire par les rouges.

Clara tombe malade, sans qu'on sache exactement de quoi. Tchoun-tchoun, enlevé par deux miliciens joviaux devant les grilles du Retiro, porte d'Alcala, alors qu'il sortait du jardin au bras de Tonia, donne une description vague, onirique presque, d'un couloir où deux hommes en armes attendent, sans doute Juan et l'un de ses compagnons ; une porte s'ouvre, Nolito apparaît, soulève l'enfant, le prend dans ses bras :

« Tu vas voir ta maman maintenant. Mais je ne veux pas de pleurs ni de cris, parce qu'elle est fatiguée, tu as compris ? »

Il fait oui de la tête et aperçoit un décor d'une blancheur irréelle, avec partout des fleurs, et sa mère qui lui sourit, lui ouvre ses bras, l'embrasse, cependant que Nolito le félicite :

« Tu vois, ma petite fille ? Tchoun-tchoun est très courageux. Il sait qu'il ne doit pas pleurer. C'est bien, mon bonhomme. Plus tard, quand tu seras grand, nous monterons à cheval, toi et moi, nous irons voir les taureaux dans les oliveraies, nous crierons à nous en éclater les poumons. Tu seras fier, digne. Tu ressembleras à l'oncle Juan qui t'aime tant que j'en suis jaloux. Tu l'aimes aussi, petit voyou, le tío Juan, pas vrai ? Tu le trouves plus séduisant que moi. Lui, c'est un seigneur, moi je suis un rustre. »

Tchoun-tchoun Montel se souvient, raconte tante Elisa, de son bonheur dans ce couloir, du parfum de Nolito, de son rire, de tout ce blanc surtout, si calme, si reposant. Depuis l'avènement du Front populaire, il était interdit aux femmes du peuple de travailler chez les bourgeois ; il n'y a donc plus personne rue Goya pour nettoyer ou frotter ; la saleté devient repoussante ; les meubles, les étoffes poissent ; la poussière s'accumule. Comment Tonia pourrait-elle seule entretenir cet appartement, douze immenses pièces ? Quand deux miliciens ont voulu l'obliger à quitter sa maîtresse, elle a pris l'enfant contre elle :

« Personne ne me séparera jamais du gosse. Il faudra me tuer d'abord. »

Ils n'ont pas insisté. D'ailleurs, l'enthousiasme révolutionnaire retombe. Ce qui importe, disent et répètent les communistes, c'est de gagner la guerre contre le fascisme. Discipline, ordre, unité, toutes les radios scandent ces mots. Il faut y ajouter un quatrième : la peur. Le spectre de la défaite assombrit les esprits. La joie de tuer cède à la mélancolie de survivre.

« Ce couloir de la clinique, cette chambre si blanche, jusqu'aux poches de caoutchouc remplies de glace, jusqu'aux bouquets, et le parfum de lavande anglaise dans le cou de Nolito, sa force surtout, son sourire... comment ai-je pu me rappeler ces détails alors que j'avais à peine quatre ans ? Les yeux clairs du tío Juan, qui

351

m'aimait, qui me fixait avec une telle tendresse...
peut-être savait-il tout ? peut-être étions-nous,
lui et moi, très loin au-delà de la vie, au-delà de
la mort ? Alors que Nolito me soulevait du sol
avec une force magnifique, Juan, lui, me prenait
délicatement, comme si j'avais été de cristal, il
m'attirait jusqu'à lui tout doucement, sans me
quitter des yeux. Toute ma vie, en posant mes
mains sur le clavier, j'ai pensé à lui, à ses mains,
si longues, si fines, si impitoyables. »

À Grenade, Ruiz Alonso, content du vilain tour qu'il joue aux Rosales, a procédé à l'arrestation, inutilement spectaculaire, de Federico, qui est conduit au Gouvernement civil où Luis Rosales le rejoint aussitôt, désireux de s'assurer qu'il ne sera pas interrogé par le sadique de service, puis court prévenir ses frères. Ils pensent qu'ils réussiront à tirer le poète de son cachot et interviennent, avec fermeté, auprès du gouverneur Valdes, qui les tance vertement pour s'en être pris à Ruiz Alonso.

Toute sa vie, cet imbroglio hantera Luis Rosales, qu'on accusera d'avoir dénoncé et livré Federico, son ami. Que peut faire d'autre un phalangiste, un sale fasciste, que trahir et assassiner ? Pourtant, on les voit, ses frères et lui, se démener, frapper aux portes jusqu'à se faire expulser un temps de la Phalange, jusqu'à payer une forte amende pour avoir hébergé et caché ce pédéraste ami des rouges. Manichéenne, la politique déteste les incertitudes du vivant, ses

353

ambiguïtés. Comment Luis, un bon poète, saurait-il que le gouverneur Valdes a consulté son supérieur hiérarchique, le général Queipo de Llano qui, de Séville, a prononcé la sentence : « Donne-lui du café, beaucoup de café », ce qui veut dire : « Liquide-le sans attendre. » D'ailleurs, qui, dans ce torrent de sang, prête attention à cette misérable pédale qui pousse des cris en apercevant un pistolet, qui se cache sous le lit quand les sirènes annoncent l'arrivée de l'avion républicain ? Si, un homme se dresse : le compositeur Manuel de Falla quitte son carmen, descend dans la ville, se traîne jusqu'au local de la Phalange, supplie ces jeunes mâles en chemise bleue, fiers de leurs harnachements et de leurs armes, de sauver non seulement un poète mais la poésie. Ils se moquent de ce vieil homme qui a refusé de leur composer un hymne, arguant que le Christ interdit la violence et son apologie. Et maintenant, il voudrait qu'ils aillent... « Vous dites que vous défendez la civilisation chrétienne, vous vous proclamez catholiques, leur dit-il d'une voix tremblante, mais vous refusez d'agir dans la charité. » Alors l'un de ces phalangistes le regarde, le prend en pitié, l'accompagne jusqu'au palais du Gouvernement où des centaines de personnes attendent, gémissent, où l'on respire une odeur de peur et d'agonie, où les visages expriment la terreur et l'angoisse, où passent et repassent des officiers, des requêtes, des phalangistes, dans un grand bruit de bottes, et le jeune homme, ému, demande à Falla de s'asseoir là, sur un banc, de patienter cependant qu'il va se renseigner. Tout en dépouillant l'ouvrage de Ian Gibson[*], en rédigeant mes notes et mes fiches, je regarde ce vieil homme tassé, perdu dans cette foule de reîtres et d'assassins, je pense à ce qu'il incarne et symbolise, le plus haut génie de l'Espagne ; je contemple sa silhouette chétive, parmi cette foule désespérée qui erre, suppliant, s'abaissant et s'humiliant ; je sais par Angelina, la gouvernante des enfants de Concha, la sœur de Federico, je sais que le poète ne se trouve plus là, ni dans la prison, ni même dans la ville, mais quelque part au fond d'un ravin, près de Viznar ; elle l'a vu chaque jour, Angelina, livide, défait, incapable de toucher à la nourriture qu'elle lui apportait dans un panier, et au bout du troisième jour — le panier n'a pas été ouvert — la cellule était vide.

Le jeune homme maintenant descend, faisant claquer ses bottes ; il se penche vers Falla : « Don Manuel, il est inutile que vous restiez ici. Rentrez chez vous : Lorca n'est plus. » Et Gibson glisse ce détail qu'on n'invente pas : des larmes brillent dans les yeux de ce jeune phalangiste inconnu, des larmes qui permettent de ne pas désespérer de l'espèce humaine. Il pleure, cet Espagnol anonyme, sur la poésie, sur la musique,

* Ian Gibson, *La mort de Garcia Lorca, enquête sur le crime*, Éditions Ruedo Ibérico, Paris, 1974.

sur ce qui fait que l'Espagne existe par-delà les siècles. Il se penche, aide le vieillard à se relever, le regarde partir, menu, seul, si seul.

Falla a marché jusqu'au domicile des Garcia, il croise le père du poète dans l'escalier, tassé, voûté, anéanti, et il dira qu'il a aperçu le roi Lear portant le cadavre de son fils.

Lou Moran
Couvent des Trinitaires
Talavan, province de Caceres

Elisa Toldo
Madrid

Le 7 mars 1990.

Chère Elisa Toldo,
Je tiens ma promesse. Si j'ai tardé à vous répondre, c'est que j'étais malade. Le cœur, bien sûr, mais jusqu'à preuve du contraire la mort chemine bien par le cœur, non ?

Je veux d'abord vous remercier de votre longue lettre. Je ne manque de rien, merci. Felicita m'a fait une rente suffisante et les infirmes ont peu de dépenses. Je suis pourtant touchée de votre offre.

L'écriture de votre livre vous épuise ? Que serait-ce si vous aviez dû le vivre ! Je plains de tout cœur ce malheureux Montel. J'ai plusieurs fois écouté son disque, que vous avez eu la gentillesse de m'envoyer. C'est très beau. J'aime, chez Schumann, les dislocations ; la phrase s'arrête brusquement, s'ouvre sur le vide ; la musique paraît près de s'engloutir. Il faut une belle fermeté d'âme pour l'interpréter de la sorte, sans faiblir ni mollir. Je crois savoir d'où lui vient cette force. Il doit à Clara plus qu'il ne pense, plus qu'il ne le voudrait. Pour lui survivre, il fallait cette énergie terrible. Dieu a eu pitié de cet enfant que Juan croyait sien et qu'il adorait. Alors que Nolito voulait le fortifier, le muscler et l'aguerrir, Juan savait ce qu'il en était, et il rêvait qu'il fût artiste, de préférence pianiste, en souvenir sans doute des plus beaux moments de sa vie, quand Clara s'asseyait au piano, dans la salle, et que nous l'écoutions, installés dans la galerie. Que reste-t-il de nous, chère Elisa Toldo, après que le malheur nous a dénudés et dépouillés ?

Je ne serai pas très longue car je vous ai tout dit ou presque. Je ne veux pas m'appesantir sur l'horreur.

Je vous ai parlé du départ de Clara, de son installation à Paris, en 1927, de sa rencontre avec Georges Francon, de son retour à Madrid en 1930. Je n'ai pas insisté assez sur le dépit qu'on ressent à être remplacé quand on a été porté au pinacle, adulé. Felicita Palomares m'a un jour demandé quel était, selon moi, le secret de la séduction de Clara. Je lui ai répondu la vérité :

le sentiment qu'elle réussissait à donner aux hommes qu'ils étaient uniques, magnifiques, des héros resplendissants. Elle les délivrait de leur peur. Plus dure était la chute quand elle leur tournait le dos. Ils ne comprenaient tout simplement pas. Ils n'avaient jamais imaginé qu'ils pussent devenir rien après avoir été tout. Nolito avait vécu quelques années avec la certitude qu'il était unique, irremplaçable ; tout à coup il se retrouvait dans la poussière. Il l'avait cherché, me rétorquerez-vous avec raison. Je ne tenterai pas de le disculper ; il se montra grossier, mufle, méprisable ; c'est cependant elle qui avait inventé ce jeu ; il y tenait sa partie en pensant lui faire plaisir ; dans la réalité, mon frère était quelqu'un de plus simple, de plus robuste, de moins alambiqué, plus fait pour les courses au grand air, pour les chevaux, que pour les raffinements d'alcôve. Il aimait comme il vivait : avec une rudesse entière. Clara s'était jouée de lui. Malgré son dépit, il ne fut pourtant pas surpris, il y avait quelque temps qu'il subodorait la tricherie. Elle n'était pas dans l'amour, elle habitait le théâtre ; elle se regardait, s'écoutait aimer, demandant aux partenaires de lui donner la réplique. Il avait été un figurant dans une mauvaise pièce, de celles qu'il détestait le plus au monde, remplies de déclamations. Pensez-vous, chère Elisa Toldo, qu'un homme tel que Nolito lui pardonnerait de l'avoir remplacé en un mois ? Il était sans la moindre vanité, mais rempli d'orgueil, du plus fou. S'il n'a pas bougé, c'est à cause de Juan, convaincu que son cadet ne voyait rien. Mais Juan lui parla et Nolito tomba des nues, car son cadet en savait plus long que lui. Juan aimait Clara, non telle que son frère la rêvait, simple, mais telle qu'elle était, perverse et rusée. Il aimait en elle le danger qu'elle représentait, ce venin foudroyant caché derrière son rire éblouissant. Il savait qu'elle ne cachait aucun fond, qu'elle était ce qu'elle montrait d'elle ; qu'elle n'aurait pas pu agir autrement. À quoi bon demander au serpent de ne plus ramper ? Clara appartenait aux forces élémentaires. C'était son destin de tuer. Juan espérait la désarmer par la patience et l'attention. Il n'était pas naïf, il se tenait sur ses gardes. Pas un instant il ne la quittait des yeux, surveillant ses regards. Il n'était pas davantage faible mais, dans un sens, plus implacable que son aîné, plus délicat dans la cruauté. Il fixait Clara avec toute la lucidité d'un amour sans illusions. Il lui avait tout pardonné par avance, sauf de l'enlever à la réalité, qui était le procédé dont elle usait pour trahir. Il la maintenait présente ainsi qu'on tient un cheval, la bride courte mais légère. Dès qu'elle tentait un écart, il la ramenait dans sa voie. Clara a pu craindre la violence de Nolito, elle redoutait la rectitude de Juan.

Quand elle est rentrée à Madrid avec son amant français, Clara a souhaité parler avec Nolito, espérant l'amadouer. Elle se trompait d'interlocuteur. Elle a cru apaiser la colère de Nolito, c'est Juan qui l'avait fait, et je connaissais chacune des paroles échangées entre eux, tout comme je n'ignorais aucune de leurs pensées. Toucher à Clara, c'était tuer Juan, Nolito le comprit, et moi, je le savais depuis longtemps. On répète que les femmes seraient plus sensibles que les hommes, peut-être parce qu'elles pleurent davantage. L'amour de Juan possédait la dureté du granit. Rien ne l'entamera, même pas l'amertume de la lucidité. Je ne nous aime pas, chère Elisa Toldo, je ne ressens aucune indulgence pour nos crimes ; je m'incline cependant devant cette fidélité, qui fut notre destin.

Mes frères ne passèrent aucun accord ; ils ne s'entendirent sur rien ; ils se comprirent comme je les comprenais, au-delà des paroles. Nolito ne renonça pas à Clara, puisque Juan ne le lui demandait pas ; il laissa seulement l'amour à son cadet, persuadé que jamais il ne réussirait à aimer de la sorte. Si Clara devina ou non, je l'ignore ; elle accepta car, autant qu'elle le pouvait, elle aimait Juan, tout en redoutant son attachement inflexible.

Un soir d'été, nous dînâmes tous trois dans mon appartement ; mes deux frères devisèrent sur la manière de protéger Clara. Sa sécurité était l'obsession de Juan, qui la sentait paniquée. Elle avait ses courages qui ressortissaient encore à la représentation. Elle savait se tenir, elle ne se maintenait pas. Son personnage mimait la force, sa personne se disloquait, car l'intérieur était vide.

Vous entendez notre langage, chère Elisa Toldo, car vous venez du même monde. Défendre une femme, se battre et mourir pour elle, c'était la première des règles d'un code immémorial. Nous étions tous les trois d'accord pour dire que la morale de l'homme débutait par là. Faire le gué autour des femelles apeurées, des petits sans défense. Monter la garde du foyer. À ce devoir, mes frères ne faillirent pas une minute.

La situation devenait de jour en jour plus tendue ; la haine se montrait à visage nu, une haine de chez nous, impitoyable. On tuait avec délectation, sans états d'âme ni hésitation. Mes deux frères avaient rejoint la Phalange et, avec un groupe d'amis, circulaient de nuit pour abattre des militants rouges. C'était une chasse ignominieuse, et mes frères y prenaient plaisir. J'ai juré de ne rien cacher, j'irai au bout de notre honte. Je ne souhaite aucune excuse, nulle circonstance atténuante ; les rouges massacraient pareillement, en quoi cela nous justifie-t-il ? Je dis nous parce que c'est dans mon appartement que ces courses meurtrières se préparaient, devant une carte de la ville déployée ; j'y prenais ma part ; j'encourageais mes frères. Je pèse mes mots, chère Elisa Toldo, je les dépose sur le plateau de ma mort : si c'était à refaire, j'agirais de même. J'éprouve des remords, je n'ai aucun regret. Il fallait gagner la guerre, les scrupules viendraient après.

Le dimanche où Calvo Sotelo fut enlevé et assassiné, nous sûmes que l'heure de la mort avait sonné. Nous attendîmes le signal. Devant les locaux syndicaux, les sièges des partis de gauche, les services officiels, les maisons du peuple, mes frères passaient à toute vitesse, mitraillant ceux qui entraient et sortaient sans faire le détail. Recherchés, ils se savaient traqués. Nos adversaires n'auraient pas eu la moindre pitié, nous n'en avions pas non plus pour eux. Les guerres modifient la pensée. Tuer ou être tué, la règle est d'une simplicité aveuglante. Mes frères vivaient dans cet éblouissement de la brutalité. Ils n'en avaient pas moins tendu, autour de Clara et de son petit, un cordon de surveillance. Pas une heure, je vous en donne ma parole, chère Elisa Toldo, pas une heure Clara n'échappa à leur protection, et ils risquaient leur vie pour, chaque nuit ou presque, se glisser dans son appartement et dans son lit, Juan plus souvent que Nolito, peut-être parce que l'aîné flairait que son cadet avait plus besoin que lui de caresses. Je sais gré à Clara d'avoir accepté ce partage. Elle n'a jamais séparé les jumeaux.

Je ne vous ennuierai pas avec les détails de la stratégie mise au point, ni avec les complicités et les relais ; leurs cartes de la CNT* dans la

* Confédération Nationale du Travail. Syndicat anarchiste.

poche, vêtus de la salopette réglementaire, mes frères circulaient partout.

Ils furent courageux, pourquoi ne l'auraient-ils pas été ? Le courage est plus simple que la lâcheté ; il suffit de penser le moins possible. Nous ne nous accordions pas le temps de penser.

En apprenant l'arrestation de Clara, le réseau se mobilisa. Nous réussîmes très vite à la localiser, à entrer en contact avec elle, à lui faire passer des billets, à la soutenir de toutes les manières. Nous étions fiers qu'elle fût emprisonnée avec les nôtres pour avoir osé protester contre l'assassinat de Calvo Sotelo. Nous nous repassions sa lettre, d'une belle facture. Nous nous sentions soudés, unis dans le combat ainsi que nous l'étions dans l'amour. C'était une guerre romantique où les grands sentiments produisaient des déclamations magnifiques. Est-ce notre faute si notre langue péchait par emphase quand celle de l'adversaire, plus sentimentale, remuait la pitié ? Invoquez les pauvres, gémissez avec les exploités, vous gagnerez les consciences, flattées de se sentir généreuses ; si vous massacrez ensuite les miséreux, cela s'appellera une déviation. Avec l'honneur et la chrétienté, vous passerez pour des acteurs médiocres, fourvoyés dans une méchante tragédie.

À ce moment-là, alors que Clara se trouvait en prison, le conflit, pensions-nous, serait bref ; déjà l'armée occupait la proche banlieue. Notre seule crainte était que Clara ne fût enlevée et fusillée avant la délivrance, subissant le sort de milliers d'autres. En soudoyant des chefs de la milice, Juan apprit la révolte des détenues et la perplexité des dirigeants, taraudés eux aussi par l'inquiétude : que se passerait-il si la Légion pénétrait dans la ville, ce qui risquait d'arriver d'une heure à l'autre ? Désespéré, Juan parvint à convaincre quelques ambassadeurs neutres de se rendre à la prison, en les persuadant que des centaines de femmes allaient être massacrées dans la nuit ; malgré leur résistance, ils finirent par céder et, protestant de leur bonne foi, les autorités républicaines les laissèrent entrer dans la prison pour vérifier que leurs informations étaient sans fondement. Dès l'instant où les diplomates mirent le pied dans l'enceinte de la prison, Juan sut que Clara était sauvée. Jamais je n'ai assisté, chère Elisa Toldo, à pareille explosion de joie, les deux frères s'embrassant, riant, m'enlevant de mon fauteuil pour me faire danser...

Elle fut libérée en février 1937 et regagna son domicile, rue Castelló, éprouvée par sa captivité, amaigrie, pâle, bizarrement changée. Dans la ville aussi, l'atmosphère s'était durcie. Depuis que les Brigades internationales avaient réussi à stopper l'offensive nationaliste, fixant le front, le siège risquait, nous le sentions, d'être long. La faim devenait chaque jour plus cruelle ; le froid se faisait, de semaine en semaine, plus terrible ; on dormait tout habillé, on mettait plusieurs couches de vêtements. Juan s'inquiétait pour Tchoun-tchoun, de plus en plus maigre, avec ce regard d'une résignation insupportable.

C'était, chère Elisa Toldo, un enfant étrange, l'air boudeur, qui éprouvait pour Juan un attachement maladif, se jetant dans ses bras, s'accrochant à son cou. Accroupis sur le sol, à voix très basse, un murmure étouffé, tous deux poursuivaient un dialogue mystérieux. Je n'ai jamais su ce qu'ils se racontaient. Pas des contes, aucun enfantillage, des histoires austères et magnifiques, celle de Cortes et de Moctezuma, le dernier empereur des Aztèques. J'entends encore leurs voix, et j'ai du mal à contenir ma peine.

« Mais alors, disait Tchoun-tchoun, ce sont ses dieux qui ont trompé l'empereur ?

— Je le crois, oui. Il a cru aux signes, aux prophéties, et il y avait les chevaux, qu'il n'avait jamais vus. Que pouvait-il penser de ces créatures fantastiques, des centaures… ?

— Pourquoi les dieux mentent-ils ?

— Je ne sais pas s'ils mentent, Tchoun-tchoun. Ce sont peut-être les hommes qui entendent mal. »

J'entends leurs voix, de si loin, du fond du passé, du plus profond de la mémoire. Je regarde leurs têtes mêlées… C'était chez moi, dans mon salon, pendant le séjour que Clara fit à la clinique du Dr Floco.

Elle s'était plainte de douleurs à l'abdomen, traînait une petite fièvre ; on diagnostiqua une appendicite et Nolito la transporta dans cette clinique clandestine du quartier d'Argüelles, où étaient soignés et opérés nos blessés.

Était-elle vraiment malade ? Simulait-elle ? Je ne sais pas, je ne sais plus. Le chirurgien lui enleva l'appendice, ce qui était alors une intervention moins bénigne que de nos jours. Elle resta une dizaine de jours dans la clinique où elle connut nos amis, les membres de notre réseau qui aimaient à se rassembler dans sa chambre pour réciter de la poésie, chanter, boire. Elle était très populaire, aimée de tous.

Tchoun-tchoun, lui, logeait chez moi, dormant dans la chambre d'Alvaro et, le soir, Juan s'asseyait sur son lit. Je n'imaginais pas qu'un homme, fût-il père, éprouvât un tel plaisir avec un enfant. Ce fut certainement l'une des époques les plus heureuses dans la vie de mon frère, un bonheur clair, lumineux, sans aucune ombre.

Jamais son sourire ne me parut si tendre, si serein.

Guérie, Clara rentra chez elle et reprit son fils. En découvrant le vide que laissait l'absence de cet enfant bizarre, je compris le bonheur de mon frère ; Tchoun-tchoun n'était pas plus intelligent ni plus attachant, seulement délicat, déjà résigné, l'air très vieux, revenu de tout.

Chaque jour ou presque, nous changions, par précaution, le lieu de la réunion. Ce soir-là, Nolito voulut profiter de l'absence de notre mère, hébergée dans la famille d'Alvaro. Le matin, il avait aperçu Clara et lui avait promis de la rejoindre dans la nuit.

Tout le réseau fut convoqué dans l'appartement vide au-dessus du mien. C'est absurde, c'est idiot, pourquoi faut-il qu'un incident grotesque perturbe les tragédies ? J'avais une fuite au tuyau d'évacuation de mon évier ; Nolito voulut la réparer. Cette panne stupide lui sauva la vie. Il maniait ses outils en jurant quand...

Ce bruit, Elisa Toldo, ce bruit de bottes dans l'escalier, ces voix, ces cris... Courses, bagarres, blasphèmes et jurons, meubles renversés, objets cassés ; depuis plus d'un demi-siècle, ce vacarme résonne dans mes rêves. Le singulier suffirait, puisque c'est toujours le même rêve : je veux me lever, courir ; je m'aperçois que je suis clouée dans mon fauteuil ; j'appelle, je hurle... En entendant les premiers cris, d'un bond, Nolito avait jailli de sous l'évier, son pistolet à la main et, à cet instant, les détonations ont commencé, des rafales, des coups isolés ; mes mains se sont accrochées à la salopette de mon frère, qui a eu ce réflexe, plaquer mon visage contre son ventre, en appuyant avec une telle violence que je n'ai pas pu crier.

En un éclair, nous avons su, chère Elisa Toldo. D'où venait le coup, qui l'avait préparé, comment, de quelle manière les tueurs avaient été avertis. Tout nous parut clair, évident. Cela devait arriver.

Combien de temps ? Je ne sais pas. J'écoute le silence. Un silence tel que je n'en ai jamais entendu, que je n'en entendrai plus. On dit : un silence de mort. Les cadavres se taisent, ils ne produisent cependant aucun silence. Là, c'était différent. Nous entendions notre horreur, notre épouvante. Nous écoutions nos pensées et nos imaginations foudroyées.

Nolito a marché jusqu'au vestibule, a entrebâillé la porte, regardant sur la palier.

« Ils sont partis », a chuchoté quelqu'un.

Nolito est sorti. J'ai poussé mon fauteuil, j'ai atteint le palier.

« Je t'en prie, Nolito. Je veux le voir. »

Il a hésité, m'a regardée. Un regard d'amour, un regard de désespoir. Sa tête branlait.

« J'ai le droit, Manuel. »

Qui n'a pas vu ce que peut être la douleur d'un homme, celui-là ne sait pas ce que souffrir veut dire. Il m'a étudiée, m'a soulevée, m'a prise dans ses bras, et nous sommes montés, une marche après l'autre, dans une pénombre triste.

Il gisait dans le vestibule, couché sur le ventre, désarticulé, le bras droit écarté, les doigts encore repliés sur une arme qu'on lui avait arrachée tout de suite après sa mort. Sur le parquet, sur les tentures, jusqu'au plafond, du sang, et des choses molles, spongieuses.

« Nolito, je veux l'embrasser. »

Il m'a déposée par terre, délicatement, il a retourné le corps, et j'ai rampé, j'ai pris la tête éclatée entre mes bras, me suis inclinée ; j'ai baisé ses lèvres, longuement, amoureusement.

« Juanito, dis-je en le berçant. Mon Juanito. »

Nolito me souleva à nouveau, descendit les marches une à une, sans desserrer les lèvres, me remit dans mon fauteuil. Il alla dans la cuisine et j'entendis l'eau couler. Il se lavait la figure pour effacer ses larmes.

Le téléphone sonna, je décrochai. Quand la voix se tut, je raccrochai.

« Ils ont cerné la clinique, dis-je. Tous sont arrêtés. Floco est mort. »

Nolito s'approcha de la fenêtre, regarda dehors.

« Je la tuerai, dit-il avec une tranquillité douce. Je te jure que j'aurai sa peau.

— Nolito, le corps, là-haut...

— Rien à faire, ma petite sœur. Ils vont arriver d'une minute à l'autre. Je dois me sauver... pour toi. J'espère qu'ils respecteront...

— Je n'ai pas peur, Nolito.

— Je sais, ma Lou. Toi et moi nous n'aurons plus jamais peur de rien, ni de personne. »

Ils vinrent m'interroger, bien sûr. Ils ne m'embarquèrent pas. Qu'auraient-ils bien pu me faire ? L'ascenseur ne fonctionnait pas, ils descendirent les corps par l'escalier, et j'entendis le bruit contre les marches.

J'ai pardonné. Je crois que j'ai pardonné. Je ne veux pas mourir de ma haine. Au risque de vous scandaliser, je vous avoue que nous aurions pardonné sa trahison parce que personne ne peut jurer se maintenir devant la mort. Il y a un détail que nous n'avons pas pardonné, qui aujourd'hui encore... elle couchait avec le bourreau de mon frère, elle partageait ses nuits. Elle s'était persuadée qu'elle avait commis une action héroïque, qu'elle s'était dévouée pour la cause des opprimés. Elle se voyait en héroïne. Cette perversion des valeurs, j'en tremble encore. Qui était cette femme ?

J'ai survécu dans la mémoire de l'amour, chère Elisa Toldo. C'était le plus beau, le plus magnifique corps d'homme, et vous n'imaginez pas ce que des balles réussissent à faire de cette noblesse, de ce regard, de ce sourire. J'ai juré d'être véridique : je prie depuis cinquante ans. Je vous fais cet aveu : si je n'étais aussi sûre de l'existence de Dieu que je l'étais de l'amour de Juan, je ne serais plus de ce monde. Je n'ai aimé que deux hommes, et l'aîné a fini sa vie dans le délire de l'alcool, tué par une cirrhose ; il faut bien faire une fin, à défaut de la subir. Notre père avait choisi la même. Quant au cadet, je lui ai creusé une tombe dans mon cœur, une tombe très simple, sans croix ni dalle. Elle durera ce que je durerai.

Pour *elle*, je ne souhaite pas en parler davantage. Vous savez tout. Je ne suis ni juge ni procureur. Je déteste les spécialistes de la psyché. Ils bavarderont, bien sûr, ils expliqueront et comprendront. Je m'en tiens au refus. C'est non, ce sera toujours non.

Pardonnez-moi, chère Elisa Toldo, je ne peux pas aller au-delà. J'ai tenu ma promesse. Je retourne à mes prières. Je demande à Jésus le pardon de nos fautes. Je lui demande d'attacher à sa croix le corps désarticulé de mon frère.

Je prierai maintenant pour Tchoun-tchoun. Il a tenu, il a résisté, sans s'aveugler. Je le revois, assis dans mon salon, sa tête inclinée vers celle de Juan, et j'écoute sa question : « Pourquoi les

dieux mentent-ils ? » Car les dieux mentent,
Homère le savait déjà.

Votre servante,
LOU MORAN.

Felicita Palomares
Soria

Elisa Toldo
Madrid

Le 3 mai 1990.

Ma toute belle,
Je pensais rentrer plus tôt à Madrid mais je
suis retardée par des difficultés de dernière heure
avec le conseil d'administration de l'orphelinat.

Tu m'as promis de ne plus parler de ton
départ. Je suis plus vieille que toi ; j'appartiens
à la branche aînée ; tu me dois la préséance. En
outre, je veux partir ma tête sur tes genoux. Ta
vertu ne risquera plus rien et je m'en irai dans
l'illusion.

J'ai bien connu les deux jumeaux, oui. Deux
sauvageons à qui j'ai donné la fessée et que j'ai
expédiés chez les jésuites afin qu'ils sachent
que Virgile a existé. Leur père était un bon à

rien, un ivrogne dans le genre sentimental, et à chaque froissement de jupon il beuglait sa romance, passablement douceâtre, du moins pour mon goût. Il avait rendu sa femme si malheureuse qu'elle a traîné toute son existence une maladie de langueur, qui ne l'a pas empêchée de vivre vieille. Les deux garçons ne manquaient pas de charme, avec cette séduction un brin canaille des fils de famille dévoyés. Ils pouvaient se montrer drôles, charmeurs. Je comprends que Clara del Monte les ait aimés, d'autant que le penchant des femmes pour les vauriens est bien connu. Ils ne faisaient rien de leurs dix doigts, ni n'avaient la moindre envie de rien entreprendre. J'aurais admis leur fainéantise s'ils n'avaient pas accepté et même sollicité le secours des uns et des autres, avec cette fausse désinvolture qui se veut élégante et qui est de la veulerie. Ils avaient en outre la prétention de prodiguer des leçons de style et de morale, vantant sans rire les vertus du travail, les charmes de la famille, l'amour de la patrie et autres sornettes.

Je ne vaux pas un réal pour le lyrisme, surtout fondé sur le dédain. Ton Nolito — peut-être un peu moins Juan, je ne sais pas — méprisait la plèbe. Ils regardaient les pauvres de haut, persuadés d'appartenir à une espèce supérieure. Je ne leur pardonne pas cette bassesse d'esprit.

Lou, que j'aime bien, s'est fait un superbe roman. Je me défie de l'imagination des impotents. C'est une femme exaltée. J'ai craint que la Vierge ne lui apparaisse, car elle a une tête à visions. Elle était amoureuse folle de ses frères et en a fabriqué des héros byroniens. La réalité est moins romantique : durant deux ans, ils ont froidement assassiné de misérables ouvriers dont le tort était de vouloir vivre dans un monde plus juste. Ils ont fait chaque nuit la chasse au pauvre comme on chasse la perdrix, et tu voudrais que je m'attendrisse ?

Soyons claire : Nolito et Juan furent non seulement des voyous séduisants, ils furent des crapules de la pire espèce. Tu reproches à Clara del Monte sa couardise, mais n'est-ce pas lâche d'abattre des malheureux qui désirent échapper à leur misère ? Parce que ces deux-là étaient des nôtres, tu voudrais leur trouver des circonstances atténuantes, alors que nous devrions nous montrer d'autant plus durs envers eux qu'ils engagent notre honneur, si ce mot possède encore un sens.

Notre honneur était de défendre les pauvres, non de les massacrer lâchement.

Ces deux voyous admiraient Hitler, rêvaient des mascarades wagnériennes, torches et oriflammes avec chorales viriles. Je n'ai pas la foi, je garde cependant la fidélité. Ce culte de la force brute est ce qu'il y a de plus étranger à notre vieille terre chrétienne. Sans l'amour des plus humbles, que valent nos messes ? Je ne suis pas innocente, je n'ignore pas l'imposture qui se cache derrière nos préceptes. Toutefois, les signes de notre alphabet se voient partout dans le paysage : ce sont ces églises, ces croix, ces monastères qui ont inscrit dans notre sol la dignité des pauvres. Cette langue a menti ? Elle ne s'est pas parjurée. L'évêque simoniaque et vérolé n'ignorait pas ce que disait le pauvre fou dont il s'inspire.

Elisa, ma jolie, à l'heure où tout se délite, accrochons-nous au presque rien qui nous a fait. Je méprise les jumeaux de nous avoir souillés. Ils ont couvé des pensées infâmes ; ils ont commis des ignominies.

Pour Clara del Monte, je réserve mon jugement. Elle fut retournée ? Je voudrais connaître les circonstances. Es-tu sûre, ma jolie, que tu ne flancherais pas devant la torture et la mort ?

Je ne l'aime pas plus que toi. Je pense cependant à son enfance. J'ai pitié de la petite fille.

Je te livre mon sentiment sur cette histoire : ce sont les enfants qui portent le fardeau de nos turpitudes, depuis la création du monde. C'est Genia, c'est Federico, c'est Tchoun-tchoun, c'est Clarita, même elle, oui...

Dès que j'arrive à Madrid, je viens te gronder : ne me prends pas mon tour dans le manège de la mort,

je t'aime, ma douce ; je t'embrasse, ma naïve,

FELICITA.

« Excusez-moi si je garde mes lunettes de soleil, ce n'est pas pour me donner un air de mystère, mais parce que je perds la vue. Une dégénérescence de la macula. Il me reste un dixième de vision, qui suffit pourtant pour admirer la beauté des femmes.

— Je vous remercie, don Cipriano, dit tante Elisa dans un sourire. Je reste sensible aux compliments.

— Vous souhaitez boire quelque chose ?

— Une orange pressée, oui. »

Elle lui avait fixé rendez-vous au bar du Wellington et il s'était installé dans un coin, le plus éloigné possible de la lumière. Dans son cahier, elle s'étonne de le découvrir si différent de l'idée qu'on se fait d'un agent secret, ni grand ni svelte, sans la moindre prestance, plutôt court, trapu, les sourcils en broussaille. La silhouette et l'allure d'un homme du peuple. S'appelle-t-il vraiment Cipriano Valdes ? Il n'y a aucune raison pour qu'il dissimule son identité d'autant qu'il ne se cache plus, revenu à Madrid pour y mourir, après des années de luttes et de clandestinité.

Tante Elisa s'attarde sur ses mains, épaisses et solides, note qu'il parle un castillan solennel et déférent, avec une ample syntaxe latine.

« Je vous remercie d'avoir accepté de me rencontrer, dit-elle. Je ne suis pas le genre de personne qui doit vous inspirer de la sympathie.

— Je ne demande pas aux gens de se renier. D'ailleurs, je ne suis plus celui que je fus. Je me suis trompé de vie et j'ai marché à côté de ma vérité.

— Vous êtes trop sévère.

— Pas assez, doña Elisa. Dès mon plus jeune âge, j'aimais la liberté ; or j'ai servi le mensonge et la tyrannie.

— Vous croyiez à la justesse de votre cause.

— La sottise n'est pas une excuse. Vous souhaitez que je vous parle d'elle, n'est-ce pas ? »

Il but une gorgée, croisa ses mains, s'enfonça dans son fauteuil. Tante Elisa assure que, plus jeune, il devait avoir un regard terrible et qu'on sent encore, dans sa présence massive, une conviction dure, impitoyable.

« Je l'ai connue, oui. J'ai même suivi son dossier, mais je ne l'ai pas traité directement.

— Elle a donc trahi ?

— Si vous allez par là, vous risquez de ne pas comprendre grand-chose. Je dirais que nous avons pu la retourner en un premier temps, la recruter ensuite, sans trop de mal. Elle n'avait pas un caractère ferme ni la moindre conscience politique.

— Elle a... je veux dire... spontanément... ? »

Don Cipriano donnait l'impression de se maîtriser avec peine, constate ma parente, ajoutant que ses colères avaient dû être effroyables, d'une violence redoutable.

« Vous ne saisissez pas bien la situation, chère madame. Les franquistes arrivaient aux portes de la ville ; nous serions probablement tous garrottés ou fusillés. Nous n'avions pas le temps, dans ces circonstances, de lambiner. Je suis asturien, fils de mineur : la rhétorique n'est pas mon fort. J'avais vingt ans, des convictions rigides ; j'étais habité par le sentiment de l'urgence. Vaincre ou mourir, telle était l'alternative, non seulement pour nous, mais pour la classe ouvrière, dans toute l'Europe. Madrid, c'était, dans notre esprit, le front du socialisme, autant dire la civilisation. Je n'étais pas un tendre, mes camarades non plus. En outre, nous étions pressés : ça ne facilite pas la conversation. Nous ne lui avons pas accordé un délai dont nous ne disposions pas nous-mêmes. Une heure, si je me souviens bien. »

Il avait lâché ces mots sur un ton paisible et son buste restait droit, sans le moindre frémissement.

« Cela vous choque ? Pour retarder la défaite, nous n'avions qu'un moyen : imposer la discipline. L'imposer, chère madame, comprenez-vous ? Face à une armée coloniale, aguerrie et bien entraînée, des gus dissertant sur la réforme agraire et la révolution permanente nous faisaient perdre la guerre. Il fallait serrer les rangs, opposer une discipline de fer à une autre discipline. Aucune place pour le romantisme. L'ordre partout : sur nos arrières, ici, dans la ville, où quelques centaines de fils de famille s'amusaient à nous canarder. Nous devions impérativement rassembler toutes les énergies, je dis bien toutes. Arrêter les papotages, convaincre les classes moyennes que nous voulions l'ordre, nous aussi. C'était ça, notre tâche. »

Tante Elisa avoue sa frayeur devant la fermeté impassible du propos. Elle ne s'était jamais trouvée devant un tueur et là, dit-elle, elle avait le sentiment de toucher la mort.

« Nous nous battions sur deux fronts, contre les franquistes, contre les pistoleros de la cinquième colonne qui nous harcelaient ; ensuite, contre tous les illuminés qui faisaient peur aux petits-bourgeois.

— Vous l'avez menacée ? »

Il tentait de se maîtriser mais on voyait la colère gonfler ses tempes.

« Vous pensez que nous allions jouer aux dominos ? Je ne peux pas vous expliquer ce qu'est une guerre de l'information. Sachez seulement qu'avec l'aide des camarades soviétiques nous avons réorganisé les services, changé les méthodes, recruté des agents. Quand un interrogatoire commence, tout est déjà réglé : c'était le nouveau mot d'ordre.

— Vous ne l'avez pas arrêtée à cause de la lettre ?

— Quelle lettre ? aboya-t-il. Je me fichais de sa lettre comme de ma première chemise, c'était de la déclamation. Ce qui nous intéressait, c'étaient ses amis. Nous les voulions, eux. Nous savions qu'elle les voyait.

— Mais excusez-moi, elle a dû croire…

— Vous vous imaginez que je portais le moindre intérêt à ce que cette pute croyait ?... Le mot vous choque ? Chez nous, c'est ainsi qu'on appelle ce genre de femme. Donc, nous n'allions pas perdre notre temps à étudier ses convictions, qui n'existaient pas ; c'est elle que nous avons étudiée. Il n'y avait d'ailleurs rien à étudier. Elle aimait les hommes, ceux qui ont des arguments suffisants ; elle prenait volontiers la pose. Une demoiselle vaniteuse et stupide. Nous nous sommes donc servis de la lettre…

— Pour quoi faire ?

— Pour flatter sa vanité, pour lui donner l'impression que son geste était important.

— Elle a mordu à l'hameçon ?

— D'après vous ?... Évidemment, elle a marché. Elle était persuadée d'être une héroïne. (Ses mâchoires se crispèrent.) Je hais ce genre de femme. J'admire Claveles d'avoir réussi à la convaincre que sa trahison était héroïque.

— C'était qui ?

— L'un des chefs de la sûreté militaire, chargé des opérations spéciales. Il a été son agent traitant.

— Comment il a fait pour… ?

— La routine. Vous vous faites un monde de ce genre d'affaire. Il a crié, menacé ; elle était déjà morte de peur, persuadée que nous allions l'embarquer pour le pasco. Elle tenait à sa peau par-dessus tout. Il n'a pas été dur de l'aider à bien choisir. Il n'y avait qu'à lui fournir des motifs élevés, les bourgeoises adorent les attitudes nobles. Claveles lui a débité son roman social : père mort dans la mine, mère lavandière, l'enfance misérable, les violons de la sensiblerie bourgeoise. Il ne restait qu'à enfoncer le clou : comment toi, dont le père était républicain, libéral, comment peux-tu frayer avec des crapules fascistes qui assassinent des ouvriers ? N'as-tu pas honte ? Claveles dominait bien le sujet. De plus, il était beau gosse, grand, solide, une gueule, le genre popu, vous voyez ? Avec les arguments qu'il faut.

— Quand a-t-elle... ?

— Là, vous touchez le point sensible. Il n'y a, disions-nous entre nous, qu'un moment, le bon. Avec elle, il fallait attendre que la situation se retourne. Dès que l'offensive des nationaux a été stoppée, nous avons su qu'elle était mûre. Cette salope a cru que nous allions l'emporter. Elle a voulu monter dans le train de la victoire. Tout de suite, la conversation est devenue plus intime : la justice, le prolétariat, la révolution, mais aussi les pattes en l'air. Claveles en pinçait pour elle, je crois. Il l'a bien tenue. »

À quel point l'écriture reflète l'humeur, je le constatais au glissement des lettres, à la chute des lignes. Tante Elisa était visiblement à bout de forces. Je ressentais, moi aussi, son écœurement et sa mélancolie. J'étais lasse, bizarrement lourde. J'étouffais.

« Si elle n'avait pas accepté de collaborer, murmura-t-elle, vous l'auriez… ?

— Sans la moindre hésitation. Je ne l'ai aperçue qu'une fois, nos regards se sont croisés : elle a paniqué. Je me serais fait un plaisir de la coller au mur.

— Elle n'avait pas le choix.

— Vous plaisantez, j'espère ? Elle en avait plusieurs mais elle avait déjà choisi, une fois pour toutes.

— Vous insinuez ?

— Je n'insinue pas, j'affirme. Elle portait le mot trahison écrit sur son front.

— Elle a tout donné ?

— Elle aurait donné son père, sa mère, et le Saint-Esprit en prime.

— Elle a fait ça pour sauver sa vie !

— C'est ce qu'ils disent tous. En réalité, ils adorent balancer. Ça les fait jouir.

— Vous ne croyez pas…, commença tante Elisa.

— Je ne crois plus rien.

— Qu'est-ce qu'elle a fait par la suite ?

— Vous le savez, non ? Elle est devenue journaliste, une militante antifasciste. »

Ses ricanements exprimaient, selon ma parente, un mépris vertigineux. Chaque mot sonnait comme un crachat.

« Elle a voulu s'inscrire au Parti mais nous avons refusé. Elle nous était plus utile dehors que dedans.

— Et Claveles ?

— Il a vécu avec elle après son veuvage, il a rempli ses engagements. Quelques jours avant l'entrée de Franco dans Madrid, il l'a conduite à Valence avec le gosse, l'a mise sur un bateau en partance pour Oran. Ensuite, il est rentré à Madrid et il a été exécuté. C'était un homme.

— Elle l'aimait ?

— Vous écrivez sa biographie et vous en êtes là ? Sincèrement, vous pensez que ce mot avait un sens pour elle ? »

Un tel dédain faisait froid dans le dos.

« Vous la détestez...

— Une femme qui dénonce l'homme qu'elle aime, avec qui elle a vécu des années, père de ses enfants, ça vous inspire quoi, vous ?

— De la peur.

— Peur ? Dans ce cas, vous étiez fichue. Elle ne respectait que la force.

— Excusez-moi, je dois vous paraître bête. Pourquoi pensez-vous qu'elle a... ?

— Pour sauver sa saloperie de peau qui, entre nous, ne valait pas un liard. Par plaisir surtout. Je parierais que ce n'était pas la première fois.

— Les deux frères Moran ?

— Des voyous mais courageux. Vous savez pourquoi ils sont restés à Madrid au lieu de rejoindre le front ? Pour la protéger, elle. Ils l'aimaient, ces idiots. Le plus jeune surtout, Juan. Il allait de nuit la rejoindre chez elle, rue Castelló, déguisé en milicien. La salopette lui allait aussi bien qu'à moi le frac.

— Vous saviez ?

— Vous nous prenez pour des amateurs ? Nous connaissions notre métier.

— Vous ne l'avez pas arrêté ?

— Il n'aurait jamais parlé. C'est tout le réseau que nous voulions. Elle seule pouvait nous y conduire.

— La clinique.

— C'était leur quartier général. Le coup de l'appendicite, c'est une idée de Claveles. Il avait comme ça des intuitions...

— Pour elle, c'était risqué, non ?

— Un petit risque. Celui d'abord que le chirurgien découvre l'imposture. Mais ce toubib-là, il aurait coupé une jambe sans réfléchir. L'opération ensuite, surtout avec un incapable... Je dois admettre qu'elle ne manquait pas de cran.

— C'est contradictoire avec ce que vous disiez, non ?

— L'actrice avait du courage. Une cabotine. Vous avez vu ses photos ? Le profil, avec le menton relevé, le cou bien tendu. Elle se prenait pour la reine de Saba. La personne, elle, n'avait pas la moindre dignité. Du vide. Elles sont toutes comme ça, ces jeunes filles riches...

— Pas toutes, je ne crois pas.

386

— Excusez-moi, doña Elisa, je ne pensais pas à vous.

— Elle a eu une enfance sordide.

— Vous voulez que je vous raconte la mienne ? Ces trucs d'enfance, ça ne marche que pour les riches. Il n'y a pas de psychanalystes de la misère. »

En quittant don Cipriano, tante Elisa marcha jusqu'au Retiro, franchit la grille. Le jour déclinait ; une lumière douce baignait les allées ; l'air sentait les feuilles mortes. Ma parente s'assit sur un banc, écoutant la rumeur de la ville.

Elle notera plus tard que Felicita a sans doute raison d'accabler les jumeaux, mais qu'elle ne peut, elle, s'empêcher d'aimer Juan. Surtout, elle pense à Tchoun-tchoun : il n'avait pas cinq ans et il avait tout compris.

« J'ai dû entendre quelque chose, probablement de la bouche de Tonia. Je *crois* me rappeler le ton de sa voix, un frémissement d'horreur, une épouvante glacée. Elle baissait la voix pour prononcer le nom de Clara. Je ne sais pas ce que j'ai compris, ni comment. Vous savez que, la nuit, elle parlait à la radio. Un soir, au moment où elle quittait les studios, deux voitures ont déboulé, tirant plusieurs rafales. Elle a failli y passer. À partir de ce jour, Claveles lui a donné une escorte, deux types qui ne la quittaient pas d'une semelle, couchant dans l'appartement. Je pense que Claveles et elle devaient souvent citer le nom de Nolito car il voulait mettre la main dessus, à n'importe quel prix. Or Clara connaissait toutes ses cachettes, les adresses de tous ses amis. Telle que je la connais, elle devait être morte de peur. Non la peur physique de mourir, une peur spirituelle. Elle aurait donné n'importe quoi pour que Nolito disparaisse. Sans doute Claveles et elle discutaient-ils, supputant l'endroit où Nolito se cachait. J'écoutais ; leurs paroles s'inscrivaient au plus profond de moi, dans un coin obscur de ma mémoire. Je ne dirais pas que je savais, cela allait bien au-delà de la connaissance. Je *voyais*. »

Il parlait assis dans son salon, devant une bibliothèque remplie de livres.

« L'histoire, dit-il, ne s'arrête pas là. Je me trouvais à Madrid où je donnais un récital, en 1985. Ainsi que je le fais chaque fois que je dois jouer, je me reposais l'après-midi dans ma chambre. J'avais allumé la télévision qui diffusait un documentaire sur l'élimination du POUM par les communistes. Tout à coup, j'ai sursauté en entendant ce nom : Claveles. J'ai vu son visage apparaître sur le petit écran ; je l'ai aussitôt reconnu. J'avais plus de cinquante ans et, du fond du passé, ce fantôme revenait. Il avait été chargé de l'enlèvement de Nin, le leader du POUM, disait le commentaire, chargé de son transport jusqu'à Madrid, depuis Barcelone, de son interrogatoire dans une cave, suivi de son

assassinat. Vous rendez-vous compte de la bizarrerie fantastique de ce retour ? J'avais le sentiment d'être poursuivi par des fantômes qui
jamais ne me lâcheraient, jusqu'à l'heure de ma
mort. Pourquoi s'acharnaient-ils contre moi ?
Je ne haïssais pas Clara, je ne l'ai jamais haïe.
Je ne la condamnais pas, et encore aujourd'hui
j'évite de la juger. Je voulais seulement la regarder en face. Me regarder dans ses yeux pour
savoir d'où je venais.

Tante Elisa se posait les questions que je me pose moi-même. Est-il sûr que Clara a trahi, qu'elle est responsable de la mort de Juan ? Aucun doute sur ce point. D'abord, elle seule connaissait le lieu et l'heure du rendez-vous, elle seule aussi connaissait l'emplacement de la clinique. Nolito ne s'y est pas trompé et, ainsi qu'il l'avait promis à sa sœur, a tenté de la tuer. Dans la société madrilène, dans le cercle des intimes, la réaction fut unanime : une stupeur mêlée d'horreur. Personne n'eut le moindre doute, sauf que tout le monde ou presque se trompait sur les motifs. On incrimina ses convictions parce que personne n'osait imaginer la vérité. Le crime ne provient pas des convictions ; chez Clara les convictions naissent de la trahison, pour dissimuler les taches de sang.

Même Mercedes parut assommée, incapable, selon Tonia, de la moindre réaction. Plusieurs jours, elle garda le lit, pleurant, tenant des propos incohérents. « J'ai cru qu'elle allait y passer », déclarait Tonia. Le coup fut d'une telle violence que, lorsque sa fille réapparut rue Goya, sa mère refusa d'écouter ses dénégations :

« Je t'en prie, ma fille, ne dis rien. Arrange-toi avec ta conscience, ou ce qui t'en tient lieu. »

Clara sentit-elle qu'elle avait franchi la limite, quitté définitivement le pays des hommes ? Toute sa vie elle aura peur d'évoquer, fût-ce par la pensée, cet épisode ; elle tentera de l'ensevelir dans l'oubli, fera comme si cette chose effrayante n'avait jamais existé, un cauchemar. Elle n'éprouvait aucun remords, rien qu'une terreur instinctive devant l'ombre de ce mort. Une seule personne ressuscita ce cadavre, des années plus tard, et ce fut Tchoun-tchoun ; prise de panique, Clara s'enfuit aux Antilles, mettant tout l'Océan entre ce souvenir et elle.

Ce crime lui a-t-il échappé ? Peut-on l'expliquer par le chantage à la mort ? Si Clara avait succombé à sa faiblesse, elle se serait terrée chez elle, cachant sa tristesse et sa honte. Or elle s'installe sans la moindre gêne avec ceux qui ont tué Juan, elle partage leur vie, collabore avec eux, accepte même de jouer un rôle public, publiant des articles et s'exprimant à la radio. Elle réagit ainsi qu'elle l'a toujours fait, par la fuite en avant. Elle se drape dans ses opinions. Républicaine, militante antifasciste, sa trahison devient une action juste, héroïque presque. Ce n'est pas une trahison, c'est un sacrifice. Une fois de plus, elle fait don à ceux qu'elle croit les plus forts de ce à quoi elle tient le plus au monde.

Elle donne Juan, elle l'offre, de la manière dont elle a donné son père.

« Tonia ! Tonia ! »

Depuis trois ans que les domestiques avaient disparu, doña Mercedes n'était pas encore habituée à leur absence, continuant d'appuyer sur la sonnette puis, constatant que personne n'accourait, criant pour appeler Tonia, laquelle se hâtait lentement. À quoi bon courir puisque à toutes les demandes de sa maîtresse, elle devra faire la même réponse : il n'y en a pas. Ni pain, ni lait, ni… rien, strictement rien. Le chauffage, l'ascenseur sont également en panne. L'électricité manque. Avec les pénuries, un abattement morose désarme les volontés. Dans les tranchées de la Cité universitaire, de la Casa del Campo, les brigadistes résistent mais, parmi la population civile, la fatigue l'emporte, malgré les appels à l'héroïsme qui ne cessent de retentir.

Autour de la capitale assiégée, la bataille continue bien que ceux qui s'intéressent encore au cours de la guerre sachent que les opérations décisives se déroulent dans le nord, en Aragon.

La zone franquiste ne cesse de s'étendre et, surtout, de s'unifier, alors que la partie républicaine se limite à Madrid, Barcelone, la côte méditerranéenne jusqu'à Almeria. Il saute aux yeux des plus ignorants en stratégie militaire que le jour où les franquistes réussiront à couper le front d'Aragon pour atteindre la mer, tout sera fini.

Clara l'a saisi. Elle a compris également que la république est perdue. Impossible pourtant de se renier à nouveau. Son sort restera lié à celui que la presse étrangère appelle le camp républicain et qui, à Madrid, est celui des communistes, véritables maîtres sur le terrain. En livrant les frères Moran, elle a rompu avec son passé, elle s'est détachée de l'Espagne, elle a renié son milieu. Pour elle, il n'y aura aucun pardon, pas la moindre indulgence. Elle connaît Nolito, elle sait ce que Juan était pour lui : il n'aura de cesse de venger son frère.

Trop intelligente pour imaginer que les rouges puissent l'emporter, elle se tourne vers Georges, à qui elle écrit chaque jour des lettres désespérées, frémissantes d'amour et de passion. Elle lui parle de leur fils, Tchoun-tchoun, affaibli par les privations mais qui n'en demande pas moins des nouvelles de son papa, impatient de le retrouver.

« Tonia, regarde, lis. »

Plus accablée que révoltée Mercedes tend à Tonia le journal *ABC*, avec une photo montrant un couple, elle menue, dans une robe à fleurs, lui très grand, dans l'uniforme des Brigades.

« C'est elle ? demande Tonia.

— Qui veux-tu que ce soit ? »

« *Notre camarade et collaboratrice Clara del Monte a épousé dans nos locaux le capitaine des Brigades internationales, Bernardo Cassetto, de la colonne Garibaldi.* »

— Mais elle est mariée, non ?

— Tu crois que ça la gêne ? Mon Dieu, elle ne sait vraiment plus quoi inventer. Tu le connais, celui-là ?

— Comment voulez-vous que je sache ? Il y en a plein chez elle, en civil et en uniforme.

— Mais l'Italien, il a dû rester coucher, je suppose ?

— Vous croyez que je demande leur nationalité à tous ceux qui dorment dans son lit ?

— Mais le petit, Tonia, que pense-t-il de ce défilé ?

— Ne vous en faites pas pour lui, il a l'habitude. Un matin, en arrivant, je l'ai trouvé endormi au rebord du matelas, recroquevillé, et les autres, ils occupaient tout le lit.

— Les autres ? Quels autres, Tonia ?

— Elle et lui, je ne sais pas lequel. Peut-être qu'il était italien… Mais comment elle a fait pour épouser ce Bernardo ?

— C'est la nouvelle loi révolutionnaire. Il suffit d'une déclaration à la mairie ou au commissariat. On divorce dans l'heure.

— J'en connais qui ne vont pas se gêner, révolutionnaires ou pas. »

Malgré ses recherches, tante Elisa ne put rien apprendre de précis sur ce Bernardo, sauf sa ville de naissance, Bologne, la date de son arrivée à Madrid, décembre 1936, ainsi que celle de sa mort dans les tranchées de la Casa del Campo, octobre 1937. Comment rencontra-t-il Clara ? Il était communiste, finissait ses études de droit quand il décida de s'engager volontaire pour l'Espagne. Il eut juste le temps de plonger dans la mêlée, d'aimer Clara, de l'épouser en juin 1937, puis de mourir, faisant d'elle une de ces veuves héroïques dont la propagande célébrait le courage et la dignité.

Selon Tonia, sa maîtresse était devenue une vieille femme. Les privations, le froid, l'angoisse des bombardements, la peur des arrestations et des exécutions, elle réagissait à peine. Elle ne quittait plus son lit, relisant les romans de la bibliothèque de son premier mari, en majorité des écrivains français. La nuit, elle écoutait les causeries radiophoniques de Clara dont les propos lui semblaient dépourvus de sens. « Elle ne sait pas ce qu'elle dit », répétait-elle en hochant la tête. On avait l'impression qu'elle avait perdu sa faculté d'indignation. Elle devenait non pas meilleure, mais plus faible, résignée, évitant même de discuter avec Clara. Elle évoquait le passé, remuait ses souvenirs. Sans doute avait-elle, elle aussi, blanchi sa mémoire, ne conservant que des images de faste et de splendeur Tout se brouillait. Même la guerre s'éloignait. Les canons grondaient toujours mais Mercedes avait l'impression que ce roulement sinistre durait depuis des années, qu'il ne s'arrêterait jamais, qu'il était devenu la pulsation de la vie.

Tchoun-tchoun ne défilait plus dans le couloir en jouant des cymbales. Il était si maigre, si pâle, avec un sourire si triste que, en le voyant, Tonia devait se retenir pour ne pas pleurer. Elle lui trempait les pieds dans une bassine remplie d'eau chaude où elle jetait deux poignées de gros sel et elle massait ensuite ses pieds gonflés et rougis par les engelures. En le couchant, elle empilait plusieurs couvertures sur son lit car il se plaignait toujours du froid ; en l'entendant tousser, des quintes sèches, si violentes qu'on avait l'impression qu'il s'arrachait les poumons, elle prenait peur.

Clara lui racontait des histoires qu'il écoutait avec un regard ébloui. Il croyait tout ce qu'elle lui disait, avec une foi aveugle, et Tonia se demandait comment il ferait plus tard pour démêler le vrai du faux, tant elle mettait de mensonges dans sa cervelle. Elle n'essayait pourtant pas de le détromper car il serait, croyait-elle, tombé malade.

Tonia ne se rebiffa qu'une fois, dans les derniers jours de la guerre, alors que les troupes de Franco se préparaient à entrer dans la ville.

C'était en février 1939, une nuit glaciale, et Clara se préparait à fuir vers Valence. Quand elle voulut entrer dans la chamore de Tchountchoun, Tonia se précipita :

« Pas ça, femme. Ne traîne pas ce gosse sur les routes. Tu as fait assez de mal comme ça. Pense à tous les autres. Je te le demande : laisse ce malheureux tranquille. »

Sans l'écouter, Clara voulut la repousser mais Tonia, écartant les bras, lui barrait le passage.

« Arrête, Tonia. Ça suffit comme ça. (Elle éleva la voix.) Tchoun-tchoun, viens vite, mon amour. Nous devons partir. »

Sautant du lit, le petit courut vers elle.

« Te rends-tu compte de ce que tu fais, femme ? Ce gosse ne tiendra pas le coup. Regarde dans quel état il est. Je te le demande, ne l'entraîne pas dans l'exil.

— Et son père, tu y as pensé, à son père ?

— Son père, maugréa Tonia. Qui donc est-il ? Il se pourrait qu'il soit mort assassiné, son père. »

Clara finit d'habiller l'enfant, puis alla prendre congé de sa mère qui, assise dans le lit, sanglotait. Des larmes de faiblesse et d'impuissance, plus séniles que dramatiques. Elle ne luttait plus, étreignant mollement sa fille. Qu'arrivait-il ? Que signifiaient ces silences entre deux canonnades ?

Tonia boutonnait le manteau de Tchoun-tchoun agenouillé.

« Tu me promets de bien manger ? Il faut que tu te remplumes. Allons, mon Tchoun-tchoun bien-aimé, sois courageux. Je ne t'oublierai pas. J'irai prier pour toi la Vierge de Guadalupe, qui est la meilleure et la plus tendre. »

Deux voitures de la sécurité militaire attendaient dans la rue, remplies d'hommes lourdement armés. Clara prit place à côté de Claveles, devenu son amant après que Bernardo eut été tué au front.

La voiture démarra en trombe, traversant un Madrid glacial, pas une lumière dans les rues absolument vides où les grondements du canon résonnaient de manière lugubre. Au loin, les lueurs des incendies et des canonnades empourpraient l'horizon. Clara regardait avec mélancolie ce spectacle dantesque. Elle savait que le premier acte de la tragédie s'achevait avec la chute de Madrid, mais que bientôt le rideau se lèverait sur le deuxième acte. Qu'allait-elle devenir dans l'exil, seule, sans argent, plus tout à fait jeune, trente-quatre ans ? Elle n'avait qu'une arme, cet enfant qu'elle serrait contre elle et qui, grelottant de froid, enfouissait son visage dans sa cape de fourrure.

Enfin, la campagne s'étendit à perte de vue, nue, déserte, éclairée par une lune éblouissante. Les hommes de l'escorte, leurs fusils-mitrailleurs pointés vers le paysage, semblaient nerveux. La route d'Aragon était la dernière à relier Madrid à la côte ; le front courait de chaque côté, à quelques kilomètres ; comment savoir s'il n'avait pas été enfoncé en un endroit ou un autre ? Lorsque des lanternes s'agitaient dans l'obscurité, signalant la présence d'un barrage, on entendait le claquement des armes et les hommes se penchaient pour distinguer les uniformes. Aussitôt, ils distribuaient les carnets des partis politiques et des syndicats, anarchiste ou communiste selon le cas. Une fois, des miliciens reconnurent Clara, qu'ils écoutaient la nuit dans leurs tranchées. Ils plaisantèrent et elle leur signa des autographes. Le front, expliquèrent-ils, tenait toujours, malgré l'effondrement de la Catalogne et la prise de Barcelone par les troupes de Yagüe. S'écartant pour laisser passer les voitures, ils saluèrent le poing levé.

Comment, se demande tante Elisa, des hommes arrivent-ils à tenir en sachant que tout est perdu ?

À l'aube du 25 février 1939, Clara arrivait à Valence.

Le récit du départ de Madrid jusqu'à Valence, de l'embarquement pour Oran ensuite, Clara l'a décrit dans un livre de mémoires édité en Argentine. Dans son manuscrit, tante Elisa écrit plusieurs fois en marge : *vérifié*. Je comprends qu'elle ait tenu à s'assurer de l'exactitude des détails.

Dans son livre, Clara ne fait allusion à aucun homme, au point qu'on l'imagine, sinon vierge, à tout le moins solitaire, soutenue par ses seules convictions. Elle n'a pas davantage changé ni évolué, éprise depuis sa jeunesse de la liberté, révoltée par le spectacle de la misère et des injustices sociales. Une brève allusion à son fils aîné, Ramon, une autre à Tchoun-tchoun, *paquet de chair tiède*, qu'elle serre contre elle au moment d'abandonner son pays. Aucune vie privée, mais un combat héroïque. Pourtant, glisse tante Elisa, les franquistes avaient beau être des brutes, auraient-ils fusillé une femme pour avoir écrit et publié des articles grandiloquents ? La précipitation de la fuite dans les tout derniers jours, l'escorte armée, la place prioritaire réservée sur l'un des derniers bateaux en partance de Valence, tout démontre l'intervention de la sûreté militaire, c'est-à-dire la police secrète communiste. Claveles savait pour quel crime son agent serait fusillée.

Ma parente rencontra de nombreux témoins directs, car ses notes abondent en détails précis.

De toute la région environnante, des colonnes de réfugiés affluaient vers la ville, fuyant les combats et l'avance des troupes nationalistes. On entendait le fracas de la bataille ainsi que les explosions en ville, les miliciens faisant sauter les entrepôts. Un nuage de fumée noire recouvrait la capitale du Levant, jusqu'à l'horizon, au-dessus de la mer. Tel un fleuve, la foule s'écoulait en direction du port dont les quais étaient noirs de monde. Un unique vaisseau, un cargo britannique, se préparait à lever l'ancre et plusieurs milliers de personnes tentaient d'atteindre la passerelle, gardée par un groupe de miliciens. Des paysannes vêtues de noir, un fichu sur la tête, suppliaient en brandissant leurs enfants en bas âge. Savaient-elles, se demande tante Elisa, ce qu'elles fuyaient ? Qui, parmi ces milliers de malheureux, avait une idée précise du danger ? La panique se propageait, attisée par la rumeur : « Les Maures, les Maures ! » et ces mots venus du fond des siècles réveillaient une angoisse démente.

Au milieu de cette cohue, les voitures durent se frayer un chemin, roulant au pas dans une atmosphère de suspicion et de haine. Qui étaient ces privilégiés cachés au fond d'une grosse voiture blindée ? Sans doute des huiles. L'amertume de la débâcle, l'épuisement, le désespoir aigrissaient les esprits. Où se trouvaient les responsables de cette tragédie ? Sûrement planqués, déjà à l'étranger. Plusieurs fois, les hommes de l'escorte se préparèrent à tirer dans la foule pour dégager les véhicules assiégés, encerclés de figures haineuses. Enfin, ils arrivèrent devant la passerelle et, très vite, Claveles montra les papiers, poussa Clara qui, traînant Tchoun-tchoun, monta à bord sous les huées, les quolibets et les insultes de la foule déchaînée. La colère menaçant de tourner à l'émeute, Claveles donna l'ordre de retirer la passerelle et de lever l'ancre. La sirène retentit, couvrant les sanglots et les cris de Clara, qui suppliait son compagnon de monter avec elle, de ne pas la laisser seule.

Alors que le navire s'écartait lentement du quai, Clara, debout sur le pont, leva le poing, fit signe à Tchoun-tchoun de l'imiter. Toujours avec son air boudeur, tête baissée, l'enfant leva le poing et, sur le quai, Claveles répondit à leur salut.

Bientôt, les côtes espagnoles s'estompèrent. Clara pleurait en fixant cette ligne de montagnes sur l'horizon. Depuis des mois, des sous-marins italiens rôdaient dans les parages ; au cours des précédentes semaines, plusieurs navires chargés de réfugiés avaient été coulés dans les eaux territoriales espagnoles. La rumeur se répandit parmi les exilés qu'un sous-marin avait été repéré et, pour apaiser les esprits, le commandant fit une annonce par haut-parleur, rappelant aux réfugiés qu'ils se trouvaient à bord d'un vaisseau battant le pavillon de Sa Très Gracieuse Majesté et que, de ce fait, ils n'avaient rien à redouter.

Tant bien que mal, les passagers finirent par se calmer et se coucher sur le pont. Clara, qui n'avait qu'une valise, préféra rester debout, accoudée au bastingage. Serrant son fils contre elle, elle tendit le cou, releva le menton, redressa fièrement la tête, offrant son magnifique profil à l'adversité.

C'est une malheureuse exilée, une combattante courageuse, une militante intrépide. Ses deux mains appuient sur les épaules chétives de Tchoun-tchoun qui pleurniche de fatigue et d'énervement.

Un steward s'approcha : le commandant leur cédait sa cabine, à son fils et à elle, en regrettant son exiguïté et son confort sommaire. Elle y serait tout de même plus à l'aise avec son petit. Retrouvant ses manières de femme du monde, Clara chercha le commandant des yeux, inclina gracieusement la tête, lui fit un sourire mélancolique.

Pour la dernière fois, tante Elisa intervient dans le récit de Clara, toujours avec une distance ironique. Elle découvre, note ma parente, que Tchoun-tchoun, avec sa mine pâlotte et ses airs souffreteux, lui vaut des égards ainsi qu'une considération apitoyée. « *Mon* enfant, *mon* fils est tout ce qui me reste », écrit-elle dans son livre de souvenirs.

Tante Elisa souligne les possessifs, ajoutant ce commentaire terrible :

« *Tchoun-tchoun pourra toujours servir.* »

DU MÊME AUTEUR

Aux Éditions Gallimard

RUE DES ARCHIVES, 1994, prix Maurice Genevoix (Folio n° 2834)

TANGUY, nouvelle édition revue et corrigée, 1995 (Folio n° 2872)

Aux Éditions du Seuil

LA NUIT DU DÉCRET, 1981, prix Renaudot 1981 (Points-roman n° 88)

GÉRARDO LAÏN (Points-roman n° 82)

LA GLOIRE DE DINA 1984 (Points-roman n° 223)

LA GUITARE (Points-roman n° 168)

LE VENT DE LA NUIT, 1973, prix des Libraires et prix des Deux-Magots (Points-roman n° 184)

LE COULEUR D'AFFICHE (Points-roman n° 200)

LE MANÈGE ESPAGNOL (Points-roman n° 303)

LE DÉMON DE L'OUBLI, 1987 (Points-roman n° 337)

TARA (Points-roman n° 405)

ANDALOUSIE (Points-Planète), 1991

LES CYPRÈS MEURENT EN ITALIE (Points-roman n° 472)

LE SILENCE DES PIERRES, prix Chateaubriand 1975 (Points-roman n° 552)

UNE FEMME EN SOI, 1991, prix du Levant (Points-roman n° 609)

LE CRIME DES PÈRES, 1993, Grand Prix R.T.L. — Lire

Au Mercure de France

MORT D'UN POÈTE, 1989, prix de la R.T.L.B. (Folio n° 2265)

Aux Éditions Fayard

MON FRÈRE L'IDIOT, 1995, prix de l'Écrit intime (Folio n° 2991)

LE SORTILÈGE ESPAGNOL, 1996 (Folio n° 3105)

LA TUNIQUE D'INFAMIE, 1997 (Folio n° 3116)

DE PÈRE FRANÇAIS, 1998 (Folio n° 3322)

Aux Éditions Stock

COLETTE, UNE CERTAINE FRANCE, prix Femina Essai 1999 (Folio n° 3483)

LES ÉTOILES FROIDES, 2001 (Folio n° 3838)

COLLECTION FOLIO

Composition Nord Compo
Impression Novoprint
à Barcelone, le 20 mars 2003
Dépôt légal : mars 2003

ISBN 2-07-042245-3./Imprimé en Espagne.